Arena-Taschenbuch

Band 50289

Weitere Bücher von Andy Briggs im Arena-Taschenbuch:
Blizzard (Band 50268)
Basilisk (Band 50269)
Trojan (Band 50288)

Andy Briggs
war Computerlehrer, hat Pizza ausgeliefert und Filme gedreht, bevor er herausfand, dass ihm Schreiben am besten gefällt. Wenn er nicht gerade an einem Drehbuch sitzt, schreibt er Romane und hat eine Menge Spaß dabei. Er lebt an einem geheimen Ort in Südost-England. Seine Behauptung, Superkräfte zu besitzen, mag ein bisschen übertrieben sein …

ANDY BRIGGS

CHAMÄLEON

Arena

Für Pete – einen heldenhaften Helden
und einen schurkischen Schurken

FSC
www.fsc.org
MIX
Papier aus verantwortungsvollen Quellen
FSC® C022125

Dieses Werk erschien erstmals 2008 bei
Oxford University Press unter dem Titel *Villain.net, Dark Hunter*

1. Auflage als Arena-Taschenbuch 2011

Dieses Buch ist bei Arena erstmals unter dem Titel
Superschurken, Superhelden. Flucht von Diablo Island erschienen.
Aus dem Englischen von Sonja Häußler
Covergestaltung: Frauke Schneider
Umschlagtypografie: knaus. büro für konzeptionelle
und visuelle identitäten, Würzburg
Gesamtherstellung: Westermann Druck Zwickau GmbH
ISSN 0518-4002
ISBN 978-3-401-50289-2

www.arena-verlag.de
Mitreden unter forum.arena-verlag.de

INHALT

DIE GROSSE FLUCHT

BUMM! Jakes Kopf flog zurück, als der kräftige Schlag auf seiner Wange landete. Er hatte einen metallischen Geschmack im Mund: Offenbar blutete seine Lippe. Durch ein verschwollenes Auge schaute er Chamäleon an, der ihm gegenüber am Tisch saß.

Seit Jakes Ankunft auf Diablo Island vor drei Wochen – oder waren es vier? – verhörte ihn der Superheld. Vielleicht war er auch schon länger hier, die Tage flossen nahtlos ineinander.

Chamäleon gab dem Vollstrecker ein Zeichen, damit aufzuhören, den Jungen zu schlagen. Der Mann war riesig und trug die Uniform der Geheimarmee der Vereinten Nationen, deren Mission darin bestand, die Existenz der Superhelden vor der Öffentlichkeit zu vertuschen und Superschurken wie Jake dingfest zu machen.

»Na, schon genug, Hunter?«, sagte Chamäleon.

Jake starrte den jungen Mann über den Tisch hinweg an; er war in makelloses Schwarz gekleidet und hatte einen akkuraten Haarschnitt mit spitzem Ansatz. Chamäleon konnte seine Gestalt beliebig ändern, aber dies schien sein normales Aussehen zu sein.

»Wenn ich hier rauskomme«, sagte Jake durch seine aufgesprungenen Lippen, »dann bring ich Sie um.«

Ein kurzes Lächeln huschte über das Gesicht des Helden. »Gut. Aber du hast bestimmt schon begriffen, dass du niemals hier rauskommen wirst. Die Welt da draußen schert sich nicht um dich und deine Familie hat vergessen, dass du überhaupt jemals existiert hast.«

Jake versuchte, sich auf ihn zu stürzen, aber er war an den Stuhl gefesselt und fühlte sich schwach, weil er keine Kräfte von Villain.net herunterladen konnte. Die Superkräfte hielten ihn am Leben. Was immer Chamäleon auch als kraftlosen Ersatz in ihn hineinpumpte – es machte ihn nur müde und schwach.

»Ich habe deine Familie gerettet«, fuhr der Held fort. »Jetzt bricht ihnen wenigstens nicht mehr das Herz, weil sie so einen fehlgeleiteten Sohn wie dich haben.«

Jake zerrte vergeblich an seinen Fesseln und der Vollstrecker hob drohend die Hand, um ihn erneut zu schlagen, zog sie aber zurück, als Chamäleon leicht den Kopf schüttelte. Der Held hatte Jake bei den Verhören nie selbst angerührt, aber er schien vollkommen zufrieden damit, die Vollstrecker so richtig zur Sache gehen zu lassen.

»Ich hol sie mir zurück«, fauchte Jake. »Und dann bringe ich Sie und all Ihre kleinen Superfreunde um, wenn ich dieses Gefängnis auseinandernehme!« Chamäleon lächelte. Jake hätte dieses selbstgefällige Gesicht am liebsten in Stücke gerissen.

»Deine Familie ist verloren, Hunter. Nicht einmal du besitzt die Macht, ihre Erinnerungen wiederherzustellen. Ich fange langsam an zu glauben, dass du den Aufenthaltsort des Rats des Bösen überhaupt nicht kennst.«

Der Rat des Bösen war eine fanatische Gruppe aus Superschurken, die als Gegenschlag zur Hero Foundation ein Imperium gegründet hatten. Ganz klassisch: die Bösen gegen die Guten. Beide Seiten hatten begonnen, Helden bzw. Schurken über Hero.com und Villain.net zu rekrutieren, und beide Seiten versteckten ihr Hauptquartier erfolgreich vor den jeweils anderen.

»Ich hab ihn nie gekannt«, knurrte Jake. »Und wenn es so wäre, würde ich die gleich mit umbringen! Basilisk hat mir das alles doch angetan, er hat mich von dieser blöden Website abhängig gemacht!«

»Noch mehr als das, Hunter, und das weißt du. Dein Körper ist außerdem untrennbar mit Villain.net verbunden. Und das macht dich für beide Seiten wertvoll.«

»Ich habe doch schon gesagt, dass mir das egal ist!«

»Du hast die einzigartige Fähigkeit, Kräfte aus Villain.net aufzunehmen, die weit größer sind, als die Experten bisher für möglich gehalten haben. Aber nicht nur das – du kannst neue erzeugen, die wir bisher noch nicht kannten.«

Jake lachte. Das war die gleiche Predigt, die Chamäleon immer hielt, aber sie änderte nichts an der Tatsache, dass Jake jeden Tag an einen Stuhl gefesselt wurde und man versuchte, Informationen aus ihm herauszuprügeln.

Chamäleon lehnte sich nach vorne und ein Anflug von

Zuneigung huschte über sein Gesicht. »Hunter ... Jake, bitte. Arbeite mit uns, nicht gegen uns. Benutze deine Fähigkeiten dazu, der Hero Foundation zu helfen. Gemeinsam können wir das Böse auslöschen und die Welt erheblich verbessern.«

Jake dachte einen Augenblick lang über Chamäleons Angebot nach, aber die Entscheidung fiel ihm leicht – nur ein einziger Mensch zählte für ihn. Er selbst.

Jake nutzte das bisschen Bewegungsfreiheit, über das er verfügte, verdrehte die Hand zu einer obszönen Geste und setzte dazu ein charmantes Lächeln auf.

Der zornige Gesichtsausdruck des Helden machte die Ohrfeige wieder wett, die ihm der Vollstrecker verpasste.

Die Stille war so tief, dass Jake sein eigenes Blut in den Ohren rauschen hörte. Er hatte die Minuten gezählt, die verstrichen waren, seitdem sie ihn wieder zurück in die Zelle gesteckt hatten. Die Beleuchtung war so grell, dass man nicht sagen konnte, wo sich Boden und Wände trafen. Jakes Augen schmerzten und seine lichtempfindliche Haut prickelte unangenehm. Außer der Abhängigkeit von Villain.net war dies ein weiterer Nebeneffekt davon, dass seine DNA in das Superkräftesystem verwickelt war.

Jake fühlte sich jetzt stärker als damals, als Chamäleon ihn am Strand von Basilisks Vulkaninsel aufgegriffen hatte. Vielleicht war irgendetwas in den Ersatzkräften, die sie einsetzten, um ihn am Leben zu halten. Aber nun hatte Jake genug davon. Sein Verlangen nach Superkräften war übermächtig. Es spielte keine Rolle, welche Kräfte es waren, durch die er sich immer stärker und lebendiger fühlte. Sein Körper war wie ein Kessel mit zu viel Energie, die dort herumschwappte und ihm nützliche, wenn auch unerwartete Kräfte verlieh. Meistens zumindest.

Er hatte beschlossen, dass es Zeit war, abzuhauen.

In seiner ersten Nacht auf Diablo Island hatte er unter dem Kopfkissen in seiner Zelle ein Handy gefunden. Darauf war ein Link gespeichert, mit dem man auf die Villain.net-Website zugreifen konnte, und aus Erfahrung wusste er, dass er von diesem Gerät eingeschränkt Superkräfte herunterladen konnte. Er hatte der Versuchung, das Gerät zu benutzen, jedoch für den Fall widerstanden, dass es sich um eine Falle handelte, die Chamäleon ihm stellte.

In der zweiten Nacht hatte er eine SMS bekommen, in der es hieß, er solle seine Flucht nicht hinauszögern. Die Nachricht war lediglich mit »Dein fürsorglicher Wohltäter« unterschrieben.

Er hatte keine Ahnung, wer das war. Er hatte spekuliert, dass es sich um Basilisk handeln könnte, der behauptet hatte, dass sie nun genetische Zwillinge seien, fast Klone. Aber warum sollte ihm sein Erzfeind helfen? Jake hatte ihm Rache geschworen, nachdem dieser ihn süchtig nach Villain.net gemacht hatte.

Nun war es fast Mitternacht und die Vollstrecker, die durch den Zellenblock patrouillierten, waren wie vorgesehen für eine Pause zu ihren Baracken zurückgekehrt. Jake zog das Handy unter dem Kissen hervor und starrte auf das Display. Seine Finger zitterten sowohl vor Aufregung über die bevorstehende Flucht, als auch vor Schwäche. Er drückte auf die Menütaste, um den Villain.net-Link zu markieren, der aus einer langen Mischung fremdartiger Zeichen und Zahlen bestand, und klickte darauf.

Innerhalb von Sekunden erschien auf dem Bildschirm eine Miniaturausgabe der Website. Sie enthielt eine Liste von Icons – sie alle stellten Superkräfte dar, waren aber zu klein, als dass man sie erkennen konnte . . . Blind wählte Jake mehrere Kräfte aus und sah zu, wie ein dünner Finger aus dem Bildschirm herauskam und ihm an die Stirn tippte. Dann lief ein Kribbeln durch seinen Körper und er fühlte sich nicht mehr schwach und lethargisch, sondern so, als könne er die ganze Welt erobern.

Jake sprang vom Bett und streckte seine Arme aus. Er fühlte, wie ihm das Blut durch die Muskeln strömte, und sein Verstand wieder klar wurde. Von den Wachen, die ihn Tag für Tag aus seiner Zelle und wieder zurück begleiteten, hatte er einige Information aufgeschnappt. Sie hatten offen vor Jake gesprochen, in der Annahme, dass er keine Gefahr mehr darstellte. Die Wände seiner Zelle waren einen Meter dick und am Ende des mit Überwachungskameras ausgestatteten Korridors befand sich ein offener Hof, in dem einige Gefängnisinsassen trainieren durften. Jake jedoch war es nie erlaubt gewesen, nach draußen zu gehen. Er war in einem Flügel untergebracht, in dem minimale Sicherheitsvorkehrungen herrschten, immerhin war er nur noch ein ganz normaler Junge ohne Superkräfte. Er stellte wohl kaum eine Bedrohung für das Gefängnis auf Diablo Island dar, bei dessen bloßem Namen selbst abgebrühte Superschurken zitterten.

Jake steckte das Handy in die Tasche seiner Jeans – dieselbe verschlissene Jeans, die er schon seit Wochen trug. Er wusste, dass in dem Moment, in dem der Alarm ausgelöst wurde, Hunderte schwer bewaffneter Vollstrecker hinter ihm her sein würden, und er war sich nicht sicher, ob er es mit allen aufnehmen konnte. Die Situation erforderte Fingerspitzengefühl.

Seine Finger fuhren die Kanten der Zellentür nach, in der Hoffnung, eine Lücke zu finden, aber sie war mit solcher Präzision hergestellt, dass sie fast luftdicht war. Jake dachte schon darüber nach, rohe Gewalt anzuwenden, als das Schloss plötzlich aufsprang, als er mit der Hand darüberfuhr. Verblüfft zog Jake vorsichtig die Tür auf und trat in den dunklen Gang hinaus. Versuchsweise winkte er noch einige Male mit der Hand über das Schloss und jedes Mal glitt es durch eine Art Telekinese vor und zurück.

»Nicht schlecht«, murmelte Jake und machte die Tür hinter sich zu.

Er schaute sich im Korridor um und entdeckte drei Überwachungskameras. Er machte eine Handbewegung, als wollte er eine Fliege verjagen, und alle drei Kameras schwenkten sofort zur Seite.

Verstohlen näherte sich Jake der doppelten Sicherheitstür und ging im Geiste seine Möglichkeiten durch. Er verspürte das überwältigende Verlangen, Chamäleon zu finden und Rache zu üben. Jake wusste, dass er irgendwo auf der Insel sein musste. Aber seine neue, vorsichtige Seite zwang ihn, so schnell wie möglich zu fliehen. Er mochte zwar Superkräfte besitzen, aber bisher war es noch niemandem gelungen, von Diablo Island zu fliehen.

Als er einige weitere Schritte in Richtung Freiheit machte, gab die Tür plötzlich ein lautes Piepen von sich und glitt zur Seite. Jemand kam herein! Es war die planmäßige Sicherheitspatrouille – offensichtlich hatte Jake sich verzählt, als er dort in seiner Zelle gelegen hatte. Er rang die Panik nieder und stürzte in den Schatten, um sich zu verstecken. Es fühlte sich an, als würde er in kaltes Wasser fallen. Jake schrie erschrocken auf, als er sah, dass sein Körper in den schwarzen Fleck eintauchte wie in eine Pfütze, und strampelte sich vollkommen blind nach oben. Sein Kopf lugte gerade weit genug aus den Schatten am Boden hervor, um sehen zu können, dass er ein Teil von ihnen geworden war.

Zwei bewaffnete Vollstrecker waren eingetreten. Sie ahmten stümperhaft einen TV-Comedian nach, den sie sich gerade angeschaut hatten, und gingen an Jake vorüber, ohne ihn zu bemerken.

Jake war dankbar dafür, dass er zufällig genau die richtigen Superkräfte hatte, um sich unbemerkt hinauszuschleichen. Plötzlich schoss ihm ein anderer Gedanke durch den Kopf – vielleicht hatte sein geheimnisvoller Wohltäter dafür gesorgt, dass er genau die Kräfte herunterlud, die er brauchte, so wie Basilisk es zuvor schon getan hatte.

Basilisk. Bei seinem Namen brach wieder eine Welle des Zorns über Jake herein.

Er würde den Schurken töten, sobald er ihn zu Gesicht bekam, und bestimmt war sich Basilisk dessen bewusst. Sein Feind war dafür verantwortlich, dass sein Leben verpfuscht war, er hatte ihn ins Gefängnis gebracht – alles, was schlecht an Jakes Leben war, war eine direkte Folge von Basilisks Einmischung. Aber wenn nicht Basilisk ihm hier heraushalf, wer konnte es dann sein?

Die Identität seines Wohltäters musste warten, bis er Diablo Island verlassen hatte. Jake hatte keine Ahnung, wo sich die Insel befand. Er kletterte so leicht aus dem Schatten, als würde er sich aus einem Schwimmbecken ziehen, und rannte durch die Türen, als sie sich gerade wieder schließen wollten.

Zum ersten Mal seit Tagen war Jake draußen! Er stand in einem Hof, der etwa halb so groß war wie ein Fußballfeld. Das Erste, was ihm auffiel, waren die Kälte und der starke Schneefall. Es war, als wäre er wieder in Moskau. Das Zweite, was ihm auffiel, war die Tatsache, dass es Nacht war, der Hof jedoch von grellen Flutlichtern beleuchtet wurde. Plötzlich ging ein Alarm los.

Ein Vollstrecker in einem Wachturm hatte die Tür zum Trakt mit der niedrigsten Sicherheitsstufe für seine beiden Kollegen geöffnet und beobachtet, wie sie ohne Zwischenfälle hineingelangt waren. Als er auf die Reihe der Monitore schaute, um sich zu vergewissern, dass auch innen alles glatt lief, bemerkte er zu seiner Überraschung, dass die Bilder aus dem Korridor nur weiße Wände zeigten. Er riss seinen Blick von den Bildschirmen los und schaute wieder in den Hof, um gerade noch zu sehen, wie Jake herausgerannt kam. Die Türen schlossen sich hinter dem Jungen und der Vollstrecker schlug auf den roten Alarmknopf.

»Ah, verdammt«, knurrte Jake, als das Heulen der Sirenen im ganzen Komplex erscholl. Genau das hatte er vermeiden wollen. Er schirmte seine Augen gegen die Flutlichter ab und sah, dass ein Vollstrecker seine Waffe auf ihn richtete. »Auf den Boden mit dir oder ich eröffne das Feuer!«, brüllte der Wachmann.

Jake reagierte, ohne nachzudenken, und streckte die Hände aus, in der Hoffnung, dass etwas Spektakuläres passieren würde. Er wurde nicht enttäuscht.

Ein gewaltiger Energieball bildete sich zwischen seinen Händen und wie eine Bowlingkugel schob er sie in Richtung des Wächters. Er krachte in den Fuß des Wachturms, riss die Stahlstützen weg und das ganze Gebäude stürzte unter dem Aufheulen des strapazierten Stahls in sich zusammen. Auf halber Höhe erfasste der Turm eine Mauer und der Wachmann wurde durch die Wucht des Zusammenpralls heftig zu Boden geworfen.

Noch mehr Wachen kamen aus dem Gebäude gegenüber von Jake gerannt und er hörte, wie sich die Türen des Trakts hinter ihm donnernd öffneten. Er wirbelte herum, formte einen weiteren Energieball und schleuderte ihn mit solcher Wucht in die Tür, dass sich der Stahl verbog und die Tür blockiert war.

Als er sich wieder zu der wachsenden Armee wütender Vollstrecker umwandte, kam Jake ein Kugelhagel entgegen. Er wurde nur wenige Zentimeter vor Jake von einem durchsichtigen Energieschild aufgehalten, der von seinem Körper ausging und sich bei jedem Einschlag kräuselte. Jake war nicht sicher, wie lange der Schild halten würde, denn die Zahl der Kugeln vermehrte sich so rasend schnell, dass er sich schon bald einer regelrechten Mauer aus Blei gegenübersah. Sie behinderten seine Sicht wie Insekten auf der Windschutzscheibe eines Autos. Das Klappern der zu Boden fallenden Munitionshülsen war beinahe so laut wie die Gewehrschüsse.

Jake schritt voran, aber die Kugeln waren so schwer, dass es sich anfühlte, als würde er durch Sirup laufen. Blindlings schleuderte er einen weiteren Energieball. Er musste einige Vollstrecker getroffen haben, denn das Gewehrfeuer ebbte ab und er hörte Schreie. Aus der Lautsprecheranlage des Gefängnisses erscholl eine Stimme. »Jake Hunter, du bist identifiziert. Ergib dich oder du wirst eliminiert!«

Wow, das sind ja großartige Alternativen, dachte Jake.

Da keine Kugeln mehr gegen seinen Schild prallten, hatte er freie Sicht auf seine Angreifer. Er entfesselte einen weiteren Energieball und streckte acht von ihnen damit nieder, doch sofort wurden sie von weiteren zehn Wächtern ersetzt. Eine Bewegung seitlich von ihm erregte seine Aufmerksamkeit – noch mehr Vollstrecker rannten an den Mauern des Hofes entlang. Über dem Ganzen zuckten elektrische Vielfachblitze willkürlich aus massiven, kugelförmigen Tesla-Türmen, die an den Mauern verteilt waren und aussahen wie Überbleibsel aus einem alten schwarzweißen Frankenstein-Film. Die Stromstöße bildeten Energieadern, die sich wie in einem Netz überkreuzten. Die Vollstrecker, die Jake bewachten, hatten ihm erklärt, dass Diablo Island eine »Flugfreie Zone« sei – der Schutzschild würde nur deaktiviert, wenn ein offizielles Flugzeug die Insel besuchte. Dies gewährleistete, dass Gefängnisinsassen nicht einfach davonflogen.

Jake rannte zu dem eingestürzten Wachturm und die Vollstrecker eröffneten erneut das Feuer. Er hatte ausreichend Vorsprung, um an dem Gittergerüst hinaufzuklettern. Funken stoben um seine Füße, als Kugeln einschlugen, doch er ignorierte sie und rannte einen abgewinkelten Träger hinauf. Als er an Höhe gewonnen hatte, erkannte er, dass er sich am Rand einer großen Insel befand. Der Horizont versank in Dunkelheit und Schnee, aber jenseits der äußeren Mauer konnte er das schwarze Wasser des Ozeans sehen. Sein improvisierter Fluchtplan wurde durchkreuzt, als er auf der Mauer einen Vollstrecker sah, der eine riesige Waffe bei sich trug. Sie war so schwer, dass sie auf einem pneumatischen Ausleger saß, der zur Verringerung ihres Gewichts an seiner Brust befestigt war. Als er sie abfeuerte, riss ein massiver Plasmastrahl den Wachturm in zwei Teile und traf Jake wie eine Abrissbirne.

Er wurde über die Mauer geschleudert und landete im Hof auf der Außenseite. Der obere Teil des Wachturms wurde weggepustet und krachte mit ihm zu Boden. Der

Turm brannte, als er auf den Steinboden krachte, und die Männer, die im Hof Dienst hatten, stoben auseinander, um in Deckung zu gehen.

Jakes gesamter Körper fühlte sich wund an, doch er hatte keine Zeit, sich um seine Verletzungen zu kümmern. Ein Vollstrecker rannte zu ihm, in der Annahme, er sei bewusstlos. Jake wartete, bis der Mann direkt über ihm stand, dann versetzte er ihm einen Tritt, sodass er verblüfft in die Knie ging. Der Wachmann brach zusammen und fiel zu Boden, was Jake die Gelegenheit gab, sich aufzurappeln und ihm die Waffe zu entreißen.

Er prüfte die Waffe kurz. Noch vor wenigen Wochen hätte er es cool gefunden, eine Waffe in Händen zu halten, aber gemessen an seinen Superkräften fühlte sie sich jetzt wie ein Kinderspielzeug an, so primitiv wie eine Steinaxt für einen Armeegeneral. Jake warf die Waffe zur Seite und nahm eine Bestandsaufnahme seiner Umgebung vor.

Etwa dreißig bewaffnete Vollstrecker hatten ihn umzingelt und noch mehr bevölkerten die Befestigungsmauer des Hofes. Neben ihm stand ein riesiger Weihnachtsbaum, an dem farbenfrohe Weihnachtskugeln hingen – reichlich fehl am Platz in diesem trostlosen Gefängnis. In seinem Rücken befand sich ein Eisentor, hinter dem er eine Landebrücke entdeckt hatte, die ihn in die Freiheit bringen würde.

»Wir sind zahlen- und waffenmäßig überlegen, Hunter«, rief eine vertraute Stimme.

Jake drehte sich um und Wut stieg in ihm auf. Chamäleon kam langsam durch die Armee aus Vollstreckern auf ihn zu. Er hatte sich in sein reptilienhaftes zweites Ich verwandelt, ging allerdings aufrecht und benutzte seinen langen dünnen Schwanz, um das Gleichgewicht zu halten.

»Ich würde ja keine Sekunde zögern, meinen Männern den Befehl zu erteilen, dich zu töten. Aber findest du nicht auch, dass das sowohl für dich als auch für die Hero Foundation ein Jammer wäre?«

Jakes Mund war trocken. Da war er, der Mann, der ihm seine Familie weggenommen und ihn unter Folter verhört hatte und der dennoch die Nerven hatte, sich selbst als Helden zu bezeichnen. Chamäleon stoppte, um einen gesunden Zehn-Meter-Abstand zu wahren. »Es erstaunt mich, wie du so weit kommen konntest. Wie bist du an deine neuen Kräfte gekommen?«

Jake warf einen Blick auf den Weihnachtsbaum. »Sind vom Nikolaus.« Das sollte ein Witz sein, aber ihm wurde bewusst, dass es nur noch vier Wochen bis zu den Feiertagen waren. Der Gedanke an ein Weihnachten ohne seine Familie versetzte ihm einen Stich.

»Gib auf, Hunter. Außerhalb dieser Mauern erwartet dich nichts. Nichts.« Chamäleon deutete auf seine Umgebung. »Das ist alles, was du noch hast. Jenseits dieser Mauern gibt es nur wenige, die sich daran erinnern, dass du überhaupt existierst. Hör auf, gegen uns zu kämpfen.«

Jake wusste ganz plötzlich, was er zu tun hatte. Wie bei all seinen bisherigen Erfahrungen mit Superkräften flog ihm das Wissen, wie er sie anwenden musste, einfach zu.

Er war der Meinung, dass es sich um eine Art Telepathie handelte, und Basilisk hatte von seiner DNA geschwafelt und davon, dass seine Gene untrennbar mit Villain.net verbunden seien – womöglich kommunizierte die Website mit ihm? Jake wusste nur, dass er sich entspannen und die Augen schließen musste.

Als Chamäleon sich nervös die Lippen leckte, schnellte seine Zunge weiter heraus als beabsichtigt. Jake stand mucksmäuschenstill. Sein Kopf war herabgesunken, als ob er gerade eingeschlafen wäre.

Chamäleon machte einen Schritt nach vorne. »Hunter?«

Als Jake die Augen öffnete, flackerten sie grün. Er hob die Arme über den Kopf und sein Körper begann, so schnell zu vibrieren, dass er nur noch verschwommen zu sehen war. Die Vollstrecker traten misstrauisch zurück, hielten ihre Blicke aber auf Jake gerichtet, den nun eine grüne Aura umgab.

Mit einem Mal wurde Chamäleon klar, was da gerade passierte, und nur Bruchteile von Sekunden, bevor eine grüne, radioaktive Schockwelle von Jakes Körper ausging, sprang er in Deckung. Es war, als wäre eine Atombombe gezündet worden. Der Schnee verdampfte und die Wächter im Hof wurden von den Füßen gerissen und gegen die Wand geschleudert.

Leblose Körper fielen übereinander. Einige Vollstrecker waren noch bei Bewusstsein und hatten Feuer gefangen. Sie rannten brüllend im Kreis, bevor sie sich auf dem Boden wälzten, um die Flammen zu löschen. Vollstrecker, die auf der Mauer gestanden hatten, wurden nach hinten geschleudert, viele von ihnen fielen mit einem Aufschrei zu Boden. Die Fenster aus Panzerglas in den Gebäuden um ihn herum schmolzen, als die Welle sie traf.

Jake wandte sich um und streckte seine Hände den Eisentoren entgegen. Die knisternde grüne Energie floss zu einem mächtigen Strahl zusammen, der die Tore verdampfen ließ und ein sauberes rundes Loch in die Mauer fraß.

Als die grünen Reflexe verschwunden waren, rannte Jake darauf zu.

»Hunter!«

Jake blieb im Mauerloch stehen und drehte sich um. Er sah, dass sich Chamäleon – noch immer in Reptiliengestalt – aus der Masse der schreienden Vollstrecker herauslöste und seine Hände erhob, um einen Feuerball abzuschießen. Aber Jake reagierte schneller und feuerte einen Strom radioaktiver Energie aus seinen Fingerspitzen ab. Chamäleon sprang behände zur Seite, doch vereinzelte Ladungen schlugen ihm ins Gesicht und hinterließen einen ärgerlichen roten Striemen von seinem rechten Auge bis zum linken Mundwinkel.

Jake rannte durch das Loch und hinaus auf den Anlegesteg, der sich ins Meer hinauszog. Ein riesiger Eisberg trieb an der Insel vorbei. Das Ufer war meilenweit entfernt und bestand aus vereisten Klippen. Doch Jake hatte das Sicherheitssystem von Diablo Island bereits überwunden und konnte unmittelbar losfliegen. Schon bald war er im Schneetreiben verschwunden.

DIE JAGD BEGINNT

Beth Hunters langes blondes Haar war trotz des Schirmes nass geworden. Sie zog ihre widerwilligen Eltern in ein Musikgeschäft und bettelte wie üblich um verschiedene CDs.

Jake beobachtete über die CD-Reihen hinweg, wie seine Schwester die Neuerscheinungen durchsah, und musste trotz allem grinsen. Normalerweise hätte er unter ihrer Übellaunigkeit und ihren Wutausbrüchen gelitten, doch jetzt merkte er, wie sehr er sogar das vermisste. Seine Mom und sein Dad folgten seiner Schwester und versuchten erfolglos, die Auswahl der Alben auf zwei zu beschränken. Jake fühlte sich elend, als er sie sah. Alle drei lächelten zufrieden – und waren sich überhaupt nicht bewusst, dass er nur wenige Meter von ihnen entfernt stand.

Basilisk hatte ihm erklärt, dass ihre Erinnerungen durch eine wirkungsvolle Technik gelöscht worden waren, durch die sogar Jakes bloßer Anblick blockiert wurde. Chamäleon hatte ihn oft damit verhöhnt, dass dieser Prozess nicht rückgängig gemacht werden könne – ein Grund mehr, weshalb Jake den schuppigen Superhelden leiden sehen wollte.

Seine Mutter schaute ihn direkt an, aber ihr Gehirn weigerte sich, ihn zur Kenntnis zu nehmen. Sie lächelte einfach ins Leere vor sich hin und nahm eine CD, die zufällig in ihrem Blickfeld lag.

»Was ist mit dieser hier, Beth? Es ist ein Angebot – drei zum Preis von zweien.«

»Urgh! Das würde ich nie im Leben hören!«, rief sie naserümpfend aus.

Jake lachte laut auf, woraufhin ihm einige der anderen Kunden Blicke zuwarfen. Er holte tief Luft und unterdrückte das Verlangen, seine Familie zu packen und so lange zu schütteln, bis sie ihn sehen konnten. Er rief sich ins Gedächtnis, dass er für den Rest der Welt nicht unsichtbar war – nur für seine Familie. Ihre Gehirne waren neu verkabelt worden. Das war sehr viel mehr als bloße Hypnose, es grenzte schon an Gehirnchirurgie.

Der kräftige Sicherheitsbeamte starrte Jake an. Er wusste, dass er mit dem Wachmann fertig werden würde, ohne auch nur ins Schwitzen zu geraten, und er konnte es ihm nicht verübeln, dass er gerade ihn auf dem Kieker hatte: Seit Tagen hatte er seine Kleider nicht gewechselt, er war vom Dauerregen, der draußen herunterprasselte, durchnässt und er sah blass, beinahe schon krank aus. Wenn Beth ihn sehen könnte, würde sie ihn zweifellos als Junkie beschimpfen.

Jake seufzte und verließ den Laden, bevor der Wachmann beschloss, ihn sich vorzuknöpfen. Draußen setzte er sich auf eine nasse Bank, starrte auf die Ladentür und wartete darauf, dass seine Familie herauskam. Die Straße war mit Transparenten und Lichtern weihnachtlich geschmückt und aus einem nahe gelegenen Geschäft dudelte Weihnachtsmusik. Das alles trug nicht gerade dazu bei, Jake aufzuheitern.

Nach seiner Flucht von Diablo Island hatte Jake sich erst einmal völlig verirrt. Er war so schnell wie möglich im Zickzackkurs durch den Schneesturm geflogen, um eventuelle Verfolger abzuschütteln.

Als er schließlich eine Stadt entdeckte, landete er und stellte fest, dass ihm niemand gefolgt war. Jakes Geografiekenntnisse waren nicht gerade brillant, aber selbst ihm war klar, dass er sich irgendwo in der Nähe des Nord- oder Südpols befinden musste. Eine nähere Erkundung der verschneiten Stadt ergab, dass sie Nuuk hieß. Es überraschte ihn, dass diese kleine Stadt tatsächlich die Hauptstadt von Grönland war.

Durch einen raschen Blick in einen Atlas, den er in der örtlichen Bibliothek fand, ließ sich seine Position genau bestimmen. Da er nirgends sonst hingehen konnte, beschloss er, sich auf den Nachhauseweg zu machen. Vorher jedoch klaute er in einem belebten Café eine dicke warme Lederjacke.

Eine Tat, durch die man auf ihn aufmerksam wurde.

Der Besitzer der Jacke stieß seinen Stuhl zurück und griff nach Jakes Arm, wobei er ihn wütend auf Grönländisch anbrüllte.

Jake versuchte, sich loszureißen, aber der Griff des Mannes war wie ein Schraubstock. Er brüllte weiter, diesmal auf Dänisch.

Inzwischen wurden sie von allen Gästen des Cafés angestarrt und ein schnauzbärtiger Polizist kam herüberstolziert. Dafür war Jake nicht in Stimmung. Er griff nach den Fingern des Mannes und drückte zu, bis die Knochen knackten. Der Mann stieß einen Schrei aus und ging in die Knie, dann schwang er seine andere Faust nach Jake. Rasch wich Jake aus, sodass ihn die breite Hand verfehlte. Mit einer schnellen Bewegung wirbelte er herum und schleuderte den schreienden Mann über seine Schulter, sodass er einige Meter durch den Raum flog und in einen Schaukasten mit Gebäck krachte. Die Menge schaute den drahtigen Jungen überrascht an.

»Yeah!«, brüllte Jake. Er genoss den Kick, den ihm der einseitige Kampf verlieh; der Rabauke in ihm hatte wohl schon zu lange geschlummert. »Genau! Der Hunter ist wieder da!«

Der Polizist trat mit einem Schlagstock in der Hand auf ihn zu. Er hatte offensichtlich verstanden, was Jake gesagt hatte, denn er sprach ihn mit einem starken Akzent an.

»Keine Bewegung. Du bist verhaftet.«

»Nein, bin ich nicht.«

Jake schlüpfte in die Lederjacke, ihre Wärme war ihm sehr willkommen. Dann hob er lässig die Hand – und eine Energiekugel schoss daraus hervor. Der Polizist wurde über mehrere Tische geschleudert, ehe er durch das Fenster krachte und draußen im Schnee stöhnend zusammenbrach. Die Cafégäste stoben auseinander und gingen eilig in Deckung, als der blonde Junge aus dem Cafe stolzierte. Es hatte seine Superkräfte völlig verschwendet und es fühlte sich einfach großartig an.

Er setzte seine Reise fort, machte mehrere Zwischenstopps und wünschte sich jedes Mal, sein Wohltäter hätte ihn mit Teleportationskräften ausgestattet. Teleportation machte das Reisen sehr viel komfortabler, doch sie gehörte zu den Kräften, die er anscheinend nicht so in sein System aufnehmen konnte, dass er in der Lage war, sie regelmäßig zu benutzen.

Während eines Zwischenstopps zitterte er trotz seiner wattierten Jacke wie Espenlaub. Er nutzte seine radioaktive Kraft, um Felsen zu erhitzen und sich daran aufzuwärmen. Ein anderes Mal hielt er an, um seine Kräfte willkürlich wieder aufzufüllen, was seinem System einen Schub gab, als hätte er zu viel Kaffee getrunken. Aus früherer Erfahrung wusste er, dass Kräfte, die vom Handy heruntergeladen wurden, sehr viel schwächer waren, als die, die direkt aus dem Internet stammten. Aber jetzt stellte er fest, dass sie ebenso mächtig waren, und führte dies auf die Tatsache zurück, dass er inzwischen mit Villain.net verknüpft war – und das machte ihn umso stärker.

Auf dem letzten Zwischenstopp erreichte ihn eine neue SMS von seinem Wohltäter, der ihn davor warnte, nach Hause zu gehen. Er schlug vor, ihn von Angesicht zu Angesicht zu treffen. Jake ignorierte die Nachricht, denn er hatte genug davon, gesagt zu bekommen, was er zu tun hätte. Ab jetzt hatte er selbst die Kontrolle über sein Leben. Seine Gedanken waren aufgewühlt, als er weiterflog. Wie konnte er es anstellen, dass sich seine Familie wieder an ihn erinnerte? Chamäleon hatte eine seltene Kraft erwähnt, die zum Einsatz gekommen war, um ihre Erinnerungen zu entfernen. Gedächtnisverlust konnte durch eine simple hypnotische Kraft ausgelöst werden, aber bei seinen Eltern war das gesamte Gehirn neu verkabelt worden. Um dies durchzuführen, bedurfte es einer seltenen Superkraft, was bedeutete, dass es sich dabei nicht um eine Kraft handelte, die man online erhalten konnte. Konnte er die hyperenergetische Chemiefabrik, zu der sein Körper geworden war, dazu einsetzen, diese Kraft herzustellen? Doch wo sollte er anfangen? Chamäleon hatte ihm gesagt, dass er Kräfte erzeugen konnte, aber er hatte sich geweigert, ihm das viel wichtigere Wie zu erklären. Wie üblich gerieten seine Gedanken aus den Fugen, wenn er an den Superhelden dachte, und er hatte nur noch Hassgefühle: Wie konnte er an Chamäleon und Basilisk Rache dafür üben, dass sie sein Leben ruiniert hatten? Und wie konnte er die Superkräfte dafür einsetzen, das zu bekommen, was er wollte? In Jakes Bewusstsein gab es kein Gut und kein Böse – es gab nur ihn selbst.

Den Hunter. Den Jäger.

Jake mochte den Spitznamen, den die Superhelden-Bruderschaft ihm verliehen hatte, und er schwor sich, diesem Namen alle Ehre zu machen.

Er sprang mit seinen Gedanken wieder in die Gegenwart und sah auf, als seine Familie aus dem Musikgeschäft trat.

An Beths Arm baumelte eine Tüte. Offensichtlich hatte sie wie üblich erreicht, was sie wollte. Jakes Lächeln erstarrte, als er die Gestalt erkannte, die seinen Eltern unauffällig folgte: Chamäleon.

Augenblicklich war Jake auf den Beinen. Chamäleon bemerkte die plötzliche Bewegung und blieb wie angewurzelt stehen, seine Augen wurden schmal. Jake verfluchte sich selbst. Er hätte den Ratschlag in der SMS befolgen sollen, sein Zuhause war der erste Ort, an dem man nach ihm suchen würde. Jake stürzte zu einer Glastür, die in ein Einkaufszentrum führte. Seine Familie mochte ihn vielleicht nicht sehen, trotzdem konnte sie in einem Kampf verletzt werden.

Das Einkaufszentrum war überfüllt und Jake tauchte mühelos in der Menge unter. Weihnachtslieder erklangen und jede verfügbare Fläche war farbenprächtig geschmückt. Ein rascher Blick zurück offenbarte, dass Chamäleon ihm folgte. Bestimmt würde er nicht versuchen, Jake in aller Öffentlichkeit gefangen zu nehmen, oder doch? Jake nahm an, dass die Superkräfte ein Geheimnis bleiben sollten, denn er hatte bis zu jenem schicksalhaften Tag im Werkraum der Schule ganz sicher nicht gewusst, dass sie existierten. Und wenn sie bekannt würden, würde es auf der Welt noch viel chaotischer zugehen, da alle nur das tun würden, was sie wollten. Aber das war nicht Jakes Problem. Ihm war es gleichgültig, ob die Welt davon wusste. Solange er überlegen war, konnte er andere Menschen manipulieren und die Kontrolle übernehmen – nur darauf kam es an.

Jake hielt in der Mitte des Einkaufszentrums an. Der riesige Restaurantbereich wurde von einem Weihnachtsbaum beherrscht. In vier Richtungen führten Einkaufsstraßen von ihm weg. Jake holte tief Luft; wenn dies der Ort für eine Begegnung mit Chamäleon war, dann war er bereit. Er wurde weltweit von den Behörden gesucht, weil er nukleare Sprengköpfe gekauft, eine Bohrsonde gestohlen, Menschen entführt und auf zahlreiche andere Arten gegen Gesetze verstoßen hatte – ein Einkaufszentrum zu verwüsten, wäre nur ein weiterer Punkt auf der Liste.

Chamäleon suchte die Menge ab, in der Hoffnung, Jakes blonde Igelfrisur würde ihn verraten. Er packte eine Gestalt grob am Arm, die sich jedoch als Mädchen herausstellte. Sie beschimpfte ihn und riss sich los. Chamäleon rieb abwesend über die Narbe auf seinem Gesicht. Die Verletzung, die Jake ihm zugefügt hatte, pochte noch immer schmerzhaft. Er legte die Hand auf ein kleines Headset an seinem Ohr und sprach mit leiser Stimme hinein.

»Ich habe ihn gefunden. Der Idiot ist heim ins Nest geflogen. Wie schnell kann eine Vollstreckerpatrouille hier sein? Oder irgendeine andere Einheit, wenn wir schon dabei sind? Ich glaube, der Junge ist stärker geworden.«

Eine zögernde Stimme antwortete aus der winzigen Hörkapsel.

»Äh, Sir, wir haben hier ein Problem. In den frühen Morgenstunden kam es zu einer Infiltrierung der Foundation-Server.«

Chamäleon runzelte die Stirn. Er hasste Techno-Geschwafel und war sich sicher, dass die Leute nur so redeten, um intelligent zu erscheinen.

»Und das heißt genau?«

»Jemand hat sich bei Hero.com eingehackt und einen Virus übertragen! Das gesamte System ist zusammengebrochen!«

Chamäleon schnappte nach Luft wie ein Fisch auf dem Trockenen.

»Das gesamte System?«

»Ja, Sir. Wir rufen gerade die Protokolle ab, um zu sehen, ob jemand zu dieser Zeit online war. Falls dies der Fall war, müsste es bei ihm zu einem forcierten Datenstrom gekommen sein . . .«

»Sprechen Sie gefälligst Englisch mit mir!«

»Sie hätten eine Überdosis Energie abgekriegt.«

»Ist das gefährlich?«

»Wir sind uns da nicht sicher. Wenn Hero.com offline ist, bedeutet das, dass keine Superhelden verfügbar sind. Nur Primes. Die Foundation hat sich schon daran gemacht abzutauchen.«

Chamäleons Mut sank. Es gab nur noch wenige Primes, also Leute mit angeborenen Superkräften. Und diejenigen, die mit solchen Kräften ausgestattet waren, drifteten auf der Suche nach einem leichten Leben und schnellem Profit gern mal in Schurkereien ab. Die meisten älteren Primes spürten, dass sie zu einer bedrohten Spezies gehörten, und würden sich sofort verstecken, wenn Gefahr drohte. Chamäleon gehörte zu den wenigen Primes, die noch daran glaubten, dass sie Problemen geradewegs ins Gesicht sehen sollten.

Die Stimme fuhr fort. »Alle Vollstreckereinheiten wurden zusammengezogen, um zu gewährleisten, dass es nicht zu weiteren Ausbrüchen auf Diablo kommt, und auf die anderen Schlüsselstellen der Foundation verteilt. Wenn der Rat des Bösen Wind davon bekommt . . .«

Sie brauchte nicht zu Ende zu sprechen. Chamäleon wusste nur zu gut, dass der Rat des Bösen sofort alle Anstrengungen, die Weltherrschaft zu erlangen, maximieren würde, wenn er in Erfahrung brächte, dass es keine Superhelden gab, die dagegen ankämpfen konnten. Auf den Straßen würde Chaos ausbrechen und es gäbe nur noch die Regierungen und die Vollstreckerschwadrone, um die Wahrheit zu verschleiern. Es käme zu einem Bürgerkrieg, wenn die Öffentlichkeit jemals herausfand, dass Superkräfte nicht nur existierten, sondern auch auf jeden übertragbar waren. Die Menschen würden ihr Recht auf diese Kräfte einfordern.

»Das darf nicht passieren«, murmelte Chamäleon.

»Tut es aber«, knurrte Jake dicht an Chamäleons Ohr. Der Superheld erstarrte, als er fühlte, wie sich etwas in seinen Rücken bohrte.

»Ist das eine Kanone?«, fragte Chamäleon ungläubig.

»Eine Kanone? Wofür sollte ich die brauchen? Mein Finger ist tödlicher als eine Kanone.«

»Du wirst hier nichts tun, oder? Vor all diesen Zeugen?«

»Was habe ich zu verlieren?«

Die Antwort jagte Chamäleon einen Schauder über den Rücken.

»Ich will eine klare Ansage von dir: Welcher von euch sogenannten Superhelden hat die Erinnerung meiner Familie ausgelöscht?«

Chamäleon zögerte. Er wusste, dass sich das, was er jetzt sagte, darauf auswirken würde, ob er leben oder durch Hunters Hand sterben würde.

»Ein Prime namens Psych.«

»Wo ist er?«

»Ich weiß es nicht.« Das war nicht einmal gelogen, vor allem, wenn die Primes in den Untergrund gingen – und Psych war nicht gerade einer der Tapfersten. Aber noch während er es sagte, wurde Chamäleon klar, dass es die falsche Antwort war.

»Dann sieht es wohl so aus, als hättest du ausgedient«, knurrte Jake.

Chamäleon wusste, dass ihm nur noch eine Chance blieb. Wie eine Rakete schoss er am Weihnachtsbaum hinauf, kurz bevor Jake einen Blitz radioaktiven Feuers entfesselte.

Der Strahl traf Chamäleon am Rücken, als er sich in seine flinkere Echsenform verwandelte. Er wurde seitlich in den Baum geschleudert und krachte durch Weihnachtsschmuck, die Zweige um ihn herum fingen Feuer. Er war benommen, hatte aber noch genug Geistesgegenwart, um sich an den Baum zu klammern und sich einen Augenblick lang zu erholen.

Die Menschen um Jake herum schauten mit offenen

Mündern zu. Zuerst dachten sie, das Einkaufszentrum veranstalte eine Art Show. Doch dann entdeckten sie die schuppige Riesenechse im Baum. Panik breitete sich aus und die Kunden drängten sich schreiend nach draußen.

»Ein Tier ist ausgebrochen!«

Jake feuerte erneut und die grünen radioaktiven Ranken entzündeten weitere Zweige. Das Feuer breitete sich rasch aus, als der künstliche Schnee in Brand geriet; dicke schwarze Rauchschwaden stiegen zum Dach auf und lösten den Feueralarm aus, der durch den ganzen Gebäudekomplex hallte. Die fliehende Masse schrie noch lauter, als das Sprinklersystem aktiviert wurde und ein Monsun im Inneren des Gebäudes losbrach.

Jake sah, dass ein kleiner Junge neben ihm stand, sein Mund stand vor Erstaunen offen.

»Das ist ja so cool!«, quietschte das Kind. »Wie machst du das?«

Jake knurrte dem Jungen zu: »Verschwinde, bevor du verletzt wirst.«

Plötzlich kam die Mutter des Jungen mit angstverzerrtem Gesicht angerannt. Sie riss ihren Sohn in die rettenden Arme und rannte um ihr Leben. Jake konnte das grinsende Gesicht des kleinen Jungen sehen, der über der Schulter seiner Mutter hervorlugte.

Chamäleon fühlte, wie der Baum unter ihm bebte, als überlastete Befestigungsseile rissen. Dann schwankte der ganze Baum hin und her wie ein Pendel. Eine von Jakes Explosionen verfehlte den Baum knapp, als er sich zu einer

Seite neigte – dann schwenkte er mit solcher Wucht zur anderen Seite, dass Chamäleon aus den Zweigen geschleudert wurde und mit einem lebensgroßen Nikolausschlitten zusammenprallte, der an der Decke hing. Die Dekoration aus Glasfaser zerschellte und fiel auf die inzwischen leeren Tische – zusammen mit Chamäleon, der sich an einem Teil des Schlittens festklammerte wie an einem Rettungsring.

Wasser aus der Sprinkleranlage brannte Jake in den Augen und er musste sie mit seinem Ärmel abwischen. Als er wieder aufsah, war in den Ruinen des Restaurantbereichs keine Spur mehr von Chamäleon zu entdecken. Jake registrierte eine Bewegung, als er einen Schritt nach vorne machte. Er wirbelte herum und feuerte erneut – direkt auf einen Sicherheitsbeamten.

Für den Bruchteil einer Sekunde sah Jake das Gesicht des nervösen Mannes. Er war im Rentenalter und offensichtlich dazu gezwungen worden, die Randale zu stoppen. Jake schaffte es noch, seinen Schuss zur Seite zu ziehen – wobei er einige Buden, die im Gang standen, in Schutt und Asche legte –, aber die Druckwelle prallte gegen die Brust des Mannes und riss ihn zu Boden.

»Raus hier!«, brüllte Jake.

Der Sicherheitsbeamte zögerte keine Sekunde und flüchtete auf allen vieren. Durch den Wachmann abgelenkt, bemerkte Jake den Angriff des Superhelden erst, als ihn ein Feuerball an der Seite traf. Sein Energieschild absorbierte die Wucht größtenteils, aber sie war noch immer groß genug, um ihn durch das Schaufenster eines Bekleidungsgeschäfts zu schleudern. Die scharfkantigen Glasscherben hätten ihn wohl zu Hackfleisch verarbeitete wenn ihn nicht erneut der Schild geschützt hätte. Jake fiel in einen Stapel exklusiv gekleideter Schaufensterpuppen. Als er aufsah, bot sich ihm ein seltsamer Anblick.

Der Echsen-Held ging aufrecht und seine Klauen klickten auf dem Fliesenboden, als er sich näherte. Bei jedem Schritt wippte sein Kopf nach oben und er schien nicht zu bemerken, dass ihm eine Nikolausmütze auf den Kopf gefallen war. Jake sah, dass aus den Klauen der Echse intensives Licht hervorbrach – einen Moment später köpfte ein Feuerball die Schaufensterpuppe neben ihm und setzte einen Stapel Kleider in Brand. Als Jake wieder hochblickte, stand Chamäleon über ihm.

»Schluss mit den Spielchen, Hunter! Wenn wir nicht herausfinden können, wie du funktionierst, solange du lebst, können wir es vielleicht, wenn du tot bist!«

Jake erhob seine Hände in Chamäleons Richtung. Der Superheld wurde durch eine unsichtbare Kraft von den Füßen gerissen und flog rückwärts aus dem Laden und durch das Schaufenster eines Optikers.

Jake rappelte sich auf und ging zurück in den Restaurantbereich. Die Sprinkleranlage hatte zwar genug Wasser verteilt, um den Boden in eine glitschige Rutschbahn zu verwandeln, doch das Feuer hatte sich weiter ausgebreitet.

Er sah Chamäleon unter einem Stapel Designerbrillen ächzen. Ein Gefühl des Zweifels zuckte durch Jakes Gehirn. Er hasste Chamäleon mit jeder Faser seines Körpers, doch er brachte es nicht über sich, den Superhelden zu töten – Jake hatte inzwischen fast jedes Verbrechen begangen, das er sich denken konnte, außer kaltblütigem Mord . . . bisher.

Jake hatte die erste Information aus ihm herausbekommen, die er für die Heilung seiner Familie benötigte. Chamäleon wusste nicht, wo Psych steckte, was würde es also bringen, ihn zu töten?

Er wird dich erbarmungslos verfolgen, munkelte eine dunkle Stimme in seinem Hinterkopf. Und er wusste, dass das stimmte. Chamäleon und die Hero Foundation wollten Jake, wollten durch ihn das Geheimnis lüften, wie man Superkräfte verstärken konnte. Und Chamäleon hatte sich nicht einmal die Mühe gemacht, zu verschleiern, dass er bereit war, ihn zu töten.

Chamäleon schob einen Präsentationsständer von seinem blutenden Bein und sah, wie sich Jake langsam näherte. Er verwandelte sich zurück in seine menschliche Gestalt und zum ersten Mal zeichnete sich Angst in seinem Gesicht ab. Und darauf sprang Jakes alte Neigung, andere zu schikanieren, sofort an. Auf dem Spielplatz war der Ausdruck von Angst auf dem Gesicht seiner Opfer ein Zeichen für seinen Sieg. Die Menschen waren immer leichter manipulierbar, wenn sie Angst hatten.

»Was ist los, Echsenkopf? Hast du endlich deinen Meister gefunden?«

»Hunter, denk darüber nach, was du da tust! Du hast unbeschreibliche Kräfte, die wir dazu verwenden könnten, der Menschheit zu helfen . . .«

»Und warum sollte ich das wollen?«

Chamäleon zwinkerte überrascht. »Weil . . . du ein Teil davon bist!«

»Mein ganzes Leben lang hat mir irgendjemand vorgeschrieben, was ich tun soll. Und immer, wenn ich mich dagegen aufgelehnt habe, gab es Probleme. Aber jetzt bin ich das Problem. Wer kann mich aufhalten? Superhelden . . . Superschurken, das ist mir völlig egal. Ich erledige euch alle!«

»Willkürlich Helden und Schurken zu töten, macht dich einfach nur zu einem weiteren machthungrigen Verbrecher.«

»Ich fürchte, genau das bin ich dann eben.«

Das entfernte Geräusch von Sirenen drang durch das Prasseln der Flammen und erregte ihre Aufmerksamkeit. Es wurde von einer lauten Explosion übertönt, als ein weiterer Laden in Flammen aufging. Der ganze Bereich glich einem Inferno.

Jake öffnete den Mund, um Chamäleon zu antworten – und stellte verblüfft fest, dass er sich nicht rühren konnte. Eine dünne Kristallschicht aus Chamäleons Fingern umhüllte seinen Körper. Der Superheld kam wieder auf die Füße und verarztete die blutenden Schnitte an seinem Bein.

»Du magst mächtig sein, Hunter. Aber du hast keine Erfahrung.«

Jake versuchte, sich zu bewegen, doch es gelang ihm

nicht. Er erinnerte sich daran, dass Chamäleon diese Kraft schon früher in einem Kampf gegen Basilisks Handlanger angewandt hatte.

»Bevor die Polizei ankommt, wirst du dahin zurückteleportiert, wo du hingehörst. Diablo Island, Hochsicherheitstrakt. Du wirst nie wieder Tageslicht sehen!«

Chamäleon stand nun Nase an Nase mit Jake, auf seinem Gesicht zeichnete sich Hass ab. Der Superheld war so sehr in seine eigenen Rachegedanken versunken, dass er nicht registrierte, wie der Kristallüberzug um Jakes Hand bröckelte, als er diese zur Faust ballte.

Mit einem splitternden Geräusch zerbrach der Überzug in tausend Teile, als Jake seinen Körper anspannte. Er holte mit der Faust zu einem Schlag aus, der Chamäleon im Gesicht traf und ihn niederstreckte. Chamäleon schaute Jake ehrfürchtig an. »Das ist unmöglich! Das Zeug kann Kugeln aufhalten!«

»Nichts kann mich aufhalten«, antwortete Jake.

Chamäleon wusste, dass er den Kampf verloren hatte, und wollte nicht noch weitere Prügel beziehen. Er schloss die Augen und teleportierte sich mit einem Donnerschlag fort.

»Feigling«, rief Jake und war zornig, dass sein Feind entkommen war. Aber der Kristallüberzug brachte ihn auf eine Idee. Wenn er es schon nicht über sich brachte, Chamäleon zu töten, dann könnte er ihm doch wenigstens eine Falle stellen, damit er dauerhaft in einem Gefängnis festsitzen würde, aus dem es kein Entkommen gab.

Zumindest, bis er sich mit der Idee angefreundet hatte, ihn kaltblütig zu ermorden.

Stimmen, die von Weitem zu ihm drangen, kündigten die Ankunft der Feuerwehr an und Jake wollte sich nicht noch länger hier aufhalten. Er hatte den Namen des Superhelden, den er finden musste: Psych. Vielleicht würde ihm sein mysteriöser Wohltäter helfen, den Helden aufzuspüren? Er musste jetzt nur einen Ort finden, an dem er sich verstecken konnte, einen Ort, an dem niemand nach ihm suchen würde.

Jake schoss vom Boden nach oben durch die Glaskuppel und flog dann hinaus über die Stadt. Menschenmassen hatten sich versammelt, um das Einkaufszentrum brennen zu sehen. Doch niemand sah, wie Jake in die tief hängenden Regenwolken flog.

Nie schaute jemand nach oben.

EINLADUNGEN

Kleinlaut betraten Knuckles und Big Tony das Schulgelände. In den guten alten Zeiten wären sie zusammen mit dem psychotischen Scuffer und dem Anführer ihrer Gruppe, Jake, gekommen. Aber diese glorreichen Tage, in denen sie das ganze Viertel beherrscht hatten, waren auf einen Schlag vorbei, als Scuffer entdeckte, dass Jake Superkräfte hatte. Das hatte dazu geführt, dass sie Jake auf eine Wahnsinnsmission nach Russland begleitet hatten. Er hatte einen riesigen Geldbetrag in einem Koffer bei sich gehabt; Geld, das laut Scuffer besser in ihren eigenen Taschen aufgehoben wäre. Deshalb hatten sie beschlossen, ihren eigenen Kumpel auszurauben.

Ein schlechter Schachzug, der sie beinahe das Leben gekostet hätte. Und in Scuffers Fall ... Na ja, beide Jungen waren bestürzt gewesen, als sie in Russland von einer Gruppe Vollstrecker aufgegriffen wurden, die ihnen zeigte, was Jake mit ihrem Freund gemacht hatte.

Obwohl sich die beiden Schläger ruhig verhielten, wurden sie dennoch von den anderen Schülern gemieden. Und sie hatten absolut keine Ahnung, dass sie ganz genau beobachtet wurden.

Jake spähte aus einem dunklen Kellerfenster. Als er seine Freunde sah, überkamen ihn Ekelgefühle wegen ihres Betrugs. Sie hatten sich auf Scuffers Seite geschlagen und Jake war nicht gewillt, das jemals zu vergessen. Sie standen auf seiner Liste, die immer länger wurde, und er würde dafür sorgen, dass sie für ihren Verrat bezahlten.

Nachdem er aus dem brennenden Einkaufszentrum geflüchtet war, hatte Jake überlegt, dass das beste Versteck der Ort war, an den seine Verfolger zuletzt denken würden – die Schule.

Er war zu Hause vorbeigegangen, um sich ein paar Sachen auszuleihen. Dabei achtete er darauf, das Aufgebot an Bewegungsmeldern im Garten, das seine Ankunft verraten sollte, nicht auszulösen. Die Vollstrecker hatten dafür gesorgt, dass jede Spur von Jake aus seinem Zuhause entfernt wurde, sie hatten ihn sogar digital aus den Familienfotos herausgelöscht. Seine Familie war bestimmt noch in der Stadt unterwegs, zweifellos schaute sie der Feuerwehr zu, wie sie mit dem Brand fertig wurde, den er verursacht hatte.

Als Erstes duschte er und wusch sich den Schmutz eines ganzen Monats ab. Auf Diablo Island hatte man ihm noch nicht einmal eine Schüssel mit Wasser und einen Waschlappen anvertraut. Danach schlüpfte er in Beths Zimmer und borgte sich ihren Laptop. Da sie keinerlei Erinnerung an ihren Bruder hatte, würde sie natürlich annehmen, er sei gestohlen worden. Als er so durch sein altes Zuhause streifte, überkam ihn eine Woge der Traurigkeit. Jake kämpfte darum, seine Gefühle unter Kontrolle zu bekommen – Superschurken weinten nicht.

Am Abend kehrte er zur Schule zurück und verwendete sein Superkräftearsenal dazu, die einfachen Sicherheitsvorkehrungen zu umgehen und sich in einem Keller zu verstecken, der als Lager diente. Er schloss sein Handy über Bluetooth an den Laptop an und ging dann ins Internet, wofür er die kabellose Netzwerkverbindung der Schule nutzte. Obwohl er nicht so genau wusste, wie er auf Villain.net zugreifen konnte – die URL bestand aus einer komplizierten Reihe von Zahlen und Symbolen – schaffte er es über die SMS auf seinem Handy, dorthin zu gelangen. Er war sehr zufrieden mit sich; das war endlich mal eine lebensnahe Anwendung dessen, was er im Informatikunterricht gelernt hatte. Seine Lehrerin wäre beeindruckt.

Das Villain.net-Banner erschien und darunter eine Reihe von Icons. Einer davon pulsierte und erregte dadurch seine Aufmerksamkeit. Er klickte darauf und gelangte auf eine Seite mit Kurznachrichten.

Die Überschrift lautete: »Hero.com offline!«

Jake überflog den Artikel. Er besagte, dass der Rat des Bösen jetzt, wo es keine Downloader mehr gab – also Superhelden, die ihre Superkräfte aus dem Internet herunterluden –, seine Mitglieder versammelte, um weltweit koordinierte Angriffe durchzuführen. Die meisten der feigen Primes hatten sich versteckt und überließen es dem Rest der Welt, mit der Superbedrohung klarzukommen. Jake wollte gerade auf einen Link klicken, um die Seite zu verlassen, als ihm ein Name ins Auge stach: Basilisk.

Jake schoss die Zornesröte ins Gesicht, als er las, dass Basilisks Leiche nicht auf seiner Insel gefunden worden war und der Rat vermutete, dass er entkommen war. Eine Belohnung war ausgesetzt für denjenigen, der ihn schnappte – tot oder lebendig.

Basilisk war also noch immer am Leben? Jake spürte sofort das Verlangen, ihn zur Strecke zu bringen. Doch er zügelte seinen Zorn. Im Moment war seine Familie das Allerwichtigste.

Nachdem er die meisten der namenlosen Icons auf der Website überprüft und ausprobiert hatte, fand er eine Suchfunktion, mit der er Superhelden ausfindig machen konnte. Er gab den Namen »Psych« ein und wurde mit einem alten Foto des Superhelden belohnt. Es handelte sich um einen Mann mittleren Alters mit grauen Schläfen und einer kräftigen falkenartigen Nase. Er trug einen altmodischen hohen Kragen und nahm eine wichtigtuerische Pose ein. Die Website gab seinen Status schlicht und einfach als »inaktiv« an. Wo er zu finden war, stand dort nicht.

Den Rest des Abends verbrachte Jake damit, dubios aussehendes Essen zu verzehren, das er in der Schulküche gefunden hatte, und ein paar Extrakräfte herunterzuladen, die er willkürlich auswählte; er entspannte sich durch das Energie spendende Gefühl, das durch seinen Körper strömte.

Die eintrudelnden Schüler rissen ihn am nächsten Morgen aus dem besten Schlaf seit Ewigkeiten. Er konnte nicht riskieren, von Lehrern oder anderen Schülern gesehen zu werden, aber er war entschlossen, heute Knuckles und Big Tony gegenüberzutreten. Wie üblich nahmen die beiden Schulhofschläger den längeren Weg zur Klasse, um dem Gewühl von Mitschülern und Lehrern zu entgehen. Die perfekte Gelegenheit für Jakes Auftritt.

Er fing sie hinter den Physiksälen ab. Sie waren in ein Gespräch vertieft und bemerkten Jake, der ihnen den Weg versperrte, erst, als sie ihm fast in die Arme gelaufen waren.

»Hallo Jungs«, sagte Jake.

Augenblicklich wurden aus ihren nachdenklichen Mienen verängstigte Gesichter.

»H-Hunter!«, stammelte Big Tony. »Hab gar nicht damit gerechnet, dich zu sehen.«

Jake ignorierte Big Tony; er war nur das blöde Schaf, das jedem folgen würde. Sein Groll galt Knuckles, der langsam rückwärts ging.

»Fass mich nicht an, Jake. Ich habe nichts getan! Es war Scuff, der mich gegen dich aufgehetzt hat.«

»Klar. Er hat dich gezwungen, deine Waffe auf mich zu richten.« Knuckles Mund blieb offen. »Verräter vergesse ich nicht.«

Jake hob die Hand – in diesem Augenblick läutete die Schulglocke. Knuckles stürzte durch die Tür zum Physiksaal. Nach kurzem Zögern folgte ihm Big Tony. Jake rührte sich nicht vom Fleck, denn er konnte sich nicht in der Öffentlichkeit zeigen. Außerdem wusste er, dass die beiden Schläger zu verängstigt waren, etwas auszuplaudern.

Jake trat einfach in den Schatten und schmolz weg, zurück zu seinem Versteck.

Für diejenigen, die Mr Grimm nicht kannten, schien es, als hätte er sich seinen Sinn für Humor chirurgisch entfernen lassen. Die, die ihn kannten, wussten nur zu genau, dass er nie welchen besessen hatte.

In seinem makellosen schwarzen Anzug, dem blendend weißen Hemd und der dünnen schwarzen Krawatte – einer Kombination, die zu seiner Visitenkarte geworden war – las Mr Grimm die Nachricht auf dem Display vor ihm. Er rückte seine rechteckige Brille zurecht und tippte sich gedankenverloren ans Kinn. Alles deutete auf einen arbeitsreichen Tag hin.

Mr Grimm war jemand, der Probleme löste. Jemand, den große Firmen oder Regierungen dafür bezahlten, dass er ausweglose und häufig illegale Schwierigkeiten beseitigte. Er arbeitete nicht für einen bestimmten Auftraggeber, sondern für jeden, der ihm genug Geld bot, und er kannte keine Moral. Bei einer solch flexiblen Einstellung passierte es gelegentlich, dass er für verschiedene Seiten gleichzeitig tätig war. Er war ein Doppelagent. Abgesehen von seinen hervorragenden Fähigkeiten stellte Mr Grimm stets sicher, dass er die Wünsche seiner Kunden erfüllte. Und genau deshalb bezahlten sie ihn so gut.

Er saß auf der Rückbank seines schwarzen Geländewagens mit den abgedunkelten Scheiben und starrte die Anweisungen auf dem Bildschirm an. Er hatte zwei Aufträge zu erledigen; ungewöhnlicherweise sollten sie am gleichen Ort ausgeführt werden, es handelte sich jedoch um zwei entgegengesetzte Mächte. Er würde sich zuerst mit dem Auftrag beschäftigen, der ihn am meisten interessierte: Jake Hunter.

Diesen Namen flüsterte man sowohl in den Korridoren der Hero Foundation als auch im Rat des Bösen. Offensichtlich war der Junge ein Schlüssel, um Superkräfte in außergewöhnlichem Maße zu verstärken und neue Kräfte zu erzeugen, die nicht von Natur aus bei Primes vorkamen. Das fand Mr Grimm selbst recht interessant. Mr Grimm war nämlich ein Prime.

Er warf einen Blick auf das Navigationssystem und sah, dass er in zwanzig Minuten an der Schule sein würde. Er entspannte sich in seinem Sitz und dachte über die Situation nach, die sich ihm hier präsentierte.

Hero.com war vorläufig offline. Ebenso wie ihr Gegenstück Villain.net stellte die Website die erste und wichtigste Verteidigungslinie gegen den Feind dar. Nun hatte sie ein kühn konstruierter Virus zum Erliegen gebracht, den der einzelgängerische Superschurke Basilisk kreiert hatte. Die Techniker der Foundation rangen darum, sie zu reparieren und die wachsende Anzahl Superschurken aufzuhalten, die plötzlich aus der Versenkung auftauchte, um die Situation auszunutzen. Außerdem würde jedes der Ratsmitglieder – einschließlich seines Klienten – versuchen, in eine einflussreichere Position zu gelangen. Es war der übliche Machtkampf, den man überall auf der Welt fand – nur, dass die Beteiligten in diesem Fall Superkräfte besaßen.

Im Moment bestand der Rat aus acht Mitgliedern und eigentlich sollten sich die Ratsmitglieder regelmäßig in der Position des Vorsitzenden abwechseln. Doch zum Leidwesen der anderen Ratsmitglieder hatte schon seit Jahren derselbe Erzschurke den Vorsitz. Da ihre eigenen Intrigen sie so sehr in Anspruch nahmen, gelang es ihnen offenbar nicht, ihren inoffiziellen Anführer gemeinsam zu stürzen oder sich wenigstens zu einem koordinierten Angriff auf die Hero Foundation zusammenzuraufen.

Und dazwischen stand nun ein Junge, dem nicht bewusst war, dass er beiden Seiten helfen konnte.

Oder Mr Grimm persönlich von Nutzen sein konnte.

Er schloss die Augen und überlegte, an welchen Fäden er ziehen musste, um seine eigenen Ziele zu erreichen.

Chamäleon zuckte zusammen, als die Krankenschwester den letzten Stich an seinem Arm festzog. Er sah aus, als hätte er mehrere Runden im Boxring hinter sich und wäre dann aus dem Fenster geworfen und noch weiter verprügelt worden. Er besaß die Kraft der Selbstheilung nicht und wünschte, er könnte eine seiner vielen anderen Kräfte dagegen eintauschen. Sobald die Krankenschwester ihn in dem geheimen Krankenhaus der Foundation allein gelassen hatte, nutzte Chamäleon seine Tarntechnik, um die

Schnitte und Prellungen zu kaschieren – es war nie eine gute Idee, dem Gegner eine Verwundung zu zeigen.

Dann verließ er die Krankenstation und nahm den Aufzug zu einem Kontrollbunker unter dem Krankenhaus. Dort gab es Kommunikationskanäle zum Rest der HyperEnergieRechercheOrganisation oder »Hero Foundation«, wie sie oft genannt wurde.

Chamäleon setzte sich, als er die Meldung »Neue Nachrichten« aufleuchten sah. Er tippte auf den Touchscreen und wartete, bis ein Videobild des Vorsitzenden der Foundation erschien. Das Gesicht von Eric Kirby spiegelte Sorge wider und er fuhr sich mit der Hand durch das weiße Haar. Unter der Nase hatte er einen Schnurrbart, der aussah wie eine Raupe.

»Chamäleon, ich muss es kurz machen. Wir verlegen das Hauptquartier für den Fall, dass unsere Position gefährdet ist. Was passiert in Ihrem Sektor?«

»Laut Geheimdienstinformationen hat der Rat wie verrückt Lizenzen erteilt. Einige wenige Primes schützen London, Paris, Berlin und New York, aber wir haben zu wenig Personal. Wenn wir nur . . .«

»Sie wissen so gut wie ich, dass wir den Primes keinen Kampfbefehl erteilen können, wenn unsere Zahl so gering ist.«

»Aber es wäre jetzt wirklich an der Zeit! Wenn die Kräfte des Rats die Städte überrennen, wie können wir sie dann wieder zurückgewinnen? Und die Vollstrecker sind nach den jüngsten Kürzungen im Budget der UN völlig überfordert. Sie wissen, was passiert, wenn wir unsere Existenz nicht vor der Öffentlichkeit geheim halten können!«

»Natürlich weiß ich das! Davor graut uns ja schon seit Jahrzehnten! Das Vertrauen in die Regierungen wird schwinden. Das würde sich sowohl auf Superhelden als auch auf Superschurken auswirken und zweifellos zu Protesten und Unruhen führen, weil die Menschen Zugriff auf unsere Superkräfte fordern würden!« Der Zorn verzerrte Kirbys Gesicht zu einer Grimasse. »Der Junge. Der Junge besitzt die Fähigkeit, unser gesamtes Kräftearsenal aufzunehmen und zu erweitern! Und Ihnen ist er durch die Finger geschlüpft!«

Chamäleon seufzte. Er hatte die Schuld für den Zwischenfall auf Diablo Island bereits auf sich genommen. Dass er für die Guten arbeitete, hieß nicht, dass alle nett zueinander waren.

»Die Geschehnisse auf Diablo waren absolut beispiellos«, blaffte Chamäleon zurück. »Ich hätte gern gesehen, wie Commander Courage ihn aufgehalten hätte.« Chamäleon zuckte zusammen, als die Worte aus seinem Mund kamen. Commander Courage war ein Pseudonym, das Kirby benutzt hatte, als er noch sehr viel jünger war.

Doch Kirby ließ sich nicht in einen Streit hineinziehen. »Ich möchte einfach nur wissen, was Sie jetzt in dieser Sache unternehmen.«

»Wir haben einige Teilnehmer von Hero.com aufgespürt, die während der Virusinfektion online waren. Es waren vier, die Superkräfte empfangen haben. Ich werde persönlich mit ihnen sprechen.«

Kirby winkte ab. »Ich bin da schon dran. Ich habe Mr Grimm geschickt, um mit ihnen zu sprechen, aber es wäre gut, wenn Sie ihm einen Video-Link schicken würden, um den Kadetten seine Glaubwürdigkeit zu bestätigen.«

Chamäleon mochte das Wort »Kadetten« nicht. Für ihn klang es zu militaristisch, doch Kirby war eben noch von der alten Schule.

Außerdem hatte Chamäleon Vorbehalte gegen Grimm. »Ich traue Grimm nicht weiter, als ich ihn werfen kann ...«

»Ich schon. Er ist eine solide Größe. Hundertprozentig zuverlässig.«

»Die Vollstreckereinheiten sind überlastet und die meisten Leute sind untergetaucht.« Er versuchte, Kirby nicht anzuschauen, als er das sagte. »Es gibt nicht mehr viel, was wir unternehmen können. Ich habe Berichte gehört, nach denen es in Amerika Probleme gibt, und ich habe mit dem Präsidenten gesprochen, um ihm meine Dienste anzubieten.«

»Und der Junge?«

»Hunter ist ebenfalls abgetaucht. Und ich kann nichts tun, bis er wieder auftaucht.«

»Die Kräfte des Jungen sind der Schlüssel dafür, dass wir das Ganze überleben. Finden Sie ihn. Mobilisieren Sie den Teratoid.«

Es folgte eine lange Pause. Chamäleon hatte die Teratoid-Situation überwacht und wusste noch immer nicht, was er davon halten sollte. »Aber das ist, als würde man einen ... einen ...« Ihm fehlten die Worte. »Der Teratoid ist doch nur ein stumpfsinniges Tier. Eine leere Hülle dessen, was er einmal war.«

»Nach allem, was man hört, hat sich dann ja nichts geändert«, lachte Kirby. »Und der Teratoid hat eine einmalige Spürnase. Lass ihn von der Leine und lass ihn von einer Vollstreckertruppe beschatten. Er wird uns zu dem Jungen führen.«

Der Bildschirm wurde schwarz. Den Teratoid in der Öffentlichkeit loszulassen, war, als würde man einen Löwen in einer Schule aus seinem Käfig lassen. Obwohl es in dem Zimmer angenehm warm war, bekam Chamäleon eine Gänsehaut.

Jake riss den Blick vom Laptop los und schaute sich in dem dunklen Keller um. Er lauschte angestrengt in die Stille. Vor ein paar Minuten war er hinausgeschlüpft, um zu sehen, ob er Knuckles und Big Tony wiederfinden konnte. Sie waren so berechenbar wie immer und aus dem Unterricht abgehauen. Doch dieses Mal sahen sie Jake zuerst und flüchteten.

Jake war gezwungen, sich im Schatten zu verstecken, als zwei Lehrer vorbeikamen, die entspannt über ihre Pläne für die Weihnachtsferien plauderten. Als er endlich hinaus auf den Parkplatz gelangte, erwartete ihn ein überraschender Anblick.

Knuckles lehnte zusammengekrümmt an dem zerbeulten Auto eines Lehrers, die Alarmanlage heulte. Jake war schon in genug Kämpfe mit Superkräften verwickelt gewesen, um zu erkennen, was für eine gewaltige Kraft ihn getroffen haben musste. Aber die einzige Person, die außer ihm noch da war und gerade davonstürmte, war der dürre Junge, den sie Professor nannten und immer piesackten. Jake schüttelte den Kopf. Offensichtlich hatte der Professor etwas gesehen, das er nicht hätte sehen sollen. Der Junge würde die Welt der Superkräfte ohnehin nicht verstehen. Das änderte jedoch nichts an der beunruhigenden Erkenntnis, dass ein Superheld in der Schule herumlief. Konnte das schon wieder Chamäleon sein?

Er machte sich auf den Weg zurück in den Keller, um seinen Laptop und sein Handy zu holen. Er wollte die einzige Verbindung zu Villain.net nicht verlieren. Nur die Website konnte seine Sucht nach Superkräften stillen und ihn am Leben halten. Auch das Placebo, das Chamäleon auf Diablo Island in ihn hineingepumpt hatte, war kein gleichwertiger Ersatz gewesen. Außerdem war er sich sicher, dass es ihn letztendlich umgebracht hätte.

»Mr Hunter«, sagte eine Stimme im Schatten.

Jake wirbelte herum und nahm Kampfstellung ein, feuerte jedoch keine Superkräfte ab. Nicht, solange er sein Ziel nicht sehen konnte.

Mr Grimm trat aus dem Schatten und schenkte ihm ein schmales Lächeln. Er faltete seine Hände und betrachtete Jake neugierig.

»Wer will das wissen?«

»Die sicherere Antwort wäre ›Nein‹ gewesen. Ihre Antwort war eine Bestätigung.«

Mr Grimm trat vor und Jake schnalzte mit der Zunge. »Sie bleiben jetzt besser stehen, wenn Sie nicht geröstet werden wollen. Ich habe Sie etwas gefragt.«

»Ich heiße Mr Grimm. Ich habe eine Nachricht für Sie, von Ihrem Wohltäter. Er möchte Sie treffen und Ihre Angelegenheiten regeln.«

Jake runzelte die Stirn. Grimms überlegener Tonfall behagte ihm nicht. »Und wer bitte schön ist mein Wohltäter?«

»Ich fürchte, das kann ich Ihnen nicht mitteilen. Begnügen Sie sich damit, dass man es für Sie beide sicherer hielt, ein Treffen durch einen Mittelsmann wie mich zu arrangieren. Die Einzelheiten werden auf Ihr Handy geschickt, über das ich Sie übrigens lokalisiert habe. Bis heute Abend, Sir. Auf Wiedersehen.«

Mr Grimm machte einen Schritt zurück in den Schatten.

»Warten Sie!«, Jake stürzte nach vorne, aber Grimm war verschwunden. Mit lautem Gepolter warf Jake einen Tisch um, als erwartete er, dass sich der Mann darunter versteckte. Doch da war niemand. Wäre dieser Mr Grimm von der Hero Foundation gewesen, wäre es zu einem Feuergefecht gekommen. Ebenso, wenn er zum Rat des Bösen gehört hätte. Sowohl Basilisk als auch Chamäleon hatten ihm gesagt, dass beide Parteien ihn als Superwaffe haben wollten. Diese Tatsache bestätigte Jake nur in seinem Ziel, beide Seiten auszuschalten. Die eine war so falsch wie die andere.

Eine weibliche Stimme riss ihn aus seinen Gedanken.

»Hallo?«

Jakes Kopf fuhr herum und er hob kampfbereit die Hände. Dann zögerte er. Lorna Wilkinson starrte ihn mit großen Augen an. Jake wurde rot und ließ die Hände sinken. Bestimmt sah er wie ein Vollidiot aus.

»Hallo, Lorna. Schön, dich zu sehen.« Und das meinte er auch so.

Lorna war seit einer ganzen Weile die erste Person, die nicht über ihn urteilte. Sie hatte ihn vor Wochen gefragt, ob sie nicht mal etwas zusammen unternehmen wollten, aber leider hatte er es nicht zu ihrem Date geschafft, da die Ereignisse mit Basilisk außer Kontrolle geraten waren. Inzwischen war er zu einem international gesuchten Verbrecher geworden, wäre beinahe gestorben und war schließlich im Gefängnis gelandet. Ein paar üble Wochen waren das gewesen.

»Was machst du hier?«, fragte sie und schaute sich um, um zu sehen, ob sie allein waren. Sie entdeckte den Laptop und runzelte die Stirn.

Jake bewegte sich so, dass er die Sicht auf Villain.net versperrte. »Ich . . . äh . . . verstecke mich.« Er nahm an, in Bezug auf Lorna war Ehrlichkeit die beste Strategie.

»Alle sprechen über dich. Du bist der Held der Schule!«

Jake blinzelte überrascht. »Was?«

»Ja. Was auch immer du da im Werkraum angestellt hast – auf jeden Fall haben wir deshalb jetzt zwei Tage frei, weil er abgerissen wird.«

»Cool.«

»Was ist passiert? Du bist seit Ewigkeiten verschwunden, seit ich dich gefragt habe ... ähm ... seit ich meinte ... du weißt schon ... dass wir mal was unternehmen könnten.«

»Es war nicht wegen dir, ich wurde nur ... daheim rausgeschmissen.« Jake verdrehte die Augen – so viel zum Thema Ehrlichkeit. »Mein Dad ist ein bisschen ausgerastet ... du weißt ja, wie Eltern so sind.«

»Rausgeschmissen?« Lorna sah sich in dem Raum um. »Du wohnst jetzt hier? In der Schule?«

»Nur die eine Nacht, dann wird sich das schon irgendwie regeln.«

»Das ist ja schrecklich.«

»Ja. Wer hätte gedacht, dass ich mal mehr Zeit hier verbringen würde als alle anderen?«

Lorna lachte, dann dachte sie einen Moment nach. »Du könntest bei mir übernachten.«

Jake zögerte.

»In der Garage. Meine Eltern benutzen sie nicht. Wenn es nur für heute Nacht ist? Vielleicht könnten wir dann morgen ... irgendwohin gehen?«

Jake war gerührt von dem großzügigen Angebot. Er sah sich im Keller um, als es über ihnen zur Mittagspause läutete.

»Das wäre bestimmt besser, als wieder hier zu schlafen. Okay, danke. Aber nur diese eine Nacht. Ich muss erst noch was erledigen, es könnte also spät werden, bis ich zu euch komme. Ungefähr Mitternacht.«

»Kein Problem. Ich werde nach dir Ausschau halten.«

Sie schenkte ihm ein strahlendes Lächeln, das er erwiderte.

Dann schauten sich beide verlegen um.

»Ich gehe jetzt besser«, sagte Lorna. »Bis heute Abend, dann?«

Jake nickte. »Worauf du dich verlassen kannst.«

Glühend vor Verlegenheit und Aufregung rannte Lorna die Treppe hinauf und Jake blieb so glücklich wie schon lange nicht mehr zurück. Das Handy auf dem Tisch vibrierte und zeigte an, dass er eine SMS erhalten hatte. Zweifellos handelte es sich um Anweisungen, wie er seinen mysteriösen Wohltäter treffen konnte.

KLACK! Chamäleon trat zurück, als sich die massiven Stahlklammern von der gigantischen Gestalt lösten, die an einem senkrecht stehenden Tisch festgeschnallt war. Nach langem Wälzen der Wörterbücher hatte das Personal der HyperEnergieRechercheOrganisation sie Teratoid genannt. Was früher einmal Warren Feddle war, den sowohl seine Kameraden als auch seine Feinde als Scuffer kannten, war nun eine schwerfällige Masse aus deformiertem Fleisch und gekräuselten Muskeln. Er war zweieinhalb Meter groß und vom alten Scuffer war nur noch das Gesicht übrig, das jetzt allerdings aufgedunsen und verzerrt war. Sein Körper war in einen dunkelblauen Overall gehüllt, aus dem gewaltige Hände und Füße ragten.

Vollstrecker hatten ihn so in den Randgebieten von Moskau gefunden, nachdem Hunter eine zuvor unbekannte Superkraft bei ihm angewandt hatte. Die Wissenschaftler der Foundation waren bis heute nicht dahintergekommen, was Hunter mit ihm gemacht hatte, vermuteten aber, dass es sich um eine mutierte Kombination aus einer Teleportationskraft und einer Art Kraftsteigerung handelte.

»Feddle?«, sagte Chamäleon aus sicherer Distanz. Die Bestie schien ihn nicht zu hören. Stattdessen untersuchte sie die pneumatischen Klammern, die noch immer seine Fußknöchel und Handgelenke umschlossen. Seitdem man ihn bewusstlos im Schnee gefunden hatte, schien der Junge so gut wie keine Erinnerung mehr daran zu haben, wer er war. Tatsächlich besaß er nun in etwa die Lernfähigkeit eines Hundes. Selbst in Anbetracht seiner zweifelhaften Schulzeugnisse verhieß das nichts Gutes für Scuffer.

»Teratoid?«, sagte Chamäleon. Er hasste den Namen, aber die Wissenschaftler, die sich mit ihm befassten, hielten ihn wohl für passend.

Noch immer keine Antwort. Er seufzte. »Scuffer?«

Das Biest antwortete mit einem Grunzen; sein Spitzname gehörte zu den wenigen Dingen, an die er sich erinnerte. »Wir befreien dich von deinen Ketten, aber du musst etwas für uns erledigen. Hast du mich verstanden?«

Scuffer gab ein gurgelndes Geräusch von sich und zerrte an seinen Fesseln. Sie hatten ihn einige Male losgelassen und anfangs hatte er sich gut benommen. Bis er einen seiner Wutanfälle bekam und zu einer Zerstörungsmaschine wurde. Seine Stärke überstieg die Höchstleistungen dessen, was je bei einem Prime verzeichnet wurde. Darüber hinaus machten ihn seine Schnelligkeit, seine Beweglichkeit und eine merkwürdige Teleport-Sprungkraft zu einem tödlichen Gegner. Die Vollstrecker hatten ihm ein Schockhalsband aus Titan angelegt, mit dem man ihn betäuben konnte, wenn er außer Kontrolle geriet. Chamäleon wusste, dass Scuffer es einfach abreißen würde, wenn er dahinterkäme, dass es das Halsband war, das ihn zu einem Gefangenen machte. Im Moment konnte man ihn dank seiner Einfältigkeit unter Kontrolle halten. Mit einem weiteren asthmatischen Zischen der Pneumatik lösten sich die letzten Klammern und Teratoid fiel mit solcher Wucht zu Boden, dass der ganze Raum bebte. Er schnüffelte und schaute Chamäleon mit einem dümmlichen Gesicht an.

»Wenn Hunter das seinen Freunden antut, dann helfe Gott seinen Feinden«, flüsterte Chamäleon einem Wissenschaftler neben sich zu. »Scuffer, wir haben eine Sondermission für dich. Eine, bei der du rauskommst.«

Scuffer grinste, denn das hatte er verstanden. Seine wahren Fähigkeiten lagen in der Spurensuche. Die Forscher hatten keine Ahnung, wie genau diese Fähigkeit funktionierte, aber Scuffer konnte fast jeden aufspüren, egal, wo er sich befand. Chamäleon fuhr mit den Fingern über die Plastikkiste, die Hunters Laken aus seiner Zelle auf Diablo Island enthielt. Es würde genug Geruch daran haften, um den Teratoid in Bewegung zu setzen.

Und dann wäre erst richtig die Hölle los.

Mr Grimm hatte sein eigenes Teleportationsportal erstellt, um sich und Jake zu dessen Wohltäter zu bringen. Es bestand aus einem unregelmäßigen Oval, das in der Luft hing. Mr Grimm gab ihm ein Zeichen und Jake stellte einen Fuß hinein und streckte den Kopf hindurch.

Durch das Portal zu gehen, fühlte sich an, als würde man durch eine Tür gehen. Mit dem rechten Fuß stand Jake auf einem üppig grünen Hügel, Tausende von Kilometern entfernt von dem Betonboden, auf dem sein linker Fuß noch stand. Mr Grimm erwartete ihn schon.

»Kommen Sie schon. Wir wollen unterwegs schließlich keine Stücke von Ihnen verlieren.«

Jake trat ganz hindurch. Er hatte nicht das Gefühl zu reisen und verspürte auch nicht die Übelkeit, die er von früheren Teleportationen kannte.

»Wow. So reist es sich viel besser.«

»Nicht wahr? Die Ortsveränderung durch ein Portal ist einfach zivilisierter. Irgendwie sind Wurmlöcher sowie gekrümmter Raum und verbogene Zeit mit im Spiel, aber nur wenige Leute können es passieren. Es hat viel mit ... Quanten zu tun.«

Jake schaute sich seine neue Umgebung an. Sie waren auf einer kleinen Insel namens St. Helena, die mitten im Atlantischen Ozean lag. Als Jake sie im Internet gesucht hatte, war er überrascht gewesen, dass sie zu England gehörte.

Sie erwies sich als grüner Brocken, der knapp zweitausend Kilometer vor der afrikanischen Küste lag. Es war schon dunkel, als Jake den Treffpunkt auf der Spitze des

Mount Actaeon erreichte. Die Hänge unter ihm waren mit Kaffeeplantagen bedeckt. Von seinem Aussichtspunkt hatte Jake klare Sicht auf den Ozean im Süden. Es war der perfekte Ort für ein Treffen, denn es gab sehr wenig Deckung, sodass keine Seite irgendwelche hässlichen Überraschungen für die andere bereithalten konnte. Eine angenehm warme Brise blies durch sein Haar und einen Moment lang stellte er sich vor, er könnte all seine Probleme vergessen.

»Können Sie mir jetzt vielleicht sagen, wen ich treffen werde?«

Grimm deutete auf den Horizont. »Ihre Verabredung kommt gerade.« Er deutete nach Osten, wo ein rundes Flugobjekt über den Hügeln aufstieg. Es war schwarz, hatte keine Begrenzungsleuchten wie ein herkömmliches Flugzeug und war geisterhaft leise.

Jake fühlte sich unbehaglich und konnte das Bild einer fliegenden Untertasse, das ihm dabei in den Sinn kam, nicht abschütteln. Aber diese Gedanken verflüchtigten sich, als sich das Flugobjekt näherte. Er konnte nun sehen, dass es etwa so lang war wie ein Bus und das charakteristische, dreieckige Logo an den Seiten hatte, unter dem die Buchstaben RDB standen. Es war ein Shuttle-Flugzeug des Rats des Bösen.

»Sie haben mich ausgetrickst!«, zischte er. Er ballte seine Fäuste, die in Flammen gehüllt waren, als würden sie in glühenden Handschuhen stecken. Zum ersten Mal zeigte Mr Grimm Gefühle – nämlich Angst.

»Ich versichere Ihnen, es ist nicht so, wie Sie denken.«

»Der Rat will mich ebenso wie die Foundation«, knurrte Jake. »Dazu wird es aber nicht kommen.«

»Verstehe. Aber das ist keine Angelegenheit des Rates. Das hier ist . . . politischer.«

Drei Landekufen wurden ausgefahren, als das Luftschiff des Rats landete. Aus dem Bauch des Flugobjekts wurde eine Rampe geklappt und Jake hörte, wie sich Schritte näherten. Er hielt den Atem an und machte alle Superkräfte, über die er verfügte, einsatzbereit.

»Mr Hunter, darf ich Ihnen Ihren Wohltäter präsentieren«, sagte Grimm, als er mit einer schwungvollen Bewegung auf die Rampe zeigte. Als Jake die Gestalt erkannte, zögerte er und passte einen Augenblick nicht auf. Das war definitiv nicht das, was er erwartet hatte.

AUF HEISSER SPUR

Chamäleon kauerte hinter einer Reihe Mülltonnen, die bei dem Kampf in Flammen aufgegangen waren. Er schaute sich um und sah, dass drei Vollstrecker vor Schmerzen stöhnend am Boden lagen, zwei weitere schienen tot zu sein. Er selbst war erschöpft. Er hatte in den letzten Monaten hart gearbeitet und spürte, dass er völlig ausgebrannt war. Kurz nachdem er den Teratoid freigelassen hatte, musste er sich hierherteleportieren und versuchen, eine problematische Situation unter Kontrolle zu bringen.

Er streckte den Kopf aus seinem Versteck hervor und spähte durch die Flammen. Die ganze Straße war zerstört. Autos standen in Flammen, einige davon lagen auf dem Dach. An sämtlichen Gebäuden heulten die Alarmanlagen. Was vorher eine beschauliche Straße in Rom gewesen war, glich jetzt einem Kriegsgebiet. Die Schäden waren so groß, dass die Regierung alle Hände voll zu tun haben würde, sie zu vertuschen.

Von den unkontrollierten Bränden in der *Banca Popolare Italiana* quoll Rauch in den Nachthimmel und heraus trat eine Gestalt, die über und über mit leuchtend blauen Flammen bedeckt war. Dieser Schurke war unter dem Namen

Inferno bekannt und starrte ungläubig auf die brennenden Scheine, die er hielt.

»Mein Geld!«, bellte er mit rauer Stimme.

Chamäleon verdrehte die Augen. Inferno war nicht gerade der cleverste unter den Schurken. Aber selbst die Dümmsten machten gerade das Beste aus dem Umstand, dass Hero.com offline war. Die Website war mehr als nur ein Ort, an dem man Superkräfte herunterladen konnte, sie versorgte auch zuverlässige Außendienstagenten mit Informationen über die Schurken, denen sie gegenübertraten. Ohne sie hätte Chamäleon keine Ahnung gehabt, was Infernos Schwachstellen sein könnten.

Er duckte sich wieder, als Inferno frustriert aufbrüllte und dabei eine heftige Stichflamme gen Himmel schoss. Er raffte sich gerade auf, um erneut zu versuchen, den Schurken zu stoppen, als seine Hörkapsel klingelte. Rasch antwortete er und hoffte, dass das Geräusch nicht die Aufmerksamkeit seines Widersachers auf sich gezogen hatte.

»Was«, zischte Chamäleon leise. »Ich bin beschäftigt.«

Die Stimme am anderen Ende klang frisch und hörte sich nach einem kalifornischen Surfertypen an. Offensichtlich einer der neuen Vollstrecker, die kurzfristig rekrutiert worden waren.

»Hey Kumpel, mir wurde gesagt, ich soll dir ausrichten, dass Tera ... Te-ra ... wie auch immer man das ausspricht, jedenfalls hat er den anderen Typen verloren.«

Eine Schießerei brach am anderen Ende der Straße los, als das italienische Militär schließlich mit zwei gepanzerten Geländefahrzeugen anrückte. Chamäleon schirmte sich mit der hohlen Hand gegen den Lärm ab und versuchte, nachzudenken. Er hasste das Kommunikationssystem der Vollstrecker und hatte schon gefordert, den Job auszugliedern und eine zuverlässigere Firma damit zu betrauen.

»Teratoid?«

»Yo, genau der.«

»Er hat Hunters Spur verloren?«

»Sie sagten was davon, sie morgen wieder aufzunehmen. Oder so was in der Richtung.«

»Das war's? Die komplette Botschaft?«

»Oh, Mann, ich wünschte, ich könnte mich erinnern.« In der langen Pause, die folgte, wirbelte ein brennendes Geländefahrzeug über Chamäleons Kopf hinweg und krachte in eine Mauer. »Oh, yeah, jetzt weiß ich's wieder. Etwas wegen dem Typen . . . ähm . . . dem Jungen, den du erwähnt hast, der aus dem Gefängnis ausgebrochen ist. Sie haben in Dibilobo . . . in diesem Gefängnis einen Spion gefunden. Der Spion sagte, er arbeitet für . . .« Er holte tief Luft, als er versuchte, den Namen zu lesen, den er vor sich hatte. »Chromosome?«

Chamäleon war schockiert. »Ich werde später Bericht erstatten.« Er unterbrach die Verbindung, bevor der Surfertyp die Verzweiflung hören konnte, die er empfand.

Chromosome hatte beschlossen, in Jake Hunters Leben zu treten. Konnte es noch schlimmer kommen?

Viele Dinge gingen Jake durch den Kopf, als er Chromosome aus dem RDB-Shuttle aussteigen sah. Sie war unglaublich schön. Knapp zwei Meter groß, mit langen blonden Haaren, die zu einem Pferdeschwanz zusammengebunden waren, und dem Aussehen eines Supermodels – was nicht unbedingt überraschend war, denn sie war eitel und hatte ihren eigenen genetischen Aufbau bis zur Perfektion überarbeitet. Make-up brauchte sie nicht, das war alles schon »eingebaut«. Sie trug schwarze Stiefel und einen silberfarbenen Einteiler, zu dem eine metallene Gürtelschnalle mit dem Logo XX gehörte. Jake war nicht bewusst, dass es für den eigentlichen Unterschied zwischen Jungs und Mädchen stand – dafür, dass Frauen XX- und Männer XY-Chromosomen haben.

Die zweite Auffälligkeit ruinierte den Eindruck perfekter Schönheit. Etwa hundert völlig identische Chromspinnen in der Größe von Taranteln krabbelten aus dem Shuttle und bedeckten den Boden um sie herum, während andere über ihren Körper liefen. Ihre Legion. Jake hatte keine Angst vor Spinnen und hatte seine Schwester oft erschreckt, wenn er besonders große Exemplare fand. Doch dieser Anblick verunsicherte ihn und er trat einen Schritt zurück.

Sie beobachtete ihn mit wachen blauen Augen. »Du bist also der, über den alle sprechen?« Sie hatte einen näselnden südafrikanischen Akzent.

Jake beäugte nervös die metallhäutigen Spinnen, die die Gegend auskundschafteten, um ihn jedoch einen Bogen machten. Er bemerkte, dass Mr Grimm es zuließ, dass einige über seine Schuhe liefen, auch wenn er nicht besonders glücklich darüber aussah.

»Anscheinend. Sie sind die, die mir das Handy zukommen ließ?«

»Ja. Ich dachte mir, ein Angriff auf Diablo im großen Stil wäre nicht angemessen, wo du doch die Fähigkeit hast, einfach hinauszuschlüpfen. Ich heiße übrigens Chromosome.«

»Und Sie sind ein Mitglied des Rats des Bösen, nicht wahr? Lassen Sie mich raten – Sie möchten nicht, dass die Hero Foundation herausfindet, wie ich so viele Kräfte aufnehmen und erweitern kann. Und Sie dachten, es wäre besser, wenn ich für Sie arbeite?« Jake hatte lange darüber nachgedacht und seine eigenen Pläne geschmiedet.

Chromosome schenkte ihm ein umwerfendes Lächeln. »Natürlich. Aber lass dich nicht durch mein Transportmittel verwirren. Ich bin eines der acht Mitglieder des Rats. Wir stellen den Inbegriff des Bösen dar, habe ich mir sagen lassen. Stell dir das wie eine Regierung vor. Und wie bei jeder Regierung gibt es Leute, die uns stürzen möchten, wie dein Kumpel Basilisk.«

Jake bemühte sich, seine Gefühle nicht zu zeigen, doch Chromosome sah die Wut in seinen Augen.

»Jemand, den du dir zweifellos gern schnappen würdest, nehme ich an? Er ist immer noch am Leben, wusstest du das?« Während sie sprach, umkreiste Chromosome Jake und ihre Legion erforschte den Boden vor ihr. »Und wie in einer Regierung gibt es ständig innere Machtkämpfe. Ich habe eine meiner Anhängerinnen losgeschickt, um Basilisk zu helfen, die Hero Foundation auszuschalten. Tatsächlich ist sie noch immer bei ihm. Soll ich dir sagen, wo?«

Jake wusste, dass sie sich nur über ihn lustig machte, und mochte sie von Sekunde zu Sekunde weniger. Jake wollte sich sowohl Basilisk als auch Chamäleon schnappen, aber das musste warten, bis er seine Familie zurückgewonnen hatte.

»Ich werde nicht für den Rat arbeiten«, sagte er und wappnete sich innerlich, weil er eine gewalttätige Reaktion erwartete. Stattdessen lachte Chromosome liebenswürdig.

»Gut so. Ich will auch nicht, dass du das tust. Ich möchte ganz offen zu dir sein: Ich bin meiner Kollegen im Rat überdrüssig und möchte sie gern ersetzen. Denkst du nicht auch, die ganze Organisation würde mit einem weiblichen Touch viel besser laufen?«

Jake wagte nicht, zu sagen, was er wirklich dachte. Er warf Mr Grimm einen Blick zu, der ihn aufmerksam anstarrte.

»Aber versteh mich jetzt nicht falsch, das ist kein alberner Machtkampf. Ich habe größere, beeindruckendere Pläne. Der Rat und die Hero Foundation sind nur Hindernisse auf dem Weg zu meinen Zielen. Ich möchte auch nicht, dass du für mich arbeitest. Du bist ein so unabhängiger Junge. Viel zu clever, um den Handlanger zu spielen, und viel zu stark, als dass ich dir voll und ganz trauen könnte.«

Jake wusste, dass sie ihm Honig ums Maul schmierte, und peinlich berührt stellte er fest, dass es funktionierte.

»Ich verstehe nicht, was Sie von mir wollen.«

»Ich möchte, dass wir uns gegenseitig einen Gefallen tun. So gut wie jeder Superschurke wendet sich im Moment mit seinen durchgeknallten Plänen an den Rat, um sich ein Stück vom Kuchen abzuschneiden, das ihm ganz allein gehören soll. Jetzt, wo sich die Primes verstecken und es keine Spielzeughelden mehr gibt, wird das fast schon zu einfach. Mein Problem ist, dass es auf meiner Seite Idioten gibt, die den Rat zu sehr respektieren. Sie haben Angst davor, die Gesetze zu brechen. Deshalb kann ich ihnen das, was ich plane, nicht anvertrauen. Auf der anderen Seite gibt es solche wie Basilisk.« Jake überkam schon beim Klang seines Namens Zorn. Ein leichtes Lächeln umspielte Chromosomes Mundwinkel. »Ich weiß, dass du sehr gut mit ihm bekannt bist. Man kann ihm absolut nicht trauen. Dafür liebt er seine kleinen Geheimnisse zu sehr.«

Jake fühlte, wie etwas auf seiner Haut krabbelte, und merkte, dass ihm einige Spinnen die Beine hinaufkrochen. Er versuchte, sie loszuwerden, doch sie ließen sich nicht abschütteln.

»Ich möchte, dass du mir einen kleinen Gefallen tust. Entführe den Präsidenten der Vereinigten Staaten von Amerika.«

Jake jagte die Spinnen weg; es war, als würde man Metallverzierungen abschlagen. »Warum sollte ich das tun?«

Chromosome zuckte die Achseln. »Warum nicht? Als Gegenleistung bekommst du von mir ... Psych.«

Jakes Augen wurden schmal. »Woher wissen Sie, dass ich ihn suche?« Er bereute augenblicklich, es ausgesprochen zu haben. Ohne nachzudenken, hatte er seine Absichten bestätigt.

»Würde nicht jeder denjenigen suchen, der ihm alles weggenommen hat? Ich kann dir seinen genauen Aufenthaltsort nennen, seinen normalen Tagesablauf ... ich kann dir dein Leben zurückgeben. Und ganz egal, was dir dieses jämmerliche Reptil Chamäleon erzählt hat – das Verfahren, das er bei deiner Familie angewandt hat, lässt sich rückgängig machen. Aber das kann nur Psych, nur er besitzt diese Fähigkeit. Es war eine von mehreren Superkräften, die als zu gefährlich erachtet wurden, um sie künstlich herzustellen.«

Sie verschränkte die Arme und zog eine ihrer perfekten Augenbrauen hoch.

»Sind wir im Geschäft?«

Jake starrte sie an. Die Aufgabe, den Präsidenten zu entführen, klang machbar, doch die Konsequenzen wären enorm. So eine Tat ließ sich nicht verheimlichen. Aber es würde ihm so viel ersparen, wenn man ihm Psych auslieferte. Chromosomes Absichten waren unerheblich für Jake. Wenn er erst einmal seine Familie zurückhätte, könnte er seine Aufmerksamkeit wieder den verfeindeten Parteien der Superhelden und Superschurken zuwenden und sie beide vernichten.

»Wir sind im Geschäft.«

Chromosome war zufrieden. »Mein Mitarbeiter Mr Grimm wird dich zu gegebener Zeit aufsuchen und dir die entsprechenden Einzelheiten für die Operation mitteilen. Wenn du mir den Präsidenten übergibst, werde ich dich vor Psychs Haustür absetzen.«

Sie steuerte die Rampe zu ihrem Schiff hinauf, ihre Legion wuselte hinter ihr her.

»Sie ziehen mich besser nicht über den Tisch«, sagte Jake warnend.

Chromosome hielt an und wirbelte mit einem überraschten Ausdruck auf dem Gesicht herum. »Wie um alles in der Welt kommst du darauf?«

»Wenn Sie nicht genau das tun, was Sie versprochen haben, werde ich Sie vernichten.« Jake hoffte, dass das nicht wie eine leere Drohung klang.

Chromosomes Erstaunen wich wieder ihrem gewinnenden Lächeln. »Es stimmt, was sie sagen. Kluges Bürschchen. Wie schnell ihr Jungs doch groß werdet.«

Dann ging sie und der Shuttle des Rats hob in aller Stille ab und nahm den gleichen Weg, den er gekommen war. Jake dachte einen Moment daran, ihm zu folgen, entschied sich dann aber dagegen.

Auch wenn es Jake nicht gefiel, er würde abwarten müssen, wie sich die Dinge entwickelten.

Lorna hielt Wort und wartete auf Jake, als er sich vorsichtig ihrem Haus näherte. Als sie sicher in der Garage angelangt waren, bemerkte er, dass sie enorm müde aussah, doch sie blockte alle Fragen ab, indem sie sagte, dass sie einen stressigen Tag gehabt hätte.

Sie schlug ein Feldbett auf, auf dem mehrere dicke Decken lagen, und gab Jake saubere Kleider, die sie aus dem Schrank ihres Bruders herausgeschmuggelt hatte. Glücklicherweise hatten Toby und Jake dieselbe Größe. Außerdem hatte sie ein Fertiggericht in der Mikrowelle aufgewärmt und Tee gemacht. Jake fühlte sich wie im Paradies. Lorna schaute ihm besorgt beim Essen zu und er wiegelte ihre Fragen über die Streitereien mit seiner Familie ab, indem er sagte, er wolle nicht darüber reden. Stattdessen sprachen sie über Filme, die sie kürzlich gesehen hatten, über Musik, darüber, was sie an der Schule nicht mochten – auch wenn Jakes Liste viel länger war als Lornas – über Sport und über alles, was ihnen sonst noch einfiel. Jake war es gewohnt, mit seiner Schwester zu sprechen, aber mit Lorna zu sprechen, war ganz anders. Sie war klug, aber nicht so, dass er sich dumm vorkam, und sie war viel witziger, als die Jungs aus seiner alten Clique. Es war gar nicht so, als würde man sich mit einem Mädchen unterhalten.

* * *

Er konnte nicht schlafen. Rachegedanken beflügelten ihn, doch sobald er sich hinsetzte und in Ruhe nachdachte, lastete Chromosomes ehrgeiziger Plan, den Präsidenten der Vereinigten Staaten zu entführen, schwer auf seiner Seele.

Er hatte schon einmal jemanden entführt, einen schwabbeligen ukrainischen Geschäftsmann, der nicht erwartet hatte, von einem Superschurken geschnappt zu werden. Aber der Präsident war etwas ganz anderes. Er wurde streng bewacht. Zuerst war es Jake egal gewesen, weshalb Chromosome von ihm verlangte, den Präsidenten zu kidnappen, doch angesichts dieser enormen Aufgabe fragte er sich mittlerweile, ob es das Risiko wert war. Er schüttelte seine Zweifel ab. Natürlich war es das Risiko wert. Er tat es für seine Familie.

Nein, verbesserte er sich, ich tue es für mich.

Am nächsten Morgen verließen Jake und Lorna das Haus, bevor der Rest der Familie wach wurde. Sie beschlossen, mit dem Zug in einen Vergnügungspark in der nächsten Stadt zu fahren. Jake hatte nach Sonnencreme gefragt, um seine Haut zu schützen. Seit der Überdosis an Villain.net-Superkräften war er blass geworden und reagierte empfindlich auf helles Licht. Selbst ein kalter Winterhimmel konnte dazu führen, dass seine Haut brannte. Auch nach einer Mütze fragte er. Lorna gab ihm ihre New-York-Baseballkappe, die er sich tief ins Gesicht zog. Er hätte sich jedoch keine Sorgen machen müssen, denn niemand achtete auf ihn.

Der Vergnügungspark war trotz des kalten verhangenen Tages brechend voll, aber zumindest regnete es nicht. Die Menschen genossen den weihnachtlichen Schmuck und die gemütliche Atmosphäre. Lorna hatte für sie beide

Eintritt gezahlt und holte Hotdogs, die sie zwischen den zahlreichen Achterbahnfahrten verzehrten, auf denen sie sich die Lunge aus dem Leib kreischten – auch wenn Jake nur vortäuschte, dass er sich fürchtete. Das hier war nichts im Vergleich zu dem, was er in den letzten Wochen durchgemacht hatte. Aber die Fahrten und Lornas Gesellschaft hielten ihn davon ab, sich den Kopf über die riesige Aufgabe zu zerbrechen, die ihm Chromosome aufgetragen hatte. Er war entschlossen, den Augenblick zu genießen und nicht über die Zukunft nachzudenken. Wenigstens heute.

Als sie bei einer Cola saßen, bemerkte er, dass Lorna ihn nachdenklich anschaute.

»Was ist los?«

»Ich habe gerade nur gedacht, dass du viel netter bist, als die Leute denken.«

Jake schwieg. Wenn er ihr doch nur die Wahrheit sagen könnte.

Lorna mied seinen Blick und sprach weiter. »Ich meine, du bist witzig. Und kein kompletter Idiot.«

»Danke«, sagte Jake und versuchte zu entschlüsseln, ob das ein Kompliment war oder nicht.

»Ich frage mich, ob wir jetzt . . . du weißt schon, ein Paar sind?« Sie war verlegen und Jake war plötzlich so verwirrt, dass er wegschauen musste.

»Also, ähm . . . ich . . .«

Er schloss die Augen; er stotterte wie ein Schwachkopf. Er holte tief Luft und wandte sich Lorna zu. Sie lächelte belustigt über seine Unsicherheit. Ihre Hand kroch über den Tisch und berührte sanft seine Finger.

Schlagartig weiteten sich Jakes Augen und er schrie aus vollem Hals: »Oh, mein Gott!«

Erschrocken und verwirrt über seine Reaktion zog Lorna rasch ihre Hand zurück. Es dauerte einen Moment, bis sie merkte, dass Jake über ihre Schulter schaute. Sie drehte sich um und sah, wie die massige Gestalt des Teratoid einige Süßigkeitenstände zertrümmerte und wie ein Gorilla brüllte, als er zwei orangefarben gekleidete Sicherheitsleute aus dem Weg schlug. Jake wusste sofort, dass das Wesen hinter ihm her war. Er ergriff Lornas Hand.

»Hör mal, ich . . . ich werde jetzt die Polizei rufen. Wir treffen uns dann am Ausgang!«

Lorna nickte. Sie kam gar nicht auf den Gedanken, dass Jake ja ein Handy bei sich hatte und auch hätte anrufen können, während sie flohen. Schreie gellten durch die Menge und Jake drängte sich gegen die Masse von Leuten, die versuchten zu fliehen. Er sprang über die Theke eines Schießstandes, um dem Gedränge auszuweichen.

Er konnte dem Feind nicht in der Öffentlichkeit entgegentreten, er würde sofort erkannt werden – und Lorna käme hinter sein Geheimnis. Doch Jake hatte Glück: Ein Motorradhelm und eine abgetragene Lederjacke lagen hinter der Theke, sie waren dort von einem Mitarbeiter zurückgelassen worden, der seine Haut retten wollte. Jake setzte den Helm auf und klappte das getönte Visier herunter. Zusammen mit der Jacke war es die perfekte Verkleidung.

Jake flog nach oben und schoss einen Feuerball auf das Monster unter ihm ab. Das Biest heulte wütend auf und suchte den Himmel nach seinem Angreifer ab. Dabei sah Jake das Gesicht des Teratoid.

»Scuffer?«, sagte er erstaunt.

Scuffer knurrte. Er erkannte die Stimme eines Todfeindes. Aber die Stimme weckte auch eine schmerzliche Erinnerung. Nun sah Scuffer Jake nicht mehr als jemanden an, den er aufstöbern musste – er betrachtete ihn als jemanden, den es zu zerstören galt.

Scuffer ließ seine mächtigen Muskeln spielen und sprang in Jakes Richtung – wobei er locker zehn Meter aus dem Stand überbrückte. Sie prallten in der Luft zusammen und beide fielen zurück auf die Erde. Dabei krachten sie wie Abrissbirnen durch die hölzerne Schienenkonstruktion einer alten Achterbahn.

Als sie landeten, rollte Jake über den Boden und watete durch das Wasser eines abgestandenen Tümpels, der die Umgebung der Achterbahn zierte. Scuffer war schon auf den Füßen und knurrte zornig.

»Scuff, was zum Henker ist mit dir passiert?«

Scuffer stürzte sich auf Jake und riss ihn mit einem Rugby-Angriff zu Boden. Jake blieb die Luft weg und er war sich sicher, dass einige Knochen gebrochen waren. Glücklicherweise würden sie innerhalb von Sekunden von selbst heilen, doch den Schmerz spürte er trotzdem.

Sie landeten auf einer Stahlstütze und die ganze Achterbahn schepperte. Scuffer versetzte ihm einen so heftigen

Schlag in den Magen, dass er von den Füßen gerissen wurde und siebzig Meter weit durch verschiedene Backstein- und Gipskartonwände flog, bevor er mit dem pneumatischen Arm eines sich drehenden Enterprise-Riesenrads zusammenknallte. Es drehte sich bereits mit Höchstgeschwindigkeit und die Schwerkraft drückte die Mitfahrenden vierzehn Meter über dem Boden an die Kabinenwand. Jake prallte von dem Fahrgeschäft ab, schlug durch den Zaun des Parks und segelte über eine viel befahrene Straße.

Autos hupten und wichen ihm schlitternd aus. Ihm war schwindelig, doch als er das Geräusch von reißendem Metall hörte, schaute er auf.

Das ganze Enterprise-Rad drehte sich so schnell, dass es sich von dem beschädigten Arm losriss und samt den schreienden Menschen, die darin saßen, wie eine Frisbeescheibe durch die Luft schoss.

Lorna hatte sich neben dem Autoscooter versteckt und schaute zu, wie der Held mit dem Motorradhelm gegen die Bestie kämpfte. Sie fragte sich, wer er war, und Eifersucht durchzuckte sie wie ein Stich, weil nicht sie im Rampenlicht stand. Lorna war ebenfalls eine Superheldin. Zusammen mit ihrem Bruder und zwei Freunden war sie über Hero.com gestolpert und hatte Superkräfte heruntergeladen – bis es vor zwei Tagen plötzlich nicht mehr funktionierte.

Typisch, dachte sie. Der Moment, in dem sie hätte glänzen und sich unter den Augen der Öffentlichkeit als Heldin hätte beweisen können, wurde ihr geraubt, da ihre Superkräfte unzuverlässig waren, wenn Hero.com offline war. Sie hätte die Situation retten und den Ruhm für sich selbst beanspruchen können – das hatte sie sich schon lange gewünscht.

Lorna beugte die Arme. Sie hatte noch einige Kräfte in ihrem Körper, nachdem die Website direkt vor ihren Augen explodiert war. Sie schaute auf und sah gerade noch, wie die Bestie den neuen Helden durch die Stützen der Achterbahn schleuderte. Sie entdeckte einen Stand, an dem Monstermasken angeboten wurden, und stülpte sich eine Hexenverkleidung aus Gummi über. Lorna hatte Schwierigkeiten, durch die schmalen Augenschlitze etwas zu sehen, und als sie sich endlich wieder dem Geschehen zuwandte, prallte der Held gerade am Enterprise-Riesenrad ab. Die gesamte Konstruktion geriet ins Wanken, Metallstücke wurden von der Kardanaufhängung abgerissen – dann löste sich das Rad und schoss durch die Luft auf sie zu.

Lorna warf sich nach oben – und fiel flach auf das Gesicht. Sie hatte geglaubt, fliegen zu können, aber ausgerechnet in diesem Augenblick verschwand diese Superkraft.

Jake sah, dass das Rad auf einer hässlichen hexenartigen Gestalt landen würde, die sich gerade vom Boden erhob. Auf einmal schoss die Hexe einen Strahl Eis aus ihren Händen ab. Das Eis baute sich rasch zwischen Boden und Rad auf und fing es im Flug ab.

Der Schwung der Scheibe war zu groß, als dass das Eis sie sofort hätte aufhalten können, und mehrere Eissäulen zerschellten wie Glas, bevor das Rad einen knappen Meter über der Heldin abrupt zum Stehen kam. Die Menschen im Rad waren gegen die Wände geschleudert worden, sie hatten Knochenbrüche und eingeschlagene Nasen – doch immerhin lebten sie noch.

Lautes Hupen erregte Jakes Aufmerksamkeit und er blickte zur Seite, um zu sehen, dass ein Bus nur wenige Meter davor war, seinen Kopf zu zermalmen –

BUMM! Scuffer brach aus dem Vergnügungspark aus und stürzte sich auf die Straße, um Jake zu fassen. Stattdessen bekam er zehn Tonnen Bus in den Rücken.

Jake schnellte nach oben und schaute zu, wie sich das Vorderteil des Busses um Scuffers breite Schultern wickelte. Sie schlitterten über die Straße und Scuffers Füße gruben Rillen in den Straßenbelag.

Jake bereitete einen weiteren Feuerball vor und schoss ihn auf Scuffer. Das Vorderteil des Busses ging in Flammen auf; der verletzte Fahrer und seine erschrockenen Fahrgäste stürzten aus den Notausgängen. Scuffer heulte vor Schmerz auf, als seine Haare Feuer fingen, doch anstatt die Flammen zu löschen, schlug er um sich.

Lorna beobachtete erstaunt, wie der geheimnisvolle behelmte Superheld einer Limousine auswich, die die Bestie nach ihr schleuderte. Sie warf einen Blick auf die improvisierte Eisklaue. Sie knackte bedenklich, schien das Rad aber zu tragen.

Jake duckte sich, als der unerbittliche Scuffer noch mehr Autos nach ihm warf. Die Bestie rannte und grabschte sich mühelos Fahrzeuge. Jake erhaschte flüchtige Blicke auf schreiende Fahrer und Insassen, als sie an ihm vorbeisausten, auf anderen Fahrzeugen landeten und einen gewaltigen Haufen bildeten.

Jake hatte genug. Er fühlte Zorn in sich aufsteigen und sein Körper leuchtete grün, als sich die radioaktive Kraft, die er geschaffen hatte, in seinen Händen bildete. Die Explosion war gewaltig. Scuffer wurde auf den Rücken geworfen und schlitterte etliche Meter die Straße entlang, bevor er mit dem Kopf voraus in den zerquetschten Bus krachte.

Lorna rannte durch das Loch im Zaun und sah zu, wie die Bestie zurück in den Bus geschleudert wurde. Aus der Nähe konnte sie ihr deformiertes Gesicht sehen und es erinnerte sie an den hässlichen Jungen, der in der Schule Jakes Kumpel gewesen war. Sie hob die Hände und feuerte etwas ab, von dem sie hoffte, dass es ein Feuerball war.

Jake beobachtete, wie die Hexe einen Wasserstrahl aus ihren Händen abschoss. Er hatte die Stärke eines Löschschlauchs, störte Scuffer aber nicht weiter. Die Hexe starrte auf ihre Hände, als hätte sie nicht erwartet, dass das passieren würde. Sie war zu abgelenkt, um wahrzunehmen, wie Scuffer den Bus an einem Ende packte und ihn wie einen Baseballschläger schwang – genau in ihre Richtung . . .

Lorna schaute gerade noch rechtzeitig auf, um zu sehen, wie der massige verbogene Bus auf sie zukam. In einer vergeblichen Geste der Selbstverteidigung hob sie die Hände und blickte zu dem behelmten Helden.

»Hilfe!«

Jake hörte ihre Bitte und grinste höhnisch. »Pech gehabt!« Das Visier verdeckte seine Miene. Mit einem hohlen Scheppern krachte der Bus in die Hexe, die durch die Luft flog wie ein geschlagener Baseball.

Ein lausiger Superheld weniger, dachte Jake.

WUMM! Jake hatte nicht gesehen, dass Scuffer den Bus erneut herumschwang. Doch er spürte, wie er auf seinen Körper traf. Er sah, dass sein schimmernder Schild den größten Teil des Aufpralls dämpfte, bevor Sternchen vor seinen Augen tanzten und er zurück in den Vergnügungspark geschleudert wurde.

Sein gesamter Körper schmerzte, als er so durch die Luft segelte und auf einen stählernen Fallturm prallte – ein Fahrgeschäft, in dem die Menschen senkrecht nach oben katapultiert wurden, bevor sie im freien Fall wieder heruntersackten. Jake traf den Turm und fiel mit solcher Wucht zurück auf die Erde, dass der Beton um ihn herum Risse bekam, genau wie der Motorradhelm.

Scuffer brüllte und stürzte auf Jake zu.

»Oh, Mann!«, murmelte Jake und hob die Hände, um auf den scheinbar unzerstörbaren Mutanten zu feuern.

Plötzlich blieb Scuffer wie angewurzelt stehen und griff sich an den Hals. Er heulte auf, umklammerte sein Halsband und kippte bewusstlos um. Jake starrte auf seine Hände. Was hatte er getan?

Ein langer schwarzer Chinook-Helikopter donnerte mit geöffneter Heckrampe über den Park. Mehrere bewaffnete Vollstrecker beugten sich heraus. Der Militärhubschrauber landete neben der Straße und durch den Sog der Rotoren fielen einige der übereinandergestapelten Autos herunter.

Einige Vollstrecker umzingelten Scuffer. Zwei weitere rannten dorthin, wo Jake einige Sekunden zuvor noch gelegen hatte.

»Verdammt! Der Junge ist weg!«, schrie ein Vollstrecker, bevor sie zurück zum Helikopter rannten.

Auf der anderen Seite des Parks riss sich Lorna die Maske herunter. Sie war schweißgebadet und dankbar, dass sich ihre Schild-Superkraft dazu bequemt hatte, sich im entscheidenden Augenblick zu aktivieren. Das hatte sie gerettet, als der Bus auf sie zuraste. Sie schob sich durch die Menschenmenge, die sich gebildet hatte, um den Kampf zu beobachten, und rannte zum Eingangstor.

Jake war schon da. Sie rannte auf ihn zu und umarmte ihn.

»Oh Gott, war das schrecklich!«, sagte sie.

»Ich habe es gesehen.«

Jake biss die Zähne zusammen, als sie ihn fest an sich

drückte; noch nicht alle seine Knochen hatten sich wieder zusammengefügt. Er zog sich die Mütze tief ins Gesicht und führte Lorna weg von dem Massaker, als Scuffer vom Chinook hochgezogen wurde. Die Vollstrecker scharten bereits Zeugen um sich. Lorna war gespannt, was für eine Ausrede sie erfinden würden, damit die Story nicht in die Presse kam.

Jakes Gedanken waren ein einziges Durcheinander. Die Hexe hatte bewiesen, dass da draußen noch immer einige Teilzeithelden herumliefen. Und die Tatsache, dass Scuffer noch am Leben war, hatte ihn überrascht. Jake hatte kein Mitgefühl mit seinem ehemaligen Kumpel, sondern war eher erleichtert. Er hatte gedacht, er hätte Scuffer getötet, und sich schuldig gefühlt. Nun hatte der Verräter bekommen, was er verdiente. Trotzdem hoffte Jake, dass sich ihre Wege nie wieder kreuzen würden. Es war das erste Mal, dass er so heftig verprügelt worden war, und es war nicht gerade angenehm.

Er war nur froh, dass Lorna klug genug gewesen war, sich herauszuhalten. Wenigstens war sie eine Freundin, bei der er sich darauf verlassen konnte, dass sie ihn behandelte wie einen normalen Menschen.

Das war genau das, was er im Moment brauchte. Jemand Normales, dem er vertrauen konnte.

EIN NEUES ZUHAUSE

Chamäleon stand in einem geräumigen Flugzeughangar. Normalerweise wurden dort die Hubschrauber der Vollstrecker abgestellt, aber im Moment stand dort nur ein Chinook, aus dem der bewusstlose Teratoid ausgeladen und wieder mit seinen extra starken Klammern gefesselt wurde. Seit dem Absturz der Website kamen in rascher Folge Berichte von Verlusten unter den Vollstreckern herein. Die Vereinten Nationen hatten sich redlich bemüht, die Wahrheit zu verschleiern, doch die Menschen glaubten immer weniger daran, dass die aufkeimenden Probleme rund um den Globus auf Terroristen zurückzuführen waren.

Nun hatte der Teratoid einen Vergnügungspark zerstört. Anscheinend war er einer falschen Spur gefolgt, die ihn zu Hunter führen sollte. Denn warum sollte sich ein international gesuchter Verbrecher die Zeit nehmen, in Fahrgeschäften herumzusitzen? Die Meinungsmacher der Regierung arbeiteten hart daran, die Version zu verbreiten, ein wild gewordener Elefant hätte im Vergnügungspark gewütet. Normalerweise hätten sie Psych eingesetzt, um eine solche Geschichte zu vertuschen, doch der Prime war abgetaucht. Sie verfügten momentan nur über Gedankenkontrolle auf niedrigstem Niveau.

Einen dunklen und unheilvollen Augenblick lang überkamen Chamäleon Zweifel. Er hatte immer daran geglaubt, das Richtige zu tun, und sich an den ungeschriebenen Heldenkodex gehalten. Aber gerade jetzt, wo die Welt unterzugehen drohte, weil das Gleichgewicht zwischen Gut und Böse durch einen winzigen Virus ins Wanken geriet, rannten neunundneunzig Prozent der Primes um ihr Leben. Vielleicht sollte er das auch tun?

Die Foundation hatte ihr Hauptquartier irgendwo in die Wüste Gobi verlagert und ihr Vorsitzender Eric Kirby hatte Chamäleon und den wenigen verbleibenden Primes befohlen, den vergeblichen Kampf gegen die koordinierten Angriffe des Rats des Bösen fortzusetzen. Da sie vollauf damit beschäftigt waren, die Weltbevölkerung zu schützen, hing das weitere Schicksal der Hero Foundation von den vier Amateursuperhelden ab, die zufällig gerade Superkräfte von Hero.com heruntergeladen hatten, als die Website zusammenbrach. Sie waren die einzigen Helden, die verhindern konnten, dass Basilisk und seine Gaunerbande die Hero Foundation stürzten.

Auf Diablo Island hatten Chamäleon und einige Wissenschaftler der Foundation ausgerechnet, dass durch Hunters Begabung, Superkräfte zu speichern und sie dann um ein Vielfaches zu verstärken, das gesamte Superheldennetzwerk und sogar das Villain.net-System ersetzt werden könnten. Kombiniert mit seiner Fähigkeit, zuvor unbekannte Kräfte zu schaffen, würde dieses Potenzial die Welt verändern. Die Foundation war zwar schon vor langer Zeit dahintergekommen, wie man Superkräfte nachbilden konnte, die Helden freiwillig (und Schurken weniger freiwillig) gespendet hatten, aber es war ihr niemals gelungen, durch Kombination der verschiedenen Elemente neue zu schaffen. Die Folgen der Versuche waren immer tödlich gewesen.

Chamäleon wusste, dass Kirby ihn für Jakes Ausbruch aus Diablo Island bestrafte, indem er von ihm verlangte, Hunter zurückzubringen.

Der Junge war sowohl für die Helden als auch für die Schurken zur ultimativen Waffe geworden. Auf welche Seite er sich auch stellte – es würde die Siegerseite sein. Seine Fähigkeiten machten Hunter zu einem wirklich Furcht einflößenden Gegner.

Chamäleon verließ den Hangar und stieg zur hauseigenen U-Bahn-Station hinunter. Von dort nahm er einen Hochgeschwindigkeitszug für die etwa dreißig Kilometer zum Krankenhaus der Foundation.

Sobald er den Zug verlassen und die unterirdische Kommandozentrale betreten hatte, wurde er von Vollstreckern bestürmt, die alle zugleich seine Aufmerksamkeit forderten. Riesige Bildschirme an der Wand bildeten den Erdball, den Luftraum darüber und sogar Teile des Mondes ab. Verschiedenfarbige Grafiken zeigten die Stationierungen der Vollstrecker, der Kräfte des Rats und der Foundation an – und Chamäleon brauchte erst gar nicht darauf zu schauen, um zu wissen, wer im Vorteil war. Der Schein des Bildschirms ließ die gesamte Kommandozentrale aussehen, als herrschte Alarmstufe Rot.

»Einer nach dem anderen«, sagte Chamäleon, als er hinter dem Kontrollpult Platz nahm. Er hasste den Verwaltungsaufwand seines Jobs, er war lieber draußen und kämpfte. Doch am allerliebsten würde er jetzt eigentlich mit einer heißen Schokolade im Bett sitzen und Wiederholungen der *Simpsons* anschauen. Sein Körper schmerzte von den Prügeln, die er seit Neuestem ständig bezog.

Ein Vollstreckertechniker, der wie ein Computerfreak aussah, schob ihm einen Tablet PC zu. »Sir, während Ihrer Abwesenheit haben die Kinder, äh, ich meine, Toby Wilkinsons Team, Basilisk verloren . . .«

»Was?« Chamäleon war schon wieder auf den Füßen. »Ich dachte, wir hätten Vollstreckerpatrouillen, die ihn verhaften!«

»Sie kamen zu spät. Lange Geschichte.« Er schaute in die Notizen auf seinem Tablet PC und hakte sie ab wie eine Einkaufsliste. »Verlust von Agenten, zahlreiche Augenzeugen, Entführung von Pete, mexikanische Spur, blablabla.«

Chamäleon sah ihn erstaunt an. »Was? Und kommen Sie mir nicht mit ›Blablabla‹! Erzählen Sie mir alles.«

»Steht alles im Bericht. Da Sie nicht hier waren, trat Mr Grimm in Aktion.«

Chamäleon setzte sich wieder hin. Er hatte immer ein ungutes Gefühl, wenn Grimms Name erwähnt wurde, aber aus irgendwelchen Gründen vertraute ihm Eric Kirby. Und der war der Boss. Seinem Blutdruck zuliebe beschloss Chamäleon, den Bericht später zu lesen.

Ein anderer Technikfreak hielt ihm einen weiteren Tablet PC hin, zog ihn aber schnell wieder zurück, als er Chamäleons Gesichtsausdruck sah.

»Lesen Sie es mir doch einfach vor«, sagte Chamäleon und rieb sich die Augen.

»Regierung möchte wissen, warum Teratoid Themenpark verwüstet und achtunddreißig Menschen verletzt hat. Und sie fordert mehr Vollstreckereinheiten an, um Hauptstadt zu bewachen.«

»Erfinden Sie einfach irgendwas. Hauptsache, Sie geben nicht zu, dass es ein Fehler war. Irgendetwas Unverfängliches – sagen Sie, der Teratoid sei ausgebrochen oder so etwas.«

»Oh, es war gar kein Fehler?«

Chamäleon starrte den Technikfreak an. Der Mann warf seinen Kollegen einen Blick zu, aber keiner von ihnen kam ihm zu Hilfe. Sie waren alle nervös, so eng mit einem Superhelden zusammenzuarbeiten.

»Wir haben die Überwachungskameras des Parks untersucht und eine Software eingesetzt, mit der man auch unscharfe Gesichter erkennen kann, um . . .«

»Zeigen Sie es mir einfach«, seufzte Chamäleon und lehnte sich nach vorne über seinen Tisch.

Mithilfe seines Tablet PCs veränderte der Technikfreak einen der riesigen Bildschirme, um verschiedene Filme aus den Überwachungskameras des Parks zu zeigen, die vor Scuffers Angriff aufgenommen wurden. Ein quadratischer Icon scannte die Gesichter der Menschenmenge. Kleine Ausschnitte – ein Auge hier, ein Ohr dort – erschienen in raschem Wechsel auf dem Bildschirm. Es war wie ein Daumenkino, durch das ein polizeiliches Phantombild entstand. Schon bald erschien Jake Hunters Gesicht und auf dem Computer leuchteten die Worte »Übereinstimmung positiv« auf. Obwohl er sein Gesicht unter der Baseballmütze verborgen hatte, konnte der Computer Jakes Gesichtsstruktur auf dieselbe Weise aufschlüsseln, wie es ein biometrisches Passbild tat.

Chamäleon konnte seine Augen nicht vom Bildschirm abwenden.

»Mein Gott, er ist wirklich dort aufgetaucht. Aber warum?«

»Schwer zu sagen, Sir. Laut Berichten wurde Chromosome nicht in der Gegend gesehen.«

»Wer ist das Mädchen, das bei ihm ist?«

Der Technikfreak isolierte das Bild von Jakes Begleiterin und Chamäleons Magen zog sich zu einem Knoten zusammen. Er erkannte sie sofort.

»Lorna!« Chamäleon trommelte nervös mit den Fingern auf den Tisch. Sie war eine Superheldin, was hatte sie mit Hunter zu schaffen? War sie sich der Situation bewusst, in die sie sich da begeben hatte?

»Holen Sie mir Grimm ans Telefon. Wo befindet sich Toby Wilkinsons Team jetzt?«

Auf den Karten am Bildschirm leuchtete ein blauer Punkt auf.

»Sie sind gerade mit einem Aurora Stealth Bomber nach Mexiko aufgebrochen. Es herrscht Funkstille«, erstattete eine Technikerin Bericht. »Lorna ist bei ihnen und Grimm geht nicht an sein Telefon.«

»Verdammt. Okay, kümmern Sie sich nicht um Grimm. Das erledige ich. Öffnen Sie alle Überwachungskanäle und finden Sie Hunter!«

Chamäleon sank in seinen Stuhl und fühlte sich erschöpfter als je zuvor. Es gab nichts, was er im Moment hätte tun können, und er musste schlafen, sonst würde er niemandem nutzen. Er wusste nicht, weshalb Lorna bei Hunter war, aber es verhieß nichts Gutes. Er schloss die Augen; so wie er Hunter kannte, würde er schon sehr bald auf dem Verbrecherradar auftauchen.

Jake und Lorna waren am späten Nachmittag nach Hause gekommen. Er hatte befürchtet, dass sie die Ereignisse des Tages zur Sprache bringen würde, aber glücklicherweise tat sie es nicht. Niemand war zu Hause und Jake holte seinen Laptop.

Etwas unbeholfen verabschiedeten sie sich und tauschten Handynummern aus. Lorna sagte zu ihm, er solle nicht vor dem späten Abend anrufen, da eine Freundin ihr Handy ausgeliehen hatte.

Als Jake ging, überkam ihn ein Hochgefühl. Abgesehen davon, dass er von seinem mutierten Exkumpel angegriffen und der Vergnügungspark demoliert worden war, war es ein großartiger Tag gewesen.

Sein Handy vibrierte in der Tasche. Mr Grimm hatte ihm eine SMS geschrieben und wollte ihn treffen. Jake seufzte. Er wurde das Gefühl nicht los, wieder einmal ausgenutzt zu werden, doch er brauchte dringend Hinweise, wo er Psych finden konnte. Noch einmal überdachte Jake die Situation. Er schien immer im Nachteil zu sein, weil er auf andere angewiesen war. Von Schulhofkämpfen wusste er, dass der einzige Ausweg aus einem solch bitteren Teufelskreis darin bestand, die Spielregeln zu ändern. Im Moment tauschte er den Präsidenten gegen Informationen ein – wie konnte er den Spieß umdrehen und sich gegenüber Chromosome in die bessere Position bringen?

Darüber lohnte es sich, nachzudenken.

Das Treffen sollte erst in ein paar Stunden stattfinden, weshalb Jake das Risiko auf sich nahm, seine Familie noch einmal zu besuchen. Sie waren daheim und Jake wollte das Haus nicht betreten, solange sie da waren. Das letzte Mal, als er das getan hatte, hatten Vollstrecker das Haus gestürmt.

Von der anderen Straßenseite aus sah Jake die kleinen kuppelförmigen Sensoren im Vorgarten, verräterische Zeichen dafür, dass seine Familie überwacht wurde. Glücklicherweise schien bei den Vollstreckern derartiger Personalmangel zu herrschen, dass kein ausgebildeter Agent zur Verfügung stand, um sie im Auge zu behalten.

Jake begnügte sich damit, auf der Mauer des gegenüberliegenden Hauses zu sitzen und zu versuchen, durch das Fenster etwas zu erkennen. Er konnte sehen, wie sich seine Eltern unterhielten, und sprach seinen eigenen Text dazu.

»Ich frage mich, wo unser Sohn steckt. Jake? Ist er nicht ein großartiger Junge . . .« Jake schwieg, denn es war ihm peinlich, dass er sogar eine bescheuerte hohe Erzählstimme benutzt hatte. Plötzlich überkam ihn ein überwältigendes Gefühl des Verlassenseins und er sehnte sich danach, einfach über die Straße zu gehen, an der Tür zu klingeln und mit herzlichen Umarmungen und freundlichen Gesichtern begrüßt zu werden.

Eine ältere Nachbarin, Mrs Bowen, ging mit ihren Einkaufstüten an Jake vorüber. Sie war eine Freundin der Familie, doch sie würdigte Jake keines Blickes und Jake fragte sich, ob Psych nicht nur die Erinnerung seiner Familie, sondern auch die ihrer Freunde ausgelöscht hatte. Wenn dem so war, warum dann nicht auch die der Leute in der Schule? Lorna erkannte ihn immer noch. Und ganz sicher auch Knuckles und Big Tony.

Jake wandte sich von seinem alten Zuhause ab; es tat ihm nicht gut, hier zu sein. Er schwor sich, erst wieder zurückzukommen, wenn er die Mittel hätte, ihre Erinnerungen zu wecken, und sie wieder eine Familie sein könnten. Er ging einige Schritte und zögerte dann. Laute Musik kam aus Beths Zimmer. Er spitzte die Ohren und konnte die Stimme seines Vaters hören.

»Bethany, mach die Musik leiser!«

Trotz seiner Traurigkeit musste Jake lächeln. Er wusste,

dass Beth diese Musik normalerweise hasste, aber aus irgendeinem Grund hatte sie sie laut aufgedreht. Es war Jakes Lieblingsband, *Ironfist*.

Irgendwo in Beths Kopf musste es einen rebellischen Rest Erinnerung an ihren Bruders geben. Und das verlieh Jake einen plötzlichen Schub Zuversicht.

Mr Grimm kam niemals zu spät. Pünktlichkeit war eine Frage des Charakters. Sie sprach für die Integrität und Zuverlässigkeit einer Person. Mr Grimms Meinung nach war sie wichtiger als Ehrlichkeit und Loyalität. Loyalität war Ansichtssache; Pünktlichkeit war eine Frage der Erziehung.

Jake kam dreiundzwanzig Minuten zu spät, was eine ziemliche Leistung war, da er nichts zu tun hatte, außer die Zeit totzuschlagen. Er hatte sich beschäftigt, indem er Lorna ein paar SMS schrieb, ließ es dann jedoch bleiben, um nicht zu übereifrig zu erscheinen.

Bevor er zu dem Treffen aufbrach, ging er in den Schuppen seines Vaters, um den Laptop zu verstecken. Sein leichtes Zittern war ein Zeichen dafür, dass er seine Kräfte wieder aufladen musste. Er schloss den Laptop an das Handy an und ging auf Villain.net. Die Website hatte sich kaum verändert. Er klickte auf ein blinkendes Nachrichtenbanner und las sich eine Seite durch, die die Fortschritte des Rats des Bösen in dem sogenannten »Krieg« beschrieb.

Mit einer willkürlichen Auswahl frischte Jake seine Kräfte auf. Als er sich regeneriert hatte, bemerkte er, dass in der

Bildschirmecke das Icon *Niedriger Batteriestand* aufleuchtete. Sekunden später fuhr sich der Laptop plötzlich selbst herunter. Jake zögerte. Die einzigen Steckdosen befanden sich im Haus, ebenso wie Beths Netzteil, um ihn aufzuladen. Er beschloss, es erst mal dabei zu belassen, aber ein schneller Blick auf das Handy zeigte, dass auch dieser Akku schon im roten Bereich war. Und Jake hatte kein Ladegerät.

Er geriet in Panik. Seine beiden einzigen Zugriffsmöglichkeiten auf Villain.net liefen auf Reserve. Ohne permanenten Zugang zu Superkräften konnte er seine Sucht nicht befriedigen und würde sterben!

Jake atmete tief ein, um seine Nerven zu beruhigen. Seine letzte Ladung würde noch mehrere Stunden ausreichen. Nach seinem Treffen mit Grimm würde er etwas arrangieren müssen.

Mr Grimm ließ sich nicht anmerken, ob er den eisigen Wind fühlte, der über das obere Deck des mehrstöckigen Parkhauses pfiff, und er unterdrückte das Bedürfnis, Jake für seine Verspätung zu tadeln. Stattdessen versuchte er zu lächeln, brachte aber nur eine schiefe Grimasse zustande.

»Mr Hunter, wie schön, dass Sie erschienen sind.« Das Wort »endlich« hing unausgesprochen in der Luft.

»Sie haben Informationen für mich?«

»Ich habe ja noch so viel mehr für Sie. Bitte folgen Sie mir.«

Mr Grimm deutete über den leeren Parkplatz. Jake runzelte die Stirn.

»Wohin?«

»Zu Ihrem neuen Zuhause, wenn es recht ist.«

Mit seinem Blick folgte Jake Grimms Hand und bemerkte, dass die Luft neben ihm leicht flimmerte, als hätte sie sich verflüssigt. Instinktiv fürchtete er eine Falle. Mr Grimm musste seine Gedanken erraten haben.

»Bitte, folgen Sie mir.«

Mr Grimm trat seitwärts in das Portal und verschwand. Jake zögerte – und handelte, als Mr Grimm seinen Kopf aus dem Portal streckte, während der Rest seines Körpers unsichtbar war. Es war, als würde man sich mit einem abgetrennten Kopf unterhalten.

»Rasch jetzt.«

Jake spannte alle Muskeln an und war auf alles gefasst. Dann folgte er Grimm durch das schimmernde Portal. Er trat in einen riesigen, mit Steinen gefliesten Saal und stand neben einem prasselnden Kamin, der größer war als er selbst.

»Wo sind wir?«

»Rumänien. Folgen Sie mir.«

Mr Grimm öffnete eine Tür und Jake folgte ihm durch einen Steinkorridor, der von Lichtern in kleinen Nischen gesäumt war. Die Wände bestanden aus riesigen Steinklötzen und ihre Schritte erzeugten ein schauriges Echo. Sie schienen in einer alten Burg zu sein, die mühevoll modernisiert worden war. Grimm stieg eine lange Wendeltreppe hinauf. Nach einer ganzen Weile gelangten sie in ein geräumiges rundes Zimmer, das fast völlig leer war. Die einzigen Gegenstände waren zwei enorme Plasmabildschirme, die nebeneinander auf hohen Ständern befestigt waren und von mehreren Computern mit Bildern gespeist wurden. Sofort erkannte Jake auf einem der Bildschirme Villain.net; auf dem anderen lief ein Nachrichtensender.

Dann entdeckte er einen Balkonbereich hinter zwei Glastüren. Sie öffneten sich, als sich Mr Grimm näherte, und gemeinsam traten sie hinaus in die eisige Kälte. Mr Grimm zeigte auf die Umgebung.

»Ihr neues Zuhause.«

Sie standen auf einer Turmspitze mit Blick auf die darunter liegende Burg. Jake hatte richtig geraten, es handelte sich um eine alte Burg am Rand eines Felsvorsprungs, der steil in die Dunkelheit darunter abfiel. Die Burg an sich war nicht übermäßig groß, aber mehr als ausreichend für Jake. Um sie herum befanden sich zerklüftete schneebedeckte Berge; viele ihrer Gipfel waren wolkenverhangen.

»Das Fagaras-Gebirge; es gehört zu den Südkarpaten«, sagte Mr Grimm in seiner monotonen Stimme, die auf seltsame Weise zu dieser Kulisse passte. Er schaute Jake an, als müsste ihm das etwas sagen, doch Jake hatte keinen blassen Schimmer, wovon Grimm sprach. »Die legendäre Heimat von Dracula?«

»Oh«, sagte Jake und ihm war mehr als nur ein bisschen mulmig zumute.

»Die Landschaft inspirierte Bram Stoker zu seiner Romanfigur. Und sie ist ein wirklich passender Schlupfwinkel für einen Superschurken, findest du nicht?«

»Ich verstehe nicht. Kommt das von Chromosome?«

Mr Grimm schüttelte den Kopf und betrachtete die Aussicht. »Nein, von mir. Ich bin kein Mitarbeiter des Rates, ich nehme nur Aufträge von ihm an. Eigentlich arbeite ich für ziemlich viele Auftraggeber, unter anderem auch für die Hero Foundation. Aber die Einstellung meiner Klienten beeinflusst niemals meine Arbeit ... außer in diesem einen Fall. Ich habe Ihre Entwicklung mit großem Interesse verfolgt, Mr Hunter. Sie sind mitten in einen Krieg hineingeraten.«

»Wie die Schweiz«, sagte Jake und erinnerte sich an einige der Unterrichtsstunden über den Zweiten Weltkrieg. Das und die Dinosaurier waren definitiv am interessantesten gewesen.

»Nein. Die Schweiz war neutral und wurde von keiner der beiden Kriegsparteien bedroht. Bei Ihnen ist das was anderes.« Jake runzelte die Stirn, beschloss aber, nicht nachzufragen. »Ich bin mir nicht sicher, wie Chromosomes vollständiger Plan mit Ihnen aussieht. Meine Auftraggeber sagen mir nur das, was ich ihrer Ansicht nach wissen muss. Ich weiß, dass sie glaubt, die größte Militärmacht auf dem Planeten kontrollieren zu können, wenn sie den Präsidenten in der Hand hat.«

»Wen würde sie dann angreifen wollen? Den Rat? Die Foundation?«

»Alle. Sie müssen lernen, dass Sie von den Haien gefressen werden, wenn Sie alleine schwimmen.« Mr Grimm wandte sein blasses und berechnendes Gesicht wieder Jake zu. »Es sei denn, Sie schwimmen mit dem Hai, der die schärfsten Zähne hat. Wie ich.«

Jake schwirrte der Kopf vor lauter Tiermetaphern. Er hasste so etwas. Basilisk hatte immer geheimnisvoll getan und in Rätseln gesprochen, weil er davon ausging, dass Jake nur ein Kind war, das sowieso nichts kapieren würde. Doch Grimm sprach nun, als würde Jake die rätselhaften Andeutungen verstehen. So widerwillig er das auch zugab, Basilisk hatte recht: Er war nur ein verängstigtes und verwirrtes Kind. Aber er wusste, dass das eine Schwäche war, die er nicht zeigen durfte.

»Das alles gehört also Ihnen und Sie bieten es mir an? Warum? Was springt dabei für Sie heraus?«

»Gleichgewicht. Ich bin nicht daran interessiert, Sie auszubeuten, Mr Hunter. Sicher, Sie können Ihre Kräfte nutzen und die Welt beherrschen, Schätze aus allen Kontinenten sammeln. Aber dann würde ich unvermeidlich für Sie arbeiten. Nein, das möchte ich nicht. Was ich fordere, ist, dass Sie ... tun, was immer Sie möchten. Sie wünschen sich Ihre Familie zurück. Gut. Sie möchten versuchen, die Foundation oder den Rat zu stürzen – auch gut. Solange ein Gleichgewicht zwischen den beiden Kräften herrscht, kann ich meine Arbeit tun und den Lohn dafür einstreichen.«

»Sie sind also einfach nur ein Söldner?«

»Ein Söldner, der berücksichtigt, dass keine der beiden Seiten zu mächtig werden sollte. Ich muss schließlich sehen, wo ich bleibe.«

Das ergab absolut Sinn für Jake. Es schien, als hätten er und der geheimnisvolle Mr Grimm sehr ähnliche Ansichten.

Jake fragte sich, ob er einen Verbündeten gefunden hatte.

Mr Grimm fuhr fort. »Im Moment hat die Hero Foundation Schaden genommen, wodurch die Dinge aus den Fugen geraten. Aber es sind Pläne im Gange, sie wieder zu stabilisieren. Ich möchte nicht in einer Welt leben, die vom Rat beherrscht wird. Das wäre überaus . . . langweilig.«

»Wie passt Chromosome in all das?«

Mr Grimm zuckte mit seinen knochigen Schultern. »Sie haben eine Abmachung mit ihr. Ich schlage vor, Sie versuchen, ihr nach besten Kräften gerecht zu werden. Chromosome weiß nichts von diesem Schlupfwinkel und so sollte es auch bleiben, für den Fall, dass sie ein doppeltes Spiel spielt. Nicht dass ich beweisen könnte, dass sie das tut. Aber trotzdem müssen Sie darauf vorbereitet sein.«

Jake fröstelte, ihm wurde langsam kalt. Ihm wurde ein Heim geschenkt, das er sein Eigen nennen durfte, und er bekam Ratschläge von einem Mann, der ihm zudem seine Freundschaft anbot. Zumindest schien ihn Grimm nicht ausbeuten zu wollen.

Er ließ seinen Blick über die Burg schweifen. Vor nicht allzu langer Zeit war ihm all dies so wichtig erschienen. Er hatte von Reichtümern und einem eigenen Haus geträumt – vorzugsweise an den warmen Stränden Australiens und nicht auf den eisigen Gipfeln der Karpaten. Aber nun erschienen ihm diese Träume unwesentlich. Ihm wurde bewusst, dass er nicht nach neuen Reichtümern strebte. Er wollte lediglich das zurückgewinnen, was er als selbstverständlich betrachtet und verloren hatte.

»Sie werden mir also nicht vorschreiben, was ich zu tun habe, oder von mir erwarten, dass ich eine Bank für Sie ausraube?«

»Meine Ziele sind vollkommen eigennützig. Sie bestehen darin, Ausgeglichenheit zwischen der Foundation und dem Rat herzustellen. In beiden Imperien denkt man zu kurzfristig. Wenn sie sich dafür Zeit nehmen würden, würden sie erkennen, dass uns eine verborgene Gefahr bedroht, die nur darauf wartet, uns alle auszulöschen.«

Jake erwartete einen Vortrag über die Zerstörung der Umwelt, aber als er Mr Grimms Gesichtsausdruck sah, wurde ihm bewusst, dass es sich um etwas Schlimmeres handelte, dass sehr viel früher bevorstand.

»Was würden sie denn erkennen?«

Grimm erschauderte kurz und Jake sah einen Hauch von Hoffnungslosigkeit, bevor Grimms Gesicht wieder maskenhaft wurde.

»Das Ende der Welt.«

Jakes öffnete den Mund, doch es kam nichts heraus. Konnte es tatsächlich noch größere Probleme geben als die, mit denen er im Augenblick zu tun hatte? Das Ende der Welt sah nach einem ziemlich heftigen Finale aus.

Grimm drehte sich auf dem Absatz um und ging in den Turm.

»Kommen Sie. Ich habe Anweisungen von Chromosome, die Sie sehen müssen.«

Nach einem letzten Blick über seine neue Heimat auf dem Berggipfel folgte Jake ihm. Wenn er sich ein wenig anstrengte, könnte er sich hier tatsächlich wohlfühlen.

Chamäleon wurde vom Türsummer geweckt. Er schaute sich in seinem engen Schlafraum um, bis er sich wieder zurechtfand. Alle Außenposten der Foundation hatten Übernachtungsmöglichkeiten, doch die Kommandozentrale unter dem Krankenhaus war nicht gerade komfortabel.

Er kletterte aus dem Bett und öffnete die Tür, die an knirschenden Angeln aufschwang. Außerdem war die Foundation nicht gerade großzügig, was die technische Ausstattung anbelangte. Es hätte niemanden umgebracht, wenn sie automatische Schiebetüren eingebaut hätten, oder?

Chamäleon starrte den Leiter der Kommandozentrale an, der vor ihm stand.

»Entschuldigen Sie bitte die Störung, Sir, aber Sie wollten Bescheid wissen, falls Mr Grimm auftaucht?«

Bevor sich Chamäleon zum Schlafen zurückgezogen hatte, hatte er mit dem Leiter der Kommandozentrale gesprochen und ihn gebeten, Grimms Bewegungen zu beobachten. Er hatte das in aller Heimlichkeit tun müssen, da Grimm ein Liebling des Chefs war und es kein guter Stil war, Kollegen auszuspionieren. Aber Chamäleon war misstrauisch geworden, nachdem Grimm offensichtlich Toby, Pete, Lorna und Emily – die einzige verbleibende

Gruppe von Superhelden, die Kräfte von Hero.com herunterlud – im Stich gelassen hatte, als sie auf einer Mission nach Diablo Island unterwegs waren. Und die Verbindung zwischen Lorna und Jake bereitete ihm Magenschmerzen. Er konnte es nicht benennen, aber irgendetwas in Bezug auf Grimm erschien ihm seltsam. Er hoffte, dass es nur ein Fall unbegründeter Paranoia war.

»Und?«

»Er wartete eine Zeit lang ganz allein oben auf einem mehrstöckigen Parkhaus.«

»Mit wem hat er sich getroffen?«

»Das wissen wir nicht. Wir hätten ihn dort gar nicht bemerkt, wenn nicht einer unserer Spionagesatelliten die Energie registriert hätte, die typisch ist für seine Fähigkeiten, Portale zu generieren. Dann ist er verschwunden.«

»Wissen Sie, wohin?«

Der Mann schüttelte den Kopf. Chamäleon war ungehalten über diese Neuigkeiten.

»Erzählen Sie niemandem etwas davon und überlassen Sie die weiteren Nachforschungen mir. Ich werde einige Zeit nicht erreichbar sein.«

Chamäleon schloss die Tür und schaute sich nachdenklich um. Er brauchte nur wenige Stunden Schlaf, um wieder tipptopp in Form zu sein. Das lag nicht an den Superkräften, sondern hing mit seinem natürlichen Rhythmus zusammen. Während er über seine Strategie nachdachte, zog er sich rasch um.

Obgleich es sich bei Toby, Lorna, Emily und Pete lediglich um Schulkinder handelte, waren sie wichtige Agenten der Foundation. Sie waren Chamäleon ans Herz gewachsen, auch wenn er in seinen seltenen Gesprächen mit Toby stets professionell aufgetreten war. Er wäre jetzt lieber da draußen und würde Tobys Team helfen, doch stattdessen war er damit beauftragt, Hunter zu finden – den Stachel in seinem Fleisch. Wenn Tobys Team mit seiner Mission scheiterte, würde die Hero Foundation untergehen.

Chamäleon verfluchte sich selbst, weil er nicht härter dagegen angekämpft hatte, dass Mr Grimm die Leitung über Tobys Team bekam. Er durfte nicht zulassen, dass ihnen etwas passierte – aber er durfte Jake Hunter auch nicht frei herumlaufen lassen und riskieren, dass er vom Rat gefasst wurde. Wenn er Hunter fand, konnte er dessen Freundschaft mit Lorna unterbinden, bevor das Ganze außer Kontrolle geriet. Und er würde hoffentlich herausfinden, ob sein Verdacht gegenüber Mr Grimm berechtigt war.

Das Letzte, was die Foundation jetzt brauchte, war ein Spion in den eigenen Reihen.

AIR FORCE ONE

Jake blieben einige Stunden, um sein neues Zuhause zu erforschen, da Mr Grimm verschwunden war, um dringende Geschäfte zu erledigen. Es war größer, als er gedacht hatte, und fast in jedem Raum gab es einen Fernseher und einen Computer. Er entdeckte eine riesige Küche, mit deren Ausstattung man eine Armee hätte verköstigen können. Glücklicherweise stand in einer Ecke auch eine Mikrowelle. Darin konnte er die Fertiggerichte erhitzen, die in dem begehbaren Gefrierschrank gebunkert waren.

Jake beschloss, ein paar eigene teuflische Pläne auszuhecken, damit er sich Küchenpersonal und einen Butler leisten konnte. Schon in seiner Vorstellung wuchsen die Kosten in ungeahnte Höhen und er verstand, weshalb Basilisk sich immer darüber beschwert hatte, pleite zu sein. Schlupfwinkel für Bösewichte waren teuer. Er fragte sich, ob man von ihm erwartete, dass er Rechnungen bezahlte.

In der Burg ging es über eine lange Treppe hinunter zu einem unterirdischen Hangar. Er war leer und Jake stellte sich vor, wie er ihn mit teuren Spielzeugen aller Art füllen würde. Er fühlte sich ein wenig einsam in der riesigen Burg und bemühte sich, nicht an seine Familie zu denken. Stattdessen dachte er an Lorna. Sie war lustig und er war gern mit ihr zusammen, auch wenn aus ihrem ersten Date ein Ringkampf mit einem Mutanten geworden war.

Er würde sie gern wiedersehen. Allein der Gedanke war schon seltsam genug. Beim Herumstöbern hatte er einen Adapter gefunden, der zu seinem Handy passte. Als er es vollständig aufgeladen hatte, versuchte er, Lorna zu erreichen. Das Telefon klingelte jedoch nur und schließlich antwortete die Mailbox. Er legte auf und kam sich plötzlich blöd vor, weil er angerufen hatte. Vielleicht sollte er warten, bis sie zuerst anrief? Aber wenn er wartete, dachte sie vielleicht ... Er schüttelte den Kopf. Wenn Lorna ins Spiel kam, wurde alles noch komplizierter. Stattdessen lenkte er sich damit ab, den zweiten riesigen Fernseher zum Laufen, zu bringen und zappte sich durch stundenlange Wiederholungen. Bei einem Nachrichtenkanal, der Neuigkeiten aus aller Welt brachte, hielt er inne. Überall schien es zu Kämpfen, Plünderungen und Explosionen zu kommen. Es herrschte ein heilloses Chaos. Der Nachrichtensprecher berichtete von Unruhestiftern, die die Massen aufbrachten, von Verbrecherorganisationen, die ausnutzten, dass das Sicherheitspersonal überfordert war, und von Terroristen, die Anschläge vorbereiteten. Aber Jake wusste, dass dies alles das Werk übereifriger Superschurken war.

Mr Grimm tauchte schließlich so leise aus einem Portal auf, dass Jake zusammenfuhr, und verplemperte keine Zeit, als er Chromosomes Plan für die Entführung des Präsidenten schilderte.

Es handelte sich um einen ehrgeizigen Plan. In vielerlei Hinsicht war es die größte Aufgabe, vor der Jake jemals gestanden hatte. Und zwar buchstäblich.

Chromosome wollte nämlich nicht nur den Präsidenten; sie wollte ihn und die Air Force One – das Privatflugzeug des Präsidenten. Chromosome plante, die Bevölkerung in Angst und Schrecken zu versetzen. Was Jakes Aufgabe natürlich umso schwieriger machte.

»Ich weiß noch immer nicht, wer Chromosome eigentlich ist. Warum sollte ich einem Mitglied des Rates über den Weg trauen?«

Grimm schaute auf seine Uhr, bevor er beschloss, zu antworten.

»Sie wissen, was der Rat ist. Chromosome gehört einer der acht Sitze des Rates und sie strebt an, den Rat selbst zu leiten. Und sie könnte das auch. Sie manipuliert gern, ist skrupellos und hat die Fähigkeit, unbelebte Objekte lebendig zu machen. Sie nennt sie ihre Legion. Sie haben sie in Form von Metallspinnen gesehen, die ihr überallhin folgen. Nehmen Sie sich vor ihnen in Acht, sie sind nicht, was sie scheinen. In der Tat steht es in Chromosomes Macht, Ihnen zu helfen. Aber sie verfolgt eigene Ziele.«

Jake entfuhr ein freudloses Lachen. Das überraschte ihn nicht; jeder verfolgte seine eigenen Ziele. Das erklärte vermutlich, warum es noch niemandem gelungen war, die Weltherrschaft an sich zu reißen – es gab einfach zu viele Interessenskonflikte. »Und worin genau bestehen die?«

»Sie säte die Saat des Aufstands innerhalb des Rates. Eigentlich sollen sich die Mitglieder auf dem Posten des Vorsitzenden abwechseln. Aber schon seit geraumer Zeit verbleibt der Vorsitz bei einem Mitglied, das sie Necros nennen. Und er verschaffte sich Verbündete in den eigenen Reihen. Als logische Konsequenz befürchtet Chromosome, Necros könnte sich selbst zum obersten Anführer des Rates erklären und die anderen Ratsmitglieder dann nicht mehr brauchen.«

»Und deshalb will sie ihn kaltmachen und den Laden selbst schmeißen?«

»Treffend ausgedrückt. Wenn sie den US-Präsidenten in ihrer Gewalt hat, steht ihr auch die mächtigste Armee der Welt zur Verfügung und der Rat des Bösen wird ihr aus der Hand fressen. Es ist nicht schwer, diese Rechnung zu begreifen.«

Mr Grimm wählte auf Villain.net die Kräfte aus, die Jake vermutlich für seine Mission brauchen würde, und ging zum anderen Ende des Zimmers, als sich der Fühler aus dem Bildschirm schlängelte. Einen Moment lang sah es so aus, als wollte der Fühler zu Grimm, doch nach einigem Zaudern pendelte er hinüber zu Jake.

Jake fühlte sich jetzt voller Energie – eigentlich besser denn je. Er hatte den Verdacht, dass Grimm noch ein paar Extrakräfte hinzugefügt hatte, um ihn aufzupeppen. Sobald Grimm sich versichert hatte, dass Jake wusste, was er zu tun hatte, entschuldigte er sich und schlüpfte durch ein Portal, ohne ihm Glück zu wünschen.

Jake öffnete die Augen, als er durch watteartige Quellwolken flog. Seine Flugkraft war stärker als die erste, die er probiert hatte. Mr Grimm hatte ihm erklärt, dass es die Kräfte in verschiedenen Stärken gab. Jake konnte jetzt auch in großen Höhen leicht atmen und fühlte die eiskalten Winde nicht mehr, die ihm auf seiner Flucht von der Gefängnisinsel so zugesetzt hatten.

Er warf einen Blick auf das GPS an seinem Handgelenk. Es war eine der technischen Spielereien aus seinem Turm und Grimm hatte ihm erklärt, wie man die Koordinaten des globalen Ortungssatelliten einstellte. Auch die voraussichtliche Position des Zielobjekts wurde programmiert. Das war besonders knifflig, weil das Zielobjekt sich bewegte.

Wenigstens war es Tag und das Wetter um ihn herum war gut. Er hatte relativ klare Sicht über den Atlantik, der mit weißen Eisbrocken gesprenkelt war. Sein GPS sagte ihm, dass er genau richtig lag, einige Hundert Kilometer vor der kanadischen Küste. Nun würde er sich auf seine Augen verlassen müssen, um zu entdecken, was er suchte.

Er brauchte einige Minuten, bis er das Funkeln des Sonnenlichts auf dem weißen Flugzeug wahrnahm. Er schätzte, dass es etwa drei Kilometer entfernt war. Jake beschleunigte und stieg ein wenig höher, während er um sein Zielobjekt kreiste.

Als er näher kam, sah er die Schrift auf dem Flugzeugrumpf deutlicher. Der Schriftzug UNITED STATES OF AMERICA stand in klaren Buchstaben in der Mitte des Flugzeugs. Unter der Schrift zog sich ein himmelblauer Streifen über die gesamte Länge der Boeing VC-25A, einer Militärversion der Air Force One 747, und wurde über dem vorderen Cockpit breiter. Auf das Heck des Flugzeugs, genau über der Flugnummer »29000«, war die amerikanische Flagge gemalt.

Das war es, was Jake gesucht hatte: sein Zielobjekt, die Air Force One.

Zwei F-22-Raptor-Kampfflugzeuge begleiteten das Flugzeug. Seit sich die Bedrohung, die der Zusammenbruch von Hero.com verursacht hatte, auf die großen Städte ausgebreitet hatte, überwachte der Präsident die Krise von hier oben. Der Vizepräsident wurde an Bord eines ähnlichen Flugzeugs gebracht, das Air Force Two genannt wurde und auf der anderen Seite des Kontinents über dem Pazifischen Ozean kreiste.

Jake flog näher heran und konzentrierte sich auf seine bevorstehende Aufgabe. Eine tollkühne Nummer. Er rief sich ins Gedächtnis, dass er dies nur tat, um seine Familie zurückzugewinnen. Das würde bestimmt alle Zweifel, die er hatte, ausräumen.

Es funktionierte aber nicht. Ganz egal, wie er es drehte und wendete – was er gleich tun würde, war nichts anderes als ein kriegerischer Akt. Und sobald er den Präsidenten Chromosome aushändigte . . . er blendete diesen Gedanken aus. Das war nicht sein Problem. Das durfte nicht sein Problem sein . . .

»Reiß dich zusammen«, murmelte er vor sich hin.

Die Kampffliegereskorte und die Besatzung der Air Force One würden nicht wissen, dass er sie verfolgte, denn er war zu klein, um auf den Radarschirmen zu erscheinen.

An Bord der Air Force One waren fünfzig Leute. Neben der Besatzung wären da noch der Präsident, der Verteidigungsminister, militärische Hilfskräfte und fünf hochdekorierte Generäle sowie die Leibwache des Präsidenten, die darauf trainiert war, sich dazwischenzuwerfen, falls auf den Präsidenten geschossen wurde.

Grimm hatte ihm befohlen, unwichtige Leute zu töten, wenn sie sich ihm in den Weg stellten, doch Jake würde das auf seine Art regeln – die überwiegend auf spontanem Improvisieren beruhte.

Er rückte näher heran und flog direkt unter den Heckflügeln. Dort konnte er das Dröhnen der vier General-Electric-Motoren hören, die das Flugzeug mit mehr als tausend Kilometern pro Stunde antrieben. Sein erstes Problem bestand darin, in die Druckkabine zu gelangen, ohne die luftdichte Abdeckung zu durchbrechen. Er hatte mit Grimm darüber gesprochen, Teleportation zu nutzen, aber Teleportation war nicht präzise genug. Außerdem waren keine Fotos vom Inneren des Flugzeugs verfügbar, weshalb Jake keine Möglichkeit hatte, sich sein Ziel richtig vorzustellen. Und das war ausschlaggebend beim Teleportieren.

Er ging gerade in Gedanken seine Möglichkeiten durch, als er ein weiteres Flugzeug bemerkte, das vor ihnen auftauchte. Er kniff die Augen zusammen und erspähte einen langen Schlauch, der aus dem Neuankömmling heraushing. Sein erster Verdacht, dass es sich um ein Flugzeug handelte, das die Air Force One angreifen wollte, erwies sich als unbegründet, denn keine der F-16 versuchte, es abzuwehren. Als sich das Flugzeug näherte, kamen Jake Szenen aus dem Fernsehen in den Sinn und ihm wurde klar, was vor sich ging. Es war ein riesiges schiefergraues KC-10-Tankflugzeug. Der Schlauch endete in einem Windsack, einem riesigen federballartigen Aufsatz, der über die Tanksonden der Kampfflugzeuge und der Air Force One gestülpt wurde. Das Betanken war ein heikler Vorgang, der von allen beteiligten Piloten herausragende Fähigkeiten verlangte. Sobald die Flugzeuge durch den Schlauch miteinander verbunden waren, würde Kerosin in die Tanks gefüllt, um die Flugdauer zu verlängern.

Jake merkte, wie die Air Force One langsamer wurde, als sie sich hinter und knapp unterhalb der KC-10 in Position brachte. Das war eine Situation, mit der Jake nicht gerechnet hatte. Wenn er sich den Präsidenten schnappen wollte, durfte er jetzt keine Zeit verplempern.

Jake klammerte sich an den Flugzeugrumpf. So konnte er aufhören zu fliegen und wurde wie ein Insekt mitgeschleppt. Der Wind war hier um einiges stärker, denn die Luft wurde in hoher Geschwindigkeit am Rumpf vorbeigedrängt. Er kroch am Bauch des Flugzeugs entlang, sodass der Erdboden jetzt über seinem Kopf war. Da die beiden eskortierenden Kampfflugzeuge direkt über der Boeing in Stellung gingen, konnten die Piloten nicht sehen, wie er die siebzig Meter bis zur Nase des Flugzeugs nach vorne krabbelte.

An der Stelle, an der sich der Rumpf des Flugzeugs zu einer Nase verjüngte, hielt Jake an, um sich zu orientieren. Er versuchte, sich an die Pläne zu erinnern, die Grimm ihm gezeigt hatte, aber er war sich seiner exakten Position noch immer nicht sicher. Eigentlich müsste er sich außerhalb des vorderen Frachtraums befinden. Er schloss die Augen, um sicherzustellen, dass er die richtige der heruntergeladenen Superkräfte aufrief. Wenn ihm jetzt ein Fehler unterlief, konnte das sowohl für ihn als auch für die Passagiere des Flugzeugs tödlich ausgehen.

Plötzlich durchlief die Air Force One ein Beben und Jake erstarrte. Sie mussten in Turbulenzen geraten sein. Als er den Hals streckte, konnte er die KC-10 sehen, die jetzt viel näher war, zweifellos schon fast in der richtigen Position. Dann bemerkte er, dass eines der Kampfflugzeuge wegen der Turbulenzen gesunken war. Unglücklicherweise bedeutete das, dass der Pilot nur den Kopf zu drehen brauchte, um Jake zu entdecken.

Jake verlor keine Zeit mehr. Er presste sich gegen den festen Flugzeugrumpf – und driftete wie ein Geist durch das Metall.

Grimm hatte ihm Anweisungen gegeben, wie er diese Superkraft verwenden sollte. In das Flugzeug hineindriften war schön und gut; das Problem lag jedoch jenseits der Wand. Es konnte nämlich passieren, dass Jake zu früh wieder Gestalt annahm. Grimm hatte ihm zur Veranschaulichung eine Geschichte über einen Superschurken erzählt, der durch Tresortüren driftete, um Banktresore auszuräumen. Bei seinem letzten Raub hatte der Schurke nicht gewusst, dass hinter der Haupttür noch eine kleinere Tresortür eingebaut war – und hatte auf halbem Weg durch die neue Tür wieder Form angenommen. Sein Herz saß plötzlich im Metall der neuen Tür fest, was zu seinem sofortigen Tod geführt hatte. Die Polizei fand seinen Oberkörper, der aus der Stahltür herausragte. Deshalb benutzten nur wenige Leute diese Superkraft. Sie war gefährlich.

Jake blieb nichts anderes übrig, als sich darauf zu verlassen, dass es beim Driften keine bösen Überraschungen geben würde. Wie damals, als er ein paar Mal probehalber durch die Mauern der Burg gedriftet war, wurde ihm plötzlich schwarz vor Augen, aber er hatte definitiv das Gefühl, dass etwas passierte. Sekunden später streckte er den Kopf in einen Frachtraum, der ein Viertel der Länge des Flugzeugs einnahm und in dem Kisten mit Lebensmitteln lagerten. Jake hatte es gerade noch durch einen Kistenstapel geschafft, bevor er wieder Gestalt annahm ... direkt vor einer überraschten Stewardess, die gerade eine Packung Kekse aus einer Kiste zog. Sie öffnete den Mund, um zu schreien, weil sich direkt vor ihr ein Gespenst materialisiert hatte.

Jake war insgeheim dankbar, dass er nicht in der Stewardess Gestalt angenommen hatte, sonst wären sie jetzt entweder beide tot oder hätten sich in schaurige siamesische Zwillinge verwandelt.

Er ließ seine Hand über ihren Mund schnellen, um sie vom Schreien abzuhalten, doch sie biss ihm kräftig in die Finger. Dann bewegte sie sich mit routinierter Judopräzision, hebelte Jake in einem perfekten *Seoi Nage*-Wurf über die Schulter und ließ ihn auf den Boden krachen. Das hatte er nicht erwartet. Er hatte auch nicht erwartet, dass die Stewardess die Hand ausstrecken und auf einen Alarmknopf an der Wand schlagen würde.

»Na großartig!«, knurrte Jake; er wusste, dass gleich der Geheimdienst angerannt kommen würde. Grimm hatte ihn gewarnt, dass mit dem amerikanischen Secret Service auch dann nicht zu spaßen war, wenn man Superkräfte hatte. Die Stewardess wirbelte herum und baute sich in Verteidigungsstellung vor ihm auf. Jake fühlte, wie seine Hände einen kleinen Energieball formten, hoffentlich gerade genug, um die Furie k.o. zu schlagen. Er schleuderte seine Hände nach vorne – und Konfetti regnete auf die Stewardess herab. Jake war noch überraschter als sie. War das Mr Grimms Sinn für Humor?

»Schlechter Zeitpunkt für eine nutzlose Superkraft!«

Als er von seinen Händen aufsah, bemerkte er, dass die Frau die Kampfsportart gewechselt hatte. Nur verschwommen nahm er wahr, wie ihr Fuß in einem perfekten Karatetritt gegen seine Brust stieß. Jake krachte in mehrere Kisten, die glücklicherweise umstürzten und die Tür zum Treppenhaus blockierten, als sie gerade von Geheimdienstpersonal aufgedrückt wurde.

»Genug jetzt«, stöhnte Jake und sah überrascht, dass ihm Blut aus der Nase tropfte. Es dauerte nicht lange, bis seine Regenerationskräfte die Blutung stillten.

Die Stewardess war bereit, erneut zuzuschlagen. Jake musste zugeben, dass er nicht erwartet hätte, bei der Präsidentenentführung von einer ziemlich hübschen Flugbegleiterin attackiert zu werden.

Er hob erneut die Hand und dieses Mal vergewisserte er sich, welche Energie sich bildete. Und tatsächlich glühte eine tennisballgroße durchsichtige Kugel in seiner Handfläche. Er warf sie nach der Frau. Geräuschvoll wurde die Kugel in Bewegungsenergie umgewandelt und schleuderte die Stewardess in hohem Bogen durch die Luft. Sie fiel bewusstlos zu Boden.

Jake hatte ein schlechtes Gewissen. In all den Jahren als Schläger hatte er noch nie ein Mädchen geschlagen. Abgesehen von seiner Schwester natürlich.

Die blockierte Tür, die aus dem Frachtraum hinausführte, bebte, als sie von außen gerammt wurde. Die Kisten würden die Typen vom Geheimdienst nicht lange abhalten und wenn sie die Stewardess bewusstlos und allein vorfanden, würden sie hoffentlich davon ausgehen, dass sie gestürzt war und dabei aus Versehen den Alarmknopf gedrückt hatte.

Wenn Jakes Informationen richtig waren, musste sich direkt über seinem Kopf ein Sanitätsraum befinden. Er flog nach oben und driftete durch die Decke, gerade als der Geheimdienst durch die Tür stürmte.

Es war eine seltsame Erfahrung, durch den Fußboden hindurchzudriften und ihn dann plötzlich fest unter sich zu spüren. Aber Jake hatte in der letzten Zeit eine ganze Reihe seltsamer Erfahrungen gemacht, deshalb schenkte er dem keine weitere Beachtung. Er war in einem kleinen

Sprechzimmer mit einem Arztsessel. Eine Auswahl teurer medizinischer Gerätschaften einschließlich eines Röntgengeräts waren an die Wand geschoben. Wäre die Wand nicht gewölbt gewesen, hätte Jake fast vergessen, dass er in einem Flugzeug war.

Ein knackendes Geräusch hallte durch das Flugzeug und die ruhige Stimme des Piloten erklang über das PA-System.

»Zum Betanken angekoppelt.«

Das war alles, was Jake an Einzelheiten erhalten sollte. Er machte eine Bestandsaufnahme seiner Situation. Eine Tür führte zu einem Korridor, der hinten an der Bordküche vorbeilief und in einen großen Konferenzraum führte. Die Wand vor Jake müsste also die zur Präsidentensuite sein, die in der Nase des Flugzeugs, genau unter dem Cockpit, lag. Und mit ein bisschen Glück würde er dort sein vorrangiges Ziel, den Präsidenten, finden. Nicht dass es darauf wirklich ankäme, Chromosome wollte schließlich das ganze Flugzeug. Solange der Präsident im Flugzeug blieb, hatte Jake nur ein einziges Problem zu lösen. Selbst für den durchtriebensten Schurken war es eine große Herausforderung, ein Flugzeug im Flug zu stehlen, noch dazu, wenn Kampfflugzeuge es schützen. Grimm hatte ihm gesagt, dass Objekte in der Größe eines Flugzeuges zu groß zum Teleportieren seien. Sonst hätten Schurken sicher schon ganze Banktresore teleportiert, anstatt einzubrechen. Stattdessen sah Chromosomes Plan vor, dass Jake den Piloten davon überzeugte, umzukehren. Wenn das nicht funktionierte, würde der Autopilot das für ihn erledigen. Jake musste sich noch einmal selbst davon überzeugen, dass es das alles wert war. Der Gedanke an seine Schwester, wie sie *Ironfist* hörte, brachte ihn zum Lächeln; es gab noch Hoffnung.

Das Erste, was Jake tun musste, war, die Kommunikationskanäle des Flugzeugs zu unterbrechen. Da es mehr als achtzig Telefone, Funkgeräte, Faxgeräte und zahlreiche Computersysteme gab, wäre es für jeden im Flugzeug ein Leichtes, einen Notruf zu tätigen. Glücklicherweise lief die gesamte Kommunikation über einen einzigen IT-Bereich, der hinter dem Cockpit lag. Also genau über Jake. Wieder flog er mit einem Sprung nach oben und driftete durch die Decke.

Nach einem Moment vollkommener Dunkelheit zwischen den Böden driftete Jake in den Raum und wusste sofort, dass seine Informationen nicht korrekt gewesen waren. Alles, was er sah, waren am Boden festgeschraubte Tische und luxuriös gepolsterte Drehstühle. Er zwang sich dazu, noch nicht Gestalt anzunehmen, um nicht halb Junge, halb Tisch zu werden. Er materialisierte auf einem Tisch und drei sehr verblüffte Männer und eine Frau blickten ihn starr vor Schreck an. Es handelte sich um eine Art Besprechungszimmer und Jake bemerkte, dass er zwischen Papierstapeln und Landkarten stand. Zwei Türen an entgegengesetzten Seiten des Raumes waren mit »Cockpit« beziehungsweise »IT-Bereich« beschriftet. Eine Treppe führte zum Zwischendeck.

Jake feuerte eine kleine Energiekugel auf einen der Männer, die ihn aus dem Stuhl schleuderte, sodass er bewusstlos zu Boden fiel. Dadurch hatte die Frau genug Zeit, von ihrem Stuhl aufzuspringen und Kopf voran die Treppe hinunterzurutschen. Jake wollte ihr den Weg abschneiden, aber er spürte etwas an seinem Hinterkopf und wurde nach vorne geworfen. Glücklicherweise hatte er dieses Mal daran gedacht, sein Kraftfeld aufzubauen, für den Fall, dass ihn wieder irgendein Kung-Fu-Zirkus erwartete. Doch der Schlag war trotzdem heftig und der Raum drehte sich, als er vom Tisch kippte.

Er blickte auf und sah, dass ihm einer der Männer seine Pistole über den Kopf gezogen hatte. Sekunden später kreischte ein Alarm durch das Flugzeug, den offensichtlich die Frau aktiviert hatte. Das reichte aus, um die beiden Männer abzulenken, die dümmlich zu dem flackernden roten Licht an der Decke hinaufglotzten.

Jake ließ zwei radioaktive Ladungen los. Sie trafen die Männer in die Mägen und sie krachten gegen die gewölbte Kabinendecke. Bewusstlos gingen sie zu Boden, ihre teuren Anzüge qualmten. Jake hatte keine Zeit für Mitleid und er ärgerte sich, dass der Plan, sein Vorhaben in aller Stille durchzuziehen, vereitelt worden war.

Der IT-Bereich war dunkel und enthielt massenweise hochkomplizierte Computer. Nur das grelle Licht der LCD-Bildschirme erleuchtete ihn. Die vier Leute, die dort arbeiteten, hatten kaum die Zeit aufzublicken, als sich die verstärkte Tür ausbeulte, bevor sie aus den Angeln gerissen wurde. Die Tür setzte drei von ihnen außer Gefecht, bevor sie mit einem Funkenregen in die Hardware krachte.

Jake betrat den Raum mit einem rachedurstigen Gesicht. Eigentlich hatte er geplant, einen kleinen elektromagnetischen Impuls durch das Kommunikationssystem des Flugzeugs zu senden, wie Grimm ihm geraten hatte. Das hätte ausgereicht, um die Computer vom Netz zu nehmen. Doch jetzt strömte Adrenalin durch Jakes Körper und er handelte aus dem Bauch heraus – er wurde grob.

Er schoss einen Blitz quer durch den Raum. Die knisternde Elektrizität traf alle Systeme und schloss sie kurz, sodass die Funken stoben. Der letzte Computerfachmann, der noch bei Bewusstsein war, konnte nicht älter als zwanzig sein. Er beäugte Jake durch die dicken Gläser seiner Brille.

»Nicht schießen!«

»Erzähl mir nicht, was ich zu tun habe«, knurrte Jake gereizt. Ein einzelner kleiner Blitz schnellte aus seinem Finger und traf den Mann an der Brust. Er sank zu Boden und krümmte sich vor Schmerzen.

Jake rannte zurück in das Besprechungszimmer, das jetzt nur noch von einer Notbeleuchtung erhellt wurde – er musste die Elektrik des Flugzeugs überlastet haben. Er hörte Fußgetrappel auf der Treppe; makellos gekleidete und mit Maschinenpistolen bewaffnete Geheimdienstleute rannten herauf. Man hatte Jake erklärt, dass niemand riskieren würde, eine solche Waffe an Bord abzufeuern, da durch das Einschussloch der Kugel der Druck in der Kabine abfallen würde. Aber so wie es aussah, hatte das den Sicherheitsleuten niemand erklärt.

Jake schoss eine weitere Salve von Blitzen die Treppe hinunter. Die vordersten beiden Männer, die so groß waren, dass sie kaum durch das Treppenhaus passten, fielen nach hinten und prallten gegen zwei weitere.

Jake rannte zur Cockpittür und stoppte nicht, bevor er durch sie hindurchdriftete. Das Cockpit war vollgepackt mit Fluginstrumenten und durch die Fenster sah er das KC-10-Tankflugzeug direkt vor ihnen. Der lange Tankschlauch baumelte zur Seite des Cockpits hin. Jake konnte deutlich den federballartigen Windsack sehen, der direkt vor dem Cockpitfenster mit der Leitung verbunden war. Trotz des kreischenden Alarms konnte die Besatzung den Tankprozess nicht einfach unterbrechen. Sie flogen ohnehin schon mit leeren Tanks.

Der Pilot sah nicht einmal auf, als er hörte, wie der Kopilot und der Techniker nach Luft schnappten. Er war viel zu sehr darin vertieft, die Steuerelemente zu betätigen, damit die Air Force One mit dem Tankschlauch verbunden blieb.

»Sie können uns allen jetzt eine Menge Ärger ersparen«, sagte Jake mit einer Stimme, die vor Anspannung und Aufregung zitterte.

»Alles, was Sie zu tun haben, ist, aufzutanken und Kurs auf Rumänien zu nehmen. All Ihre Funkgeräte sind außer Betrieb und in wenigen Minuten werden Sie keine Kampfflugzeugeskorte mehr haben.«

»Ist das eine Flugzeugentführung?«

Jake zögerte. Das Wort schien ihm zu stark. Aber andererseits klang es auch nicht besser, wenn er dem Piloten sagte, dass er sie jetzt alle kidnappte.

»Ihnen wird nichts geschehen. Es sei denn, Sie machen irgendwelche Dummheiten.«

»Warum tun Sie das?«, fragte der verängstigte Kopilot, als zum wiederholten Male Geheimdiensttypen an die Cockpittür hämmerten.

»Ich will meine Familie zurück. Ich wünschte, es gäbe einen anderen Weg, aber . . .«

Der Kopilot schaute ihm fest in die Augen und auch nicht die kleinste Bewegung wies darauf hin, dass der Techniker direkt neben Jake eine Elektroschockpistole herausgezogen hatte und sie in Jakes Rippen abfeuerte. Jake fühlte sich, als würde jeder einzelne Nerv seines Körpers in Flammen aufgehen, als der Strom durch ihn hindurchzuckte. Die Elektroschockpistole für Spezialeinsätze hätte in Sekundenschnelle einen Bären zu Fall gebracht, ein normaler Mensch hatte dagegen keine Chance.

Aber Jake war kein normaler Mensch.

Der Strom fuhr wieder aus seinem Körper heraus und war jetzt noch stärker. Lichtblitze brachen in alle Richtungen aus ihm hervor und trafen die Instrumente und die Crew mit solcher Heftigkeit, dass Jake verkohlte Kleider und verbrannte Haut roch. Jake selbst fiel vorübergehend geschwächt zu Boden. Als er wieder zu Atem kam und aufsah, bemerkte er, dass die gesamte Crew inklusive des Piloten über den Steuergeräten zusammengesackt war. Und was noch schlimmer war – die Instrumententafel war tot, die Lichter waren verloschen und die Zahlen auf den Anzeigen standen auf null. Er konnte noch immer das Dröhnen der Motoren hören, sie flogen also noch, doch das komplizierte Computersystem war lahmgelegt.

Der Autopilot war zerstört.

Eigentlich hörte sich das Dröhnen der Motoren zu laut an. Er stand auf und schaute durch das Cockpitfenster.

Und was er sah, war wirklich schlimm.

Als der Pilot nach vorne gesackt war, hatte seine Hand auf dem Gashebel gelegen. Der Hebel war durch sein Körpergewicht hinuntergedrückt worden und hatte die Steuerung auf Maximum geschaltet. Die Air Force One war nach vorne geschnellt, wodurch die Tankleitung durchtrennt worden war. Reines Kerosin spritzte über das Fenster wie ein heftiger Regenguss.

Doch das war noch nicht das Schlimmste. Die Air Force One hatte beschleunigt und war dem langsameren KC-10-Tankflugzeug so nahe gekommen, dass die Oberseite des Cockpits am hinteren Teil des Tankflugzeugs entlangschrammte.

Das Geräusch reißenden Metalls hallte durch die Boeing. Jake beobachtete schockiert, wie Metall auf Metall rieb und Funken erzeugte, die das ausströmende Kerosin in Brand setzten.

Die blaue Nase der Air Force One ging in Flammen auf,

als das Kerosin Feuer fing. Das Vorderteil des Flugzeugs war jetzt ein orangefarbener Feuerball.

Noch nie hatten die beiden F-22-Piloten so etwas gesehen und es gab nichts, was sie hätten tun können. Der KC-10-Tanker neigte sich zur Seite und entging gerade noch einem Zusammenstoß mit der Boeing. Der herunterhängende Kerosinschlauch spieh flüssiges Feuer, bis automatische Abschaltventile den Kerosinfluss stoppten. Die verbogene Tanksonde der Air Force One wurde von den Kraftstofftanks des KC-10 weggerissen, was verhinderte, dass die Flammen ihn erreichten und das Flugzeug in der Luft explodierte.

Jake zerrte den Piloten aus seinem Sitz, als die Boeing steil nach oben stieg. Er war schon mit Flugsimulatoren geflogen und sogar mit Basilisks SkyKar – aber das hier war etwas vollkommen anderes. Zudem hatte er fünfzig unschuldige Menschen an Bord. Er drückte den Steuerhebel leicht nach vorne und das Flugzeug kam wieder in die Waagerechte, aber durch das Fenster konnte Jake nur eine Wand aus Flammen erkennen. Er sah also nichts, die Instrumente funktionierten nicht und er hatte keinerlei Erfahrung, wie man einen Jumbojet flog – Jake wusste, dass er keine andere Wahl hatte, als notzulanden, sonst würden alle an Bord sterben.

Einschließlich ihm selbst.

WASSERLANDUNG

Die F-22-Raptor-Kampfflugzeuge umkreisten die Air Force One. Der gesamte vordere Teil brannte und die Flammen drohten, die gewaltigen Flügel zu erreichen, in denen der Treibstoff gelagert war. Dann raste die Boeing dem glitzernden Ozean entgegen. Die unablässigen Versuche der Piloten, das Flugzeug per Funk zu erreichen, ergaben nur atmosphärische Störungen. Ein Schiff der US-Marine, die USS *Kitty Hawk* hatte bereits Rettungshubschrauber ausgesandt, die die Air Force One jedoch frühestens in einer Stunde erreichen würden. Die Situation war aussichtslos.

Im Flugzeug kämpfte Jake mit den Steuerelementen. Er konnte zwar nicht nach draußen sehen und keines der Instrumente, auch nicht der gyroskopische künstliche Horizont, funktionierte, aber sein Magen sagte ihm, dass sie sehr rasch sanken. Das Klopfen an der Cockpittür hatte aufgehört; zweifellos waren die Geheimdienstleute bei dem Zusammenstoß im Flugzeug herumgeschleudert worden. Dann hörte Jake das unverkennbare Geräusch von Schüssen, die durch die Tür schlugen. Jemand hatte es geschafft, dort auszuharren, und versuchte nun, sich den Weg ins Cockpit freizuschießen – eine vergebliche Geste, da die Tür gepanzert war, um genau für solche Situationen gewappnet zu sein.

Jake fiel keine einzige Superkraft ein, die ihn aus seiner Zwangslage befreien konnte. Er versuchte, seine verwirrten Gedanken zu ordnen. Er konnte versuchen, die gesamte Besatzung geschlossen zu teleportieren, aber das würde voraussetzen, dass sich alle berühren müssten – und er bezweifelte, dass sie ihm die Gelegenheit geben würden, einen Plan zu erklären, bei dem sie alle Händchen halten sollten. Er musste die Flammen davon abhalten, das Flugzeug noch weiter zu beschädigen.

Die Raptor-Piloten hielten es zunächst für Halluzinationen, als sie die Gestalt eines Jungen durch die Wand des brennenden Cockpits fliegen und neben der Air Force One schweben sahen. Dann erinnerten sie sich wieder an ihre geheimen Sicherheitsinstruktionen. Sie hatten es hier offensichtlich mit einem Gegner mit Superkräften zu tun – und weil er aus der Air Force One herauskam, musste man davon ausgehen, dass er kein Held war, sondern ein Feind. Allerdings war er als Ziel zu klein, um auf ihn zu schießen – wenn sie es täten, riskierten sie, die Air Force One zu treffen.

Jake analysierte seine Situation. Obwohl es draußen eiskalt war, nährte der dünne Sauerstoff die Flammen. Er musste sie irgendwie ersticken. Er war sich nur halb bewusst, dass eines der Raptor-Kampfflugzeuge ebenso schnell flog wie die Air Force One und sich nur wenige Meter über ihr befand.

Jake ignorierte es. Er zielte auf die brennende Flugzeugnase und schoss etwas ab, von dem er hoffte, dass es die richtige Kraft wäre.

Verblüfft sah der Raptor-Pilot, dass eine dicke Eisschicht aus den Händen des Jungen strömte und sich wie Schnee auf den Flugzeugrumpf legte. Der Schurke schwirrte um das kopfüber abstürzende Flugzeug herum und bedeckte den gesamten vorderen Teil mit dickem Eis, das die Flammen löschte. Sekunden später brach das Eis in großen Brocken ab und enthüllte schwarzes beschädigtes Metall.

Das alles passierte, während der Pilot einen komplizierten Schuss aus seiner Vulcan-Gatling-Maschinenkanone vorbereitete. Traf er nur wenige Zentimeter daneben, riskierte er, ein Loch in das Flugzeug des Präsidenten zu pusten. Gerade als er den Finger am Abzug hatte, brachen gezackte Eisscherben von der Air Force One ab. Einige davon krachten mit hoher Geschwindigkeit auf sein Kampfflugzeug und rissen ein Loch in seine Kabinenhaube; dies zwang ihn dazu, den Steuerknüppel zurückzureißen.

Jake blickte hoch und sah, wie die Leuchtspur der Gatling-Kanone in weitem Bogen an ihm vorüberzog. Das Kampfflugzeug schnellte zur Seite weg; es war vollkommen außer Kontrolle. Der Pilot wurde mit einem Knall, den Jake sogar durch das Tosen des Windes hindurch hören konnte, hinauskatapultiert und die F-22-Raptor fiel wie ein Stein in die Tiefe. Jake verspürte nicht den Wunsch, die verbleibende Raptor anzugreifen, deshalb driftete er zurück ins Cockpit.

Er versuchte, die Axt, die in der Tür steckte, zu ignorieren. Eins musste man dem Secret Service lassen, die Jungs hatten Ausdauer. Jake zog die Steuerung nach oben und brachte das Flugzeug wieder zum Steigen, bevor es plötzlich zur Seite kippte und seine Talfahrt fortsetzte. Er hörte einige dumpfe Aufschläge und gedämpftes Fluchen, als die Typen vom Secret Service herumgeschleudert wurden.

Jake hatte keine Ahnung, wie er die Boeing sicher auf einer Landebahn herunterbringen sollte, aber er wusste sowieso nicht, wo das nächste Fleckchen Erde lag. Auf dem Ozean notzulanden, konnte ja wohl nicht so schwierig sein, oder? Er erinnerte sich dunkel daran, dass Flugzeuge so gebaut waren, dass sie schwammen. Er hoffte nur, dass er sich nicht ausgerechnet diese Tatsache gerade ausgedacht hatte.

Der Horizont erschien jetzt waagrecht in den Seitenfenstern und nahm die gesamte Fläche der vorderen Windschutzscheibe ein. Die verstreuten Eisberge, die von oben wie weiße Punkte ausgesehen hatten, ragten nun hoch wie Berge vor ihm auf. Jake entschied, dass es Zeit war, die Flugzeugnase hochzuziehen und den Gashebel nach vorne zu drücken, um die Geschwindigkeit zu verringern.

Sie schossen so dicht an einem Eisberg vorbei, dass die Flügelspitze Eisbrocken von ihm abschabte. Das Wasser war mit faustgroßen Eisbrocken übersät, doch Jake hatte keine Zeit, sich darüber Gedanken zu machen. In letzter Sekunde gelang es ihm, die Flugzeugnase anzuheben. Als sich die Nase hob, traf das Heck auf den Ozean. Jake hatte ein Gefühl erwartet, als würde man in einen Swimmingpool eintauchen.

Er lag vollkommen falsch.

In dieser Geschwindigkeit auf das Wasser aufzutreffen, war, wie auf Gras zu landen. Der hintere Bereich des Flugzeugs knackte und die stabilisierenden Seitenflossen brachen weg, als Eis dagegenkrachte. Doch irgendwie blieb das Heck intakt. Die Wucht des Aufpralls drückte den vorderen Teil der Boeing nach unten auf das Wasser ...

Jake wurde nach vorne gegen die Instrumententafel geschleudert. Die Air Force One machte einen Bauchklatscher ins Wasser, aber sie war so schnell, dass sie wie ein Stein hochditschte und über das Wasser fegte. Sie räumte eine kleine Eisscholle aus dem Weg, bevor sie wieder herunterplatschte.

Jake fühlte jede knirschende Erschütterung und hörte das gequälte Aufheulen der Motoren.

Die Air Force One sprang sieben Mal nach oben, bevor sie vollen Kontakt mit dem Wasser hatte, wie ein Schnellboot nach vorne schoss und dabei eine V-förmige Heckwelle erzeugte. Die Tragfläche tauchte ein und beide Motoren durchschnitten plötzlich mit einem schrillen, gurgelnden Geräusch das Wasser. Die untergetauchten Motoren fungierten als Drehpunkte, sodass das Flugzeug einen Bogen beschrieb.

Unter keinen Umständen konnte es passieren, dass die Flügel unter dem Druck abbrachen. Fast niemand weiß, dass die Flügel während des Fliegens das gesamte Gewicht des Flugzeugs tragen. An jedem Flugzeug sind sie die stabilsten Teile.

Doch als die Backbordzwillingsmotoren explodierten, wurde der Flügel durch die Feuersbrunst in zwei Teile gerissen und eine orangefarbene pilzförmige Wolke schoss in den Himmel. Zum Glück verhinderte das Wasser, dass das Feuer weiteren Schaden anrichtete.

Das Flugzeug wurde Hunderte von Metern seitwärts über das Wasser geschleudert, bevor es längs in einen Eisberg krachte. Fenster klirrten und Eisbrocken regneten auf den Rumpf herab. Der erhobene Steuerbordflügel klatschte wie ein gigantischer Delfin auf das Wasser und zerstörte die übrigen Motoren.

Einen Moment lang herrschte Stille.

Jake öffnete die Augen, überrascht, dass er noch am Leben war. Dass er es geschafft hatte, zu landen, beflügelte ihn, auch wenn er keine Ahnung hatte, wie groß der Schaden war. Dumpfe Geräusche hallten durch das Flugzeug, als Notausgänge aufgerissen wurden.

Jake rappelte sich auf. Dann holte er tief Luft, ließ sich fallen und driftete durch den Fußboden.

In der leeren Präsidentensuite tauchte er wieder auf und rannte durch die offene Tür. Er wusste, dass die Besatzung das Flugzeug verlassen würde. Jake eilte einen schmalen Flur entlang und hielt am ersten Ausgang an, zu dem er gelangte. Es war der Haupteingang; die Lufttreppe, eine Tür mit eingebauten Stufen, war heruntergelassen und die Wellen des Ozeans plätscherten bereits herein. Zwei hellgelbe Rettungsinseln, auf denen sich die Besatzung drängte, tanzten schon auf dem eisigen Wasser. Auf der, die Jake am nächsten war, saßen Geheimdienstleute in schwarzen Anzügen, die nur auf Jake zu warten schienen. Als er seinen Kopf hinausstreckte, durchsiebten Schüsse aus Maschinengewehren den Rumpf und die Wand hinter ihm.

Jake stürzte durch die Öffnung und sein Schild fing die Kugeln ab.

Ein besonders eifriger Bodyguard sprang von der Rettungsinsel auf die Lufttreppe. Jake sah, wie er an Bord kletterte, und schleuderte einen Feuerball nach ihm. Die Flammen trafen die Wand direkt über dem Kopf des Mannes. Er rutschte die Treppe hinunter und in den Ozean. Jake zog in Erwägung, die Rettungsinsel zu versenken, doch das wäre zweifellos das Todesurteil der Bodyguards gewesen. Und da sie keine Superhelden waren, wollte er das nicht.

Jake rannte an der Bordküche vorbei und durch ein vornehmes Konferenzzimmer. Er schob sich durch eine zersplitterte Tür in den hinteren Bereich, wo normalerweise Journalisten mitreisten. Die hintere Außentür war offen, und eine Schar Geheimdienstler hatte sich um den Präsidenten und den Verteidigungsminister versammelt.

Jake öffnete den Mund, um etwas zu sagen – und ein Kugelhagel traf seinen Kopf. Obwohl der Schild funktionierte, fühlte sich die Masse an Kugeln an, als würde ihm jemand mit der Faust auf die Nase schlagen. Er fiel auf den Rücken und war überrascht, als er überhaupt nicht mehr aufhörte, den Boden entlangzuschlittern.

Panisch schaute sich Jake um – das Flugzeug schwankte langsam hin und her. Das Heck ragte schräg nach oben und schrammte mit einem Geräusch über den Eisberg, als kratzten Fingernägel über eine Wandtafel. Wasser flutete durch die Vordertür und eine kleine Welle rollte auf ihn zu.

Der Präsident und seine Leute taumelten, als die Boeing erbebte. Der Boden bildete einen immer schieferen Winkel und sie wurden vom Notausgang weggeschleudert.

Die Air Force One sank.

Das eiskalte Wasser, das über Jakes Kopf hinwegspülte, spornte ihn augenblicklich an. Er rappelte sich auf, seine Stiefel rutschten auf dem durchnässten Teppichboden.

»Oh nein!«, schrie er. Rasend schnell geriet die Situation außer Kontrolle.

Er sprang nach oben, driftete durch die Decke und schwebte über dem Flugzeug. Aus der Vogelperspektive ließ sich die Situation schnell überblicken. Das Vorderteil des Flugzeugs befand sich knapp unter der Wasseroberfläche, Luftblasen stiegen auf. Das Heck ragte bereits sieben Meter aus dem Wasser und schrammte noch immer gegen den Eisberg. Während Jake hinunterblickte, brach das Heck ab und fiel mit gewaltigem Platschen ins Wasser.

Drei sechseckige gelbe Rettungsinseln schaukelten voll besetzt von dem Flugzeugwrack weg; die Bodyguards ruderten hektisch zu einer vierten, die leer war und eigentlich den Präsidenten aufnehmen sollte.

Jake schwebte über dem Chaos und zum Glück achtete

niemand auf ihn. Er konnte jetzt keinen weiteren Kugelhagel gebrauchen. Er schloss die Augen und fühlte, wie Superkräfte durch sein System strömten. Basilisk, Chamäleon und Mr Grimm hatten ihm immer wieder gesagt, wie besonders er doch sei – nun war es an der Zeit, das unter Beweis zu stellen.

Jake konnte nicht erklären, woher er wusste, welche Kraft er heraufbeschwören musste, doch er fühlte seine Finger pulsieren. Das letzte Mal hatte er Telekinese auf Diablo Island eingesetzt, um die Überwachungskameras zur Seite zu schieben. Nun würde er versuchen, ein dreihundert Tonnen schweres Flugzeug zu bewegen.

Im Flugzeug wurden der Präsident und sein Personal gegen eine Trennwand geschleudert, während sich Wasser um ihre Füße sammelte. Hinter ihnen, wo vorher das Heck war, konnten sie nun nur noch den weiten Himmel sehen. Der Präsident wurde unsanft zum Ausgang geschubst und machte sich bereit, hinauszuspringen, aber das Flugzeug schwankte erneut und warf ihn zu Boden. Einer der Bodyguards hatte Pech und rutschte aus dem Loch, das das Heck hinterlassen hatte, in die eisige See.

Die Überlebenden auf den Rettungsinseln beobachteten verblüfft, wie sich die geschwärzte Nase der Air Force One plötzlich wieder aus dem Meer erhob, das Flugzeug in die Waagrechte kam und vom Eisberg weggezogen wurde.

Dann schauten sie mit offenem Mund zu, wie es sich allmählich in den Himmel erhob, während das Wasser durch die Ausgänge abfloss. Es war bereits zehn Meter emporgestiegen, als sie Jake bemerkten, der darüber schwebte; er hatte beide Hände ausgestreckt und sein Gesicht wirkte hoch konzentriert. Ein Bodyguard zielte mit seiner Waffe auf ihn, doch sein Kollege zog ihn beiseite und warnte ihn, dass das Flugzeug wahrscheinlich bäuchlings zurück ins Meer fallen würde, wenn er den Superschurken erschoss.

Jake fühlte sich stärker denn je mit Kräften aufgeladen.

Er blickte auf das lädierte Flugzeug unter ihm und hoffte, seinen Plan durchziehen zu können. Man hatte ihm gesagt, dass es unmöglich sei – doch er war bereit, an seine Grenzen zu gehen.

Die Menschen in den Rettungsinseln blinzelten – und die Air Force One verschwand mit einem gewaltigen Knall. Sie blinzelten erneut und schauten in den klaren Himmel, aus dem letzte Wassertropfen wie aus dem Nichts herabregneten. Der Präsident und sein Generalstabschef waren verschwunden.

* * *

Mr Grimms Schritte dröhnten auf dem polierten schwarzen Marmorfußboden. Unaufhaltsam ging er den Korridor entlang, der von einer der abgelegeneren Inseln zur zentralen Landmasse führte. Fenster in den mit Bögen überwölbten Mauern boten einen Ausblick über das Inselnetz, der beeindruckend gewesen wäre, wäre die Insel nicht in dichten Nebel getaucht gewesen.

Am Ende des Korridors befand sich eine üppig verschnörkelte Tür. Es gab acht solcher Türen, die zu einem einzigen Raum führten. Jede von ihnen war nach dem individuellen Geschmack des jeweiligen Ratsmitglieds gestaltet, zu dessen Insel sie führte. Die Tür vor Grimm war mit geätzten Schlangen und Spinnen verziert. Sie öffnete sich mit einem leichten Säuseln. Die Ratskammer dahinter war in rotes Licht getaucht. Gegen seinen Willen zögerte Grimm, bevor er eintrat.

Die Konferenzkammer des Rats des Bösen war ein kuppelförmiger Raum, der in den Krater eines erloschenen Vulkans gebaut war. Es dauerte ein paar Sekunden, bis Grimm sich an das schwache Licht gewöhnt hatte. Entlang der Wand befanden sich acht Nischen, die in Schatten getaucht waren. Sie enthielten thronartige Sitze, einen für jedes Ratsmitglied. Eine der Nischen lag höher als die anderen; es handelte sich um den Sitz des Ratsvorsitzenden, der anscheinend endgültig festgelegt war. Eigentlich sollte dieser Posten jedoch befristet sein. Gefolgsleute, Handlanger und allgemeine Verwaltungsbedienstete füllten den Raum zwischen den zurückgesetzten Thronen; sie bildeten das dienstliche Rückgrat des Rats des Bösen. Mr Grimm wechselte einen Blick mit Botschafter Grutt, dem Chef des nicht gerade zimperlichen Staatsdienstes des Rates. Der Botschafter nickte leicht, er gehörte zu den wenigen Leuten auf den Inseln, die Mr Grimm respektierte.

Die Mitte des Raumes wurde von einer riesigen dunklen Holografie der Erde ausgefüllt, die sich um ihre Achse drehte. Mehrere rote Flecken zeigten an, wo Superschurken Territorium gewannen, weil sich Regierungen ihren Forderungen beugten oder – in seltenen Fällen – ihre Macht vollständig abgaben. In regelmäßigen Abständen kennzeichneten gelbe Grenzlinien die einzelnen Territorien, die von den einzelnen Ratsmitgliedern beherrscht wurden. In ihren jeweiligen Einflussgebieten erteilten sie den Superschurken die Lizenz, ihre niederträchtigen Pläne zu verwirklichen. Das Lizenzsystem gewährleistete, dass kein Superschurke zum Rivalen eines anderen wurde. Natürlich kam es immer wieder vor, dass einige die Regeln nicht befolgten, so wie Basilisk; darum kümmerte sich dann der Rat selbst oder der Hero Foundation wurde ein anonymer Hinweis gegeben, damit sie gestoppt würden.

In dem Raum war es viel zu warm und Mr Grimm musste sich einen einzelnen Schweißtropfen abwischen, der seine bleiche Stirn hinunterlief. Die Atmosphäre war bedrückend. Die pure Bösartigkeit in dem Raum war fast mit Händen greifbar und Mr Grimm hatte das deutliche Gefühl, soeben den Bau eines teuflischen Insekts betreten zu haben.

Geräuschlos schloss sich die Tür hinter ihm und die letzten Spuren des Tageslichts versiegten. Grimm nahm seinen Platz unter dem übrigen Verwaltungspersonal ein und wartete.

Das Bild löste sich auf und verschwand. Offensichtlich war er in das Ende einer Präsentation geplatzt. Eine klagende Stimme hallte durch den Raum. Sie war so melancholisch, dass Grimm fühlte, wie sein Lebenswille schwand. Sie gehörte dem derzeitigen Ratsvorsitzenden Necros.

»Wir machen exzellente Fortschritte. Aber ich sehe, dass die etablierteren Länder dank der Foundation noch immer Widerstand leisten. Das wird bald ein Ende haben, wenn die Foundation zu Fall kommt. Unsere weltweiten Rekrutierungsprozesse haben sich bereits um das Dreifache gesteigert. Vor allem Kinder melden sich in Scharen auf Villain.net an.«

Grimm wusste, dass diese neuen jungen Superschurken ebenso wie ihre heldenhaften Gegenstücke ohne die nötige Führung nur Kanonenfutter waren. Doch das war ganz im Sinne des Rats, auch wenn hin und wieder talentierte Stars entdeckt wurden.

Eine tiefe Stimme ergriff das Wort. Weiße wölfische Augen funkelten aus einer der Nischen. Sie waren umso beunruhigender, als es sich um zwei übereinanderliegende Augenpaare handelte. Sie gehörten dem blutrünstigen Superschurken, der unter dem Namen Fall-out bekannt war.

»Basilisk weicht unseren Kopfgeldjägern weiterhin aus und dennoch halten Sie ihn noch immer für wertvoll?«

Eine zischende Stimme kam aus der Nische gegenüber. Mr Grimm bewegte den Kopf nicht, aber er verdrehte die Augen, um den Sprecher zu identifizieren. Er erkannte nur, dass sich ein knollenförmiger grüner Kopf nach vorne beugte; ein Kopf, der den Furcht einflößenden Verstand des Professor Möbius beherbergte.

»Ihm haben wir zu verdanken, dass Hero.com offline ist.

Er hat eine nette kleine Bande aus Superschurken um sich geschart, die ihren ganz eigenen Groll gegen den Rat hegen. Aber er hat sich als sehr erfolgreich in seinen Bemühungen erwiesen. Wenn wir ihm erlauben, weiterhin am Sturz der Hero Foundation zu arbeiten, sehe ich einen glorreichen Sieg auf uns zukommen. Danach können wir ihn für den gescheiterten Mordversuch an uns allen bestrafen.«

»Ich traue ihm nicht über den Weg.«

»Kann es sein, dass du dich vor ihm fürchtest, Fall-out?« Als Antwort auf seinen Kommentar folgte ein verärgertes Knurren und Möbius erlaubte sich ein kurzes schroffes Lachen. »Du kannst sicher sein, dass Trojan ihn sorgfältig im Auge behält.«

Ein weiteres Ratsmitglied, das gegenüber von Grimm saß, mischte sich ein. In dem Halbdunkel sah er nur einen riesigen Kopf, der oben zu einem Kamm aufgefächert war, und vier purpurrote, gepanzerte, muskelbepackte Arme, die auf dem Thron ruhten. Der Rest der Gestalt war in Schatten gehüllt, die an ihm zu haften schienen: Armageddon.

»Mehr Sorgen mache ich mir wegen Viral. Er stellt eine Bedrohung für uns alle dar. Er gehört nach Diablo Island. Noch besser wäre es, er wäre tot. Aber viel schlimmer ist, dass ich Berichte gehört habe, nach denen Lord Äon während der Gefängnisrevolte geflohen ist. Das muss gewesen sein, nachdem Hunter entkommen war und bevor Basilisk eingebrochen ist. Wenn sich das als richtig herausstellt, schweben alle in Lebensgefahr, gleichgültig auf wessen Seite sie stehen!«

Zustimmendes Gemurmel erfüllte den Raum.

Möbius hob die Hand, damit wieder Ruhe einkehrte. »Dem kann ich nur zustimmen. Basilisk hat jedoch trotzdem noch eine Aufgabe zu erfüllen. Mr Grimm, Sie werden in der Hero Foundation sein, wenn Basilisk dort ankommt?«

»Ich werde dort sein.«

»Gut. Dann helfen Sie ihm, wenn nötig. Verringern Sie die äußeren Schilde, damit er bei seiner Ankunft keine Probleme hat. Ich bin jedoch sicher, dass er versuchen wird, Sie zu töten.«

Mr Grimm machte eine förmliche Verbeugung. »So soll es geschehen.«

Ein hektisches Blubbergeräusch, das sich in ein hohes Pfeifen wie von einem Wasserkessel verwandelte, zog die Aufmerksamkeit aller auf sich. Es ertönte ganz in Grimms Nähe. Er wandte sich um und sah, dass die Nische in eine Art Whirlpool umgewandelt worden war. Darin wälzte sich eine Flüssigkeit, die nun eine menschenähnliche Form annahm: Abyssal.

»Wir scheinen aus den Augen verloren zu haben, weshalb wir heute zusammengekommen sind. Der Junge ... Hunter. Wo ist er?«

Alle Augen richteten sich auf den erhöhten Thron, auf dem die spindeldürre Gestalt von Necros saß. Von seinem Platz aus nahm Grimm den üblen Geruch wahr und war dankbar dafür, dass es so dunkel im Raum war. Er sah, wie sich Chromosome neben ihm mit berechnendem Blick vorbeugte. Grimm wusste, dass sie nach Necros' Position als Vorsitzender gierte.

»Chromosome«, sagte Necros mit einer Stimme, in der Trübsal mitschwang. »Du wurdest damit beauftragt, den Jungen aufzuspüren.«

Chromosome trat in die Mitte des Raumes. Sie bewegte sich wie ein Model auf dem Laufsteg und schien vollkommen fehl am Platz zu sein – bis sich schemenhafte Spinnenformen aus den Schatten zu ihren Füßen lösten.

»Bisher ist der Junge flüchtig. Meine Nachforschungen haben ergeben, dass ihm vermutlich ein hochkarätiges Mitglied der Hero Foundation zur Flucht von Diablo Island verholfen hat und ihn nun dabei unterstützt, verborgen zu bleiben.«

Sie genoss das Gemurmel, das plötzlich im Raum aufkam, sichtlich. Mr Grimm schwieg, doch er wusste, dass sie log. Chromosome log fast immer. Er sinnierte darüber, dass dies Teil ihres Planes sein musste, Ratsvorsitzende zu werden.

Necros stand auf. »Wenn das stimmt, wer kann das gewesen sein? Und warum hat er das getan?«

»Es sieht so aus, als wäre die Foundation geteilter Meinung. Vielleicht möchte eine Splittergruppe eigene Operationen durchführen?« Eine weitere Fehlinformation, um den Rat von Hunters Fährte abzulenken. Chromosome setzte ein gewinnendes Lächeln auf.

»Dann muss es ein Plan sein, bei dem sowohl die Foundation als auch der Rat gestürzt werden sollen!«, rief Fall-out und schlug mit beiden Fäusten zugleich auf seine Armlehnen. »Meine Spione haben Berichte erhalten, nach denen Hunter den Präsidenten der Vereinigten Staaten gekidnappt hat!«

Noch mehr Gezeter erhob sich im Rat. Chromosomes und Grimms Blicke trafen sich und sie zog eine ihrer perfekten Augenbrauen nach oben; offensichtlich war ihr noch nicht zu Ohren gekommen, wie erfolgreich der Plan verlaufen war. Mr Grimm trat vor und wappnete sich, indem er mit niemandem Augenkontakt aufnahm.

»Das stimmt. Hunter hat die Air Force One und den Präsidenten aus dem Atlantischen Ozean teleportiert.«

Alle im Raum schnappten erstaunt nach Luft. Eine Stimme zu seiner Rechten erregte Grimms Aufmerksamkeit. Sie kam von einem fetten Riesen, der Grimm mit seinen Speckfalten zu Tode quetschen würde, wenn er auf ihn fiele. Seine dicken Finger umklammerten eine Wasserpfeife mit drei Rauchsäulen. Sein Name war Momentum.

»Er hat das ganze Flugzeug teleportiert? Das ist unmöglich!«

Er saugte Rauch aus seiner Wasserpfeife und blies ihn geradewegs zu Grimm.

Grimm öffnete den Mund, um etwas zu sagen, doch er spürte Chromosomes Hand auf seiner Schulter. Einige Spinnen krochen an seinem Schienbein hinauf. Grimm versuchte, sie zu ignorieren.

»Nichtsdestotrotz«, schnurrte Chromosome, »scheint es ihm gelungen zu sein. Hunter ist in der Tat mächtiger, als wir gedacht hatten. Ich sollte meine Anstrengungen, ihn zu finden, vergrößern.«

»Brauchst du vielleicht Hilfe?«, fragte eine hohe Stimme, die sprach, als besuchte die Sprecherin ein englisches Eliteinternat. Chromosomes Gesicht entgleiste für einen Augenblick, als sie das hörte, und alle wandten sich dem letzten Ratsmitglied zu. Es war Yohg-Shuggor, die Zerstörerin der Welten, die Botin der Nacht, die Ausgeburt der Verdammten, die Leichenfresserin, die Vorbotin der Apokalypse und die Erschütterin der Welten. Gute Freunde nannten sie einfach Amy. Ihre derzeitige erdgebundene Form war die eines kleinen, etwa dreizehnjährigen Mädchens mit feuerrotem Haar und Latzhose.

Chromosome holte tief Luft und setzte wieder ihr falsches Lächeln auf. »Danke für das Angebot, aber meine Kräfte sollten wohl ausreichen, um den Jungen zur Strecke zu bringen.«

Chromosome erwiderte den durchdringenden Blick des Mädchens und war froh, dass sie sich abwenden konnte, als Necros' Stimme schwer wie Blei den Raum füllte.

»Du solltest dich ausschließlich dieser einen Aufgabe widmen, Chromosome. Es ist die wichtigste Angelegenheit des Rates.«

Chromosome nickte knapp.

»Dann sollte ich jetzt gehen und mich sofort an die Arbeit machen.«

Grimm beobachtete, wie Chromosomes Thron ihr über den Fußboden hinweg entgegenglitt. Erst als er nah genug war, dass sie sich setzen konnte, sah Grimm, dass er von acht metallischen Spinnenbeinen bewegt wurde. Er schauderte, als ihm bewusst wurde, dass der Thron lebte – eine weitere verrückte Schöpfung, die Chromosomes verdrehtes Hirn hervorgebracht hatte. Als Chromosome sich gesetzt hatte, wirbelte der Thron herum und trippelte zur Tür. Die Spinneneskorte folgte.

»Grimm, Sie kommen mit mir«, befahl Chromosome.

Mr Grimm folgte ihr, als die Tür aufschnappte, und war froh, den dunklen Raum verlassen zu können. Er machte den Fehler, beim Hinausgehen Amys Blick zu erwidern, und einen Augenblick lang fühlte er, wie ihm ein eisiger Finger ins Gehirn stach. Versuchte sie gerade, seine Gedanken zu lesen? Der finstere Blick, den sie ihm zuwarf, verkürzte seine Lebenserwartung zweifellos um mehrere Jahre.

Schweigend folgte er Chromosome über die Brücke. Das Schweigen wurde umso bedrückender, als der Nebel näher gerückt war und man nur wenige Meter weit sehen konnte. Als sie sich ausreichend von der Ratskammer entfernt hatten, wirbelte der Thron herum. Im Tageslicht konnte Grimm erkennen, dass sich die Metallhaut des Thrones wölbte, als würde er atmen. Der rot gepolsterte Sitz ähnelte roher Leber und Grimm hätte schwören können, dass er sich Chromosomes Körper anpasste, wenn sie das Gewicht verlagerte.

»Wo ist Hunter?«

Chromosomes sanfter Tonfall war eisig geworden. Sie starrte Mr Grimm misstrauisch an. Grimms Gesicht war ausdruckslos und undurchdringlich.

»Wie ich schon sagte, Hunter teleportierte direkt . . .«

Er hatte keine Bewegung wahrgenommen, aber von einem Augenblick auf den anderen stand Chromosome vor ihm. Ihre schlanken Finger legten sich um seinen Hals. Obwohl sie keine sichtbaren Muskeln hatte, hob sie ihn mühelos hoch und hielt ihn über den nebelverhangenen Balkon. Es wäre ein tiefer Sturz – nicht, dass Grimm das etwas ausgemacht hätte, immerhin konnte er fliegen, doch es gab weitaus schlimmere Dinge, die sie ihm antun konnte.

»Sie mögen vielleicht vom Rat angeheuert worden sein, aber ich bezahle Ihnen sehr viel mehr. Ihre Loyalität liegt allein bei mir. Verstanden?«

Grimm versuchte, zu nicken. Er konnte nicht sprechen, da ihm eine Chromspinne in den Mund gekrabbelt war.

»Wo ist der Junge?«

Die Spinne flitzte aus seinem Mund heraus und hockte sich auf seinen Kopf. Schmerz durchfuhr ihn, als ihm die Spinne zwei Fangzähne in die Stirn drückte und Blut saugte. Es kostete Grimm seine ganze Entschlossenheit, Augenkontakt mit Chromosome zu halten.

»Das weiß man nicht, aber er wird zu mir kommen. Er hat Ihre Wünsche bisher erfüllt.«

Chromosome musterte ihn einige Sekunden lang und

stellte ihn dann wieder sorgfältig zurück auf die Brücke. Spinnen sprangen von ihm herunter und umringten sie, als sie sich wieder auf den Thron setzte. Grimm wischte sich mit einem weißen Taschentuch die Blutflecke von der Stirn. Er hatte schon einmal beobachtet, wie Chromosomes Legion das Fleisch von einem Menschen gerissen hatte wie ein Schwarm Piranhas, deshalb betrachtete er seine Wunde als bloße Schramme.

»Bereiten Sie ihn auf die Übergabe vor. Den Präsidenten gegen Informationen über Psychs Aufenthaltsort.«

»Wissen Sie wirklich, wo Psych steckt?«

Chromosome stieß ein schrilles Lachen aus. »Wen kümmert es, wo er steckt? Wenn Hunter auftaucht, wird er sich mir anschließen, ob es ihm gefällt oder nicht. Wir werden uns irgendwo verabreden, wo ich meine Kräfte demonstrieren kann, falls er das Verlangen verspüren sollte, mich herauszufordern. Irgendwo, wo die Amerikaner niemals nach ihrem kostbaren Präsidenten suchen werden, direkt vor ihrer Nase. Liberty Island.«

»New York?«, rief Mr Grimm überrascht aus. »Ist das nicht ein wenig zu öffentlich? Und den amerikanischen Präsidenten zurück in sein ...«

»Der Präsident ist nichts anderes als ein Maskottchen. Ich will Zugang zu seiner Militärmacht. Die Ratsmitglieder werden einen kleinen Aufstand veranstalten, wenn sie herausfinden, dass ich in allen ihren Territorien Agenten habe. Ich werde Hunter unter meiner Fuchtel haben und er wird nach meiner Pfeife tanzen. Wer wird mich dann noch aufhalten können? Ich werde die Welt ganz neu erschaffen. Ich werde sie nach meinem eigenen Bild formen.«

»Alle umbringen?«

»Alles. Ich habe die Macht, toten Dingen Leben einzuhauchen.«

Sie tippte auf einen Knopf an Grimms Anzug. Das Plastik kräuselte sich, als ihm plötzlich ein Paar stummelige Flügel wuchsen. Der Knopf löste sich und flog in Chromosomes Hand. Grimm sah, dass sie in der Tat Leben erschaffen hatte. Der Knopfkäfer hatte winzige Beine und zwei forschende Antennen tippten ihr zart auf die Hand.

»Und ich habe die Macht zu zerstören.«

Sie zerquetschte den Käfer zwischen Daumen und Zeigefinger.

Es war ein grotesker Anblick und Grimm geriet regelrecht aus der Fassung. Er hätte niemals gedacht, dass Chromosome so geistesgestört war.

»Sie wollen Gott spielen.«

»Göttin«, fuhr ihn Chromosome scharf an. »Aber nicht jeder wird sterben. Seien Sie ein guter Diener, Grimm, und Sie werden mein neues Paradies sehen.«

Grimm verbeugte sich, obwohl er ganz genau wusste, dass Chromosome nicht mehr alle Tassen im Schrank hatte.

»Ein Angebot von unschätzbarem Wert«, sagte er bescheiden.

»Das ist es in der Tat. Geben Sie mir Bescheid, wenn Hunter Kontakt aufnimmt. Ich wünsche, dass die Dinge unverzüglich in Gang kommen. Ich habe viel zu tun.« Grimm nickte und schaute ihr nach, wie sie im Nebel verschwand. Nur die schwachen Geräusche ihrer Spinnentruppe waren zu hören. Er warf einen Blick zurück in Richtung Ratskammer. Wenn er ihnen von Chromosomes Plan erzählte, käme es zu einem Tumult und sie würden sich in einem Kampf auf sie stürzen, der zu offenen Fehden führen würde. Es käme zu Anschuldigungen und Allianzen würden in Frage gestellt werden.

Der Rat war voll von ehrgeizigen Superschurken, und zwar nicht nur den acht, die an der Macht waren. Kleinere Schurken schmiedeten Intrigen, damit sie eines Tages die Herrschaft übernehmen konnten. Es war eine Welt der Lügen und des Verrats, ursprünglich als Demokratie geplant, in der der Rat gewählt wurde. Aber als Necros den Vorsitz erlangt und Geschmack an der Macht gefunden hatte, wandelte sich die Demokratie in eine Diktatur.

Das war nichts für Mr Grimm. Er wollte das Gleichgewicht wahren. Es gab nur eine Waffe, die er brauchte, um das Gleichgewicht wieder in die richtige Richtung zu lenken: Jake Hunter.

FAMILIENBANDE

Die Air Force One fiel einen Meter nach unten, als sie in dem Hangar von Jakes neuem Versteck wieder Gestalt annahm. Der Donnerschlag, der dabei ertönte, war so laut, dass alle an Bord für einen Moment taub waren. Der Hangar selbst war groß genug für zwei Boeings. Eine Reihe riesiger geschlossener Türen führte hinaus zu einer getarnten Startbahn auf einem Bergplateau; die Türen selbst waren so gestrichen, dass sie vom Antlitz der Berge nicht zu unterscheiden waren.

Jake war beeindruckt, dass er das Unmögliche geschafft und das Flugzeug hierherteleportiert hatte, aber es hatte ihn geschwächt und er zitterte. Er kämpfte gegen die Versuchung an, sich auf Villain.net einzuloggen und sein Verlangen nach Superkräften zu stillen, doch das Bedürfnis war übermächtig. Er fragte sich kurz, ob Basilisk das Ausmaß seiner Kräfte bewusst war.

Benommen fiel er auf den Boden des Hangars. Er kümmerte sich sofort um den Präsidenten, den Verteidigungsminister und die verbliebenen Männer vom Secret Service, indem er sie in einen Kristallüberzug einschloss, wie es Chamäleon vor Kurzem im Einkaufszentrum mit ihm gemacht hatte. Mr Grimm hatte diese Superkraft vorgeschlagen; er sagte, dass sie trotz des Überzugs atmen könnten, aber nichts weiter als Statuen sein würden.

Jake verließ den Hangar, taumelte in den steinernen Durchgang und brach zusammen.

Er erwachte im größten Bett, in dem er je gelegen hatte. Den Steinwänden nach zu urteilen, befand er sich noch immer in der Burg, in seiner Burg, korrigierte er sich selbst. Am Fußende des Bettes stand ein Fernseher, in dem ein Nachrichtenkanal lief. Die Hauptnachricht war das plötzliche Verschwinden des amerikanischen Präsidenten an Bord der Air Force One. Fliegende Schurken und Superkräfte wurden nicht erwähnt. Jake setzte sich im Bett auf und bemerkte eine Infusion an seinem Arm, die sich zu einem Computer neben seinem Bett schlängelte. Der Bildschirm zeigte, dass der Computer auf Villain.net eingeloggt war. Es war die gleiche Apparatur, mit der Basilisk ihn am Leben erhalten hatte. Er fühlte sich schon viel besser, bis er bemerkte, dass er noch immer dieselben Kleider anhatte. Er stank. Hier war er nun, ein Superschurke in seiner eigenen transsylvanischen Burg . . . und konnte sich keine saubere Unterwäsche leisten.

Die Tür öffnete sich und Jake war ein wenig enttäuscht, dass sie nicht gespenstisch geknarrt hatte. Mr Grimm trat ein und Jake bemerkte die beiden Löcher auf seiner Stirn.

»Sie sind ja wach«, sagte er ohne Einleitung. »Fühlen Sie sich in der Lage zu gehen?«

»Na ja, ich könnte eine Dusche, ein paar neue Klamotten und etwas zu essen vertragen. Aber ja.«

»Essen wird gerade zubereitet und frische Kleider finden Sie im Waschraum.«

Jake sah Grimm fragend an. »Zubereitet von wem?«

Mr Grimm schaute ihn ungehalten an, doch dann holte er tief Luft und die Anspannung in seinem Gesicht ließ nach. »Verzeihen Sie bitte, die Zeiten sind aufreibend und ich sollte anderswo sein. Ich habe einen Diener für Sie eingestellt. Er ist stumm und heißt Igor.« Jake grinste und wollte sich schon über den Namen lustig machen, aber Grimm fuhr fort: »Sie haben vierzehn Stunden Zeit, bis Sie den Präsidenten und seinen Stab an Chromosome übergeben.« Grimm zögerte, als wollte er noch etwas sagen.

»Wo? Ich glaube nicht, dass ich das Ding noch einmal teleportieren kann.«

»Ich teile Ihnen die Einzelheiten dann zeitnah mit. Aber das Flugzeug ist entbehrlich, Chromosome wollte es nur um der Schockwirkung willen verschwinden lassen.« Er zeigte auf den Fernsehbildschirm. »Und sicherlich haben Sie schon mitbekommen, dass Sie das erreicht haben.«

Mr Grimm sah Jake abschätzend an. Auch wenn man es seinem Gesicht nicht ansah, so lag doch ein Funken Hochachtung in seiner Stimme. Keine Ermutigung, wie sie Jake außer von Basilisk noch von wenigen anderen Leuten erhalten hatte, sondern echte Hochachtung.

»Niemand hat je erreicht, was Sie erreicht haben. Niemand.«

Jake durchströmte ein warmes Gefühl von Stolz; er konnte sich nicht erinnern, so etwas schon einmal verspürt zu haben. »Ihre Kräfte sind größer, als selbst ich dachte. Und ich sage Ihnen jetzt, dass Leute beider Seiten Dinge von Ihnen verlangen werden, Dinge, die Sie nicht tun möchten.«

Jakes Augen wurden schmal. »Und Sie?«

»Ich werde Sie sicherlich in eine Richtung drängen. Aber Sie können selbst entscheiden, was das Beste ist.«

Jake war überrascht. Er hatte erwartet, dass Mr Grimm seine Einflussnahme rundheraus leugnen würde, aber stattdessen sagte er ihm anscheinend die Wahrheit. Jake fühlte, wie die Anspannung in seinen Schultern etwas nachließ. Er deutete mit dem Kopf auf den Computer.

»Wie lange hänge ich da schon dran?«

»Ich habe Sie bewusstlos aufgefunden, als ich zurückkam. Das war vor etwa acht Stunden. Die Website ist das einzige, was Sie momentan am Leben zu halten scheint.«

»Wissen Sie, welche Kräfte ich heruntergeladen habe?«

»Während Sie bewusstlos waren? Niemand weiß genau, was passiert. Ein Band verknüpft Sie mit Villain.net, das Sie zerreißen müssen, bevor Sie sein Sklave werden. Soweit ich das beurteilen kann, werden Sie weiterhin regelmäßig Kräfte herunterladen müssen. Wenn Sie das nicht tun, scheinen Sie . . . durcheinanderzugeraten.«

»Durcheinander? Was soll das heißen?«

»Ihr alter Freund, Warren Feddle . . . Scuffer. Was Sie mit ihm gemacht haben, ist beispiellos.«

»Ich weiß nicht, was ich mit ihm gemacht habe.« Jakes Ausdruck wurde hart. »Aber der Idiot hat es verdient.«

»Ich bin mir sicher, dass er das hat. Aber keine Macht auf

der ganzen Welt ist imstande, das zu tun, was Sie getan haben.«

Jake seufzte. »Ich weiß. Chamäleon sagte mir, dass mein Körper wie ein Chemielabor funktioniert. Ich möchte nur wissen, wie ich es steuern kann.«

»Das ist die große Frage, nicht wahr?« Mr Grimm warf einen Blick auf seine Uhr. »Ich muss jetzt gehen. Igor wird Ihnen in der Küche etwas servieren und dann schlage ich vor, dass Sie Ihre Gäste begrüßen und bewirten. Schließlich sind wir keine Unmenschen.«

Es stellte sich heraus, dass Igor etwa einen Meter achtzig groß und um die dreißig Jahre alt war. Er war von einer markanten Schönheit, die Jake mit Filmstars verband. Sämtliche Vorstellungen von einem buckligen Zwerg verschwanden vollends, als Igor lächelte und ein komplettes Menü auf den Tisch stellte. Jake starrte auf das Aufgebot von Speisen, das genug für eine ganze Fußballmannschaft war. Es war die erste gehaltvolle Mahlzeit seit über einem Monat. Erneut überkam ihn Traurigkeit, weil er an den Sonntagsbraten seiner Mutter dachte. Er aß schnell und machte sich auf den Weg zum Hangar.

Da er einige Male falsch abbog und wieder umkehren musste, brauchte er fast zehn Minuten, bis er dort ankam. Mr Grimm hatte den Präsidenten und seinen Verteidigungsminister aus ihren Kristallgefängnissen befreit und sie saßen nun auf Stühlen neben dem lädierten Flugzeug. Als Jake eintrat, standen sie demonstrativ auf.

»Hallo«, sagte Jake, unsicher, wie er den mächtigsten Nicht-Supermann des Planeten ansprechen sollte.

Der Verteidigungsminister stürzte auf ihn zu und wedelte drohend mit dem Finger. »Das ist ein Skandal! Ich fordere Sie auf, uns zur nächsten US-amerikanischen Botschaft zu bringen und sich wegen Entführung des Präsidenten zu stellen! Wie konnten Sie es wagen! Sie sind doch nichts weiter als ein ... ein ... ein Kind.« Er stockte, als ihm plötzlich auffiel, dass Jake genau das war.

Der Präsident starrte Jake an und es dämmerte ihm langsam.

»Ich kenne dich. Du bist . . .«, er kramte in seinem Gedächtnis, »Jake Hunter.«

Jake war überrascht – aber Igor verdarb den Moment, als er mit einem Servierwagen voll Essen und Getränken hereinkam. Er schenkte dem Präsidenten, der zerstörten Air Force One oder den noch immer in Kristall erstarrten Wachleuten vom Secret Service kaum einen Blick, bevor er den Raum wieder verließ.

»Greifen Sie zu«, sagte Jake. »Das Rindfleisch ist hervorragend. Sie kennen mich also?«

Der Präsident setzte sich und schlug die Beine auf – wie er hoffte – entspannte Art und Weise übereinander. »Ich vergesse niemals ein Gesicht, das droht, die Welt aus den Angeln zu heben, und meine Luftwaffe dazu auffordert, ihre Tarnkappenbomber zu übergeben.«

Jake brauchte einen Moment, bis er sich erinnerte, woher der Präsident sein Gesicht kannte. Dann fiel es ihm ein.

»Ach ja, die Videobotschaft.« Die Ereignisse von vor ein paar Wochen erschienen ihm wie eine entfernte Erinnerung. Er fragte sich, ob das eine Nebenwirkung der Superkräfte war. Basilisk hatte Jake überredet, sich mit einer Lösegeldforderung an die Regierungschefs der Welt zu wenden. Er hatte geschworen, Jakes Gesicht digital zu verändern, aber so wie es aussah, war das nur wieder eine von Basilisks leeren Versprechungen gewesen.

»Ja, die Forderung. Ein Lösegeld, das du niemals bekommen hast.« Ein trotziges Lächeln huschte über das Gesicht des Präsidenten.

Jake zuckte die Schultern und betrachtete die erstarrten Sicherheitsleute, als wären sie Museumsstücke. »Ich wollte das alles nicht. Ich wurde benutzt.«

»Benutzt? Du steckst mit Basilisk unter einer Decke! Ich habe früher schon Klingen mit diesem Verbrecher gekreuzt! Das heißt, du warst bereits mein Feind, bevor du mich entführt hast!«

Jake wirbelte herum, seine Stimme überschlug sich.

»Basilisk ist auch mein Feind! Er hat mich benutzt! Er hat mich zu einem Freak gemacht, vollgestopft mit Superkräften! Ich hasse ihn!«

Der Präsident war überrascht vom Zorn in Jakes Stimme. Jake war zwar erst ein vierzehnjähriger Junge, aber der Präsident wusste alles über die Welt der Superhelden und Superschurken und deshalb wusste er auch, dass Jake genauso gefährlich war wie ein Diktator mit Massenvernichtungswaffen.

»Das macht keinen Unterschied, Hunter.«

Jake beruhigte sich ein wenig, begann aber, mit auf dem Rücken verschränkten Armen im Hangar auf- und abzugehen. Entsetzt hielt er an, als ihm klar wurde, dass Basilisk ganz genauso auf- und abgegangen war. Er fragte sich, was Basilisk alles in seinen Kopf eingepflanzt hatte.

»Hören Sie, es tut mir echt leid, dass ich Ihnen das antun muss. Wirklich. Aber es dient einem guten Zweck.«

»Du bedrohst mich und du bedrohst mein Land. Abschaum wie du ist der Grund dafür, dass die Welt in Angst lebt. Verzeih mir also bitte, wenn ich deinen Enthusiasmus nicht teile. Du weißt bestimmt, dass demnächst US-Marines durch diese Tür stürmen und dich töten werden!«

Jake grinste. »Was das angeht, teile ich Ihren Enthusiasmus nicht. Niemand wird Sie retten. Aber Sie haben Glück, denn ich habe nicht vor, Ihnen etwas zu tun. In wenigen Stunden, sobald ich Sie an Chromosome übergeben habe, bin ich Sie los.«

Als der Präsident den Namen hörte, war die stolze und erhabene Miene, die er aufgesetzt hatte, wie weggewischt.

Der Verteidigungsminister gab ein leises Gurgeln von sich.

»Chromosome? Du hast vor, uns auszuliefern an diese …«

Das Schimpfwort kam ihm nicht über die Lippen, er war plötzlich viel zu nervös.

Jake beobachtete die beiden genau. Offenbar war ihnen klar, in welcher Gefahr sie schwebten, und sie erkannten, dass sie vielleicht nicht mehr lange zu leben hatten. Jake versuchte, nicht darüber nachzudenken, er wusste, dass er sich in diese Sache nicht hineinziehen lassen durfte. Es war wie auf dem Schulhof – man konnte nicht seine eigenen Kumpels schikanieren, denn sie standen einem zu nahe. Er versuchte, das Thema zu wechseln.

»Versuchen Sie, etwas zu essen. Es ist nicht vergiftet, versprochen.«

»Warum tust du das, mein Sohn?«

Als Jake aufblickte, sah er, dass sich der Präsident auf seinem Stuhl vorgebeugt hatte und ihn genau studierte.

»Sie würden es nicht verstehen.«

»Ich bin der Präsident der Vereinigten Staaten, stell mich auf die Probe.«

»Wie ich schon sagte, Sie würden es nicht verstehen.«

Der Präsident lehnte sich zurück und verschränkte die Arme. »Liegt es daran, dass ich ein Politiker bin ... oder ein Erwachsener?«

Jake lächelte schwach. Er konnte ihm genauso gut die Wahrheit sagen. Er hatte sich geschworen, dass Schluss war mit Lügnern und Lügen.

»Ich tue das, um meine Familie zurückzugewinnen.«

»Das Gefühl kenne ich, Jake.«

»Ja klar. Sicher.«

»Wirklich. Ich sagte doch schon, dass sich Basilisks und meine Wege schon einmal gekreuzt haben. Er hat meine Tochter entführt. Wenn nicht ein Superheld namens Chamäleon eingeschritten wäre, hätte ich sie nicht lebend zurückbekommen.«

Jake biss sich auf die Lippen. Er schätzte, dass das jetzt nicht der richtige Augenblick war zu erwähnen, dass er auch mit Chamäleon noch ein Hühnchen zu rupfen hatte.

Der Präsident griff in seine Jacke und zögerte dann. »Ich greife nur nach meinem Geldbeutel. Ich habe keine Waffe.«

Jake zuckte mit den Schultern. »Würde Ihnen auch nichts helfen, wenn Sie eine hätten.«

»Richtig erkannt.« Der Präsident zückte seinen Geldbeutel und öffnete ihn, um Jake ein Bild von seiner Frau und zwei lächelnden Töchtern zu zeigen. »Das ist meine Familie.«

Jake nahm den Geldbeutel und schaute sich das Foto eine ganze Weile genau an.

»Ich habe auch eine Familie«, meldete sich der Verteidigungsminister zu Wort. »Einen Sohn und eine Tochter, und meine Frau . . . na ja, sie zählt nicht so richtig, weil ich glaube, die blöde Kuh will sich von mir scheiden lassen . . .«

Der Präsident trat ihm gegen das Schienbein, um ihn zum Schweigen zu bringen.

»Wir haben alle eine Familie, Jake. Und wir alle glauben, unsere sei wichtiger als die der anderen. Die Sache ist aber, dass dir deine Familie genauso wichtig ist wie mir meine. Es ist mir völlig schnuppe, wie mein Land reagiert, wenn du mich an den Rat des Bösen auslieferst. Aber meine Familie wird plötzlich den Vater verlieren.«

Jake starrte ihn an und bedauerte, dass er sich in das Gespräch hatte verwickeln lassen. Er gab den Geldbeutel zurück.

»Wenn ich Sie gehen lasse, bekommen Sie Ihre Familie zurück. Aber ich werde meine verlieren.«

»Wenn der Rat sie dir weggenommen hat, kann ich dir ja vielleicht helfen?«

»Das bezweifle ich. Meine Familie ist frei. Sie haben mich lediglich vergessen. Ein ›Held‹ namens Psych hat ihre Erinnerung ausgelöscht. Sie erinnern sich überhaupt nicht mehr an mich. Sie können mich nicht einmal mehr sehen.«

»Das ist hart.« Jake starrte ihn an. Der Präsident schien es aufrichtig zu meinen, doch Jakes Vater hatte immer gesagt, der beste Schauspieler der Welt sei ein Politiker auf Stimmenfang. »Aber ich kann dir helfen.«

Jake schüttelte den Kopf und wandte sich ab.

»Ich habe schon Hilfe bekommen.« Er ging zur Tür und drehte sich noch einmal um, bevor er hinausging. »Bitte essen Sie etwas. Ich bin nicht der miese Drecksack, für den Sie mich halten. Ich kämpfe nicht gegen Sie. Sie sind einfach ein ganz normaler Mensch. Ich bin hinter den Superhelden und den Superschurken her. Es tut mir leid, dass das alles passiert ist. Das kommt davon, wenn man Spam-Mails öffnet.«

Jake war überhaupt nicht müde, deshalb musste er etwas finden, mit dem er die Gedanken an seine Familie und das Schicksal der Menschen, die er in den Eingeweiden seiner Burg gefangen hielt, zerstreuen konnte.

Er stieg auf den Turm und schaute sich in seiner kargen Kommandozentrale um. Er schaltete ein paar Fernseher ein, auf denen verschiedene Nachrichtensender liefen. Zu Hause hatte er niemals Nachrichten angeschaut, er hatte sich nicht dafür interessiert, was in der Welt passierte. Aber jetzt konnte er die Augen nicht von den Bildschirmen abwenden. Es liefen Berichte über Straßenschlachten in Tokio, Chicago und London. Die Filmbeiträge zeigten Panzer und Truppen der Bereitschaftspolizei, aber sie zeigten niemals, gegen wen sie kämpften. Doch Jake wusste es. Ein anderer Monitor zeigte das Banner der Villain.net-Seite und brachte die Nachrichten schneller als die Reporter vor Ort. Weil es keine Helden gab, um sie zu stoppen, liefen die Schurken Amok. Ein Krimineller namens Wildfire spielte laute Rockmusik in den Straßen von Chicago, während er ein unbeschreibliches Chaos auslöste und einen Regionalzug zum Entgleisen brachte. Eine andere Gruppe, die sich in Anlehnung an die englische Flagge die Union Jacks nannte, raubte in London Banken und Juweliergeschäfte aus und jemand, dessen Namen Jake nicht aussprechen konnte, warf in Tokio Gebäude um.

Er riss seinen Blick von den Bildschirmen los, schaltete einen der Fernseher auf einen lauten Musiksender um und trat auf den Balkon hinaus. Er lehnte sich an das Geländer und nahm die Aussicht auf die zerklüfteten Berggipfel in sich auf. Es war Nacht, aber der Himmel war klar und bot einen großartigen Sternenhimmel. Er erinnerte sich daran, wie er vor vielen Wintern mit seinem Vater Sterne angeschaut hatte, bevor er sich zu diesem ... diesem widerwärtigen, undankbaren Rabauken entwickelt hatte, von dem er irgendwie gedacht hatte, er sei cool. Er fragte sich, ab wann sein Leben in die falsche Richtung gelaufen war. Normalerweise hätte er seinen Eltern die Schuld zugeschoben, aber das brachte er jetzt nicht mehr übers Herz.

Er war ein Produkt seiner eigenen Fehler und damit musste er leben. Ein verbrannter Geruch stieg ihm in die Nase; er schaute an sich hinunter und sah, dass seine Hände weiß glühten und sich durch das Steingeländer fraßen. Er schüttelte sie aus. Basilisk hatte ihm einmal gesagt, dass er seinen Zorn einsetzen sollte, um seine Kräfte zu aktivieren, aber mittlerweile sah es so aus, als würde jedes Gefühl sie auslösen. In Zukunft musste er vorsichtig sein.

Sein Handy vibrierte. Eine SMS von Mr Grimm gab ihm Anweisungen, wie und wann er den Präsidenten übergeben sollte. Gleich danach kam noch eine zweite Nachricht. Jake las sie zweimal, um sicherzugehen, dass er richtig gesehen hatte.

CHROMOSOME WILL SIE AUFS KREUZ LEGEN. ÜBERLASSEN SIE IHR AUF KEINEN FALL DEN PRÄSIDENTEN, WENN SIE IHNEN PSYCHS AUFENTHALTSORT NICHT GIBT. ES IST VON ÄUSSERSTER WICHTIGKEIT, DASS SIE

Jake seufzte, sonst stand dort nichts. Grimm war offensichtlich kein Fan von Abkürzungen, sonst hätte er den gesamten Text in einer Nachricht untergebracht. Ein paar Sekunden später kam die dritte SMS.

FLIEHEN, WENN ES NÖTIG IST. LASSEN SIE NICHT ZU, DASS SIE IHNEN FOLGT. ÜBERLASSEN SIE IHR

DEN PRÄSIDENTEN NICHT UMSONST. PASSEN SIE AUF SICH AUF!

Jake googelte seinen Zielort und stellte sicher, dass er genügend Bildmaterial hatte, um sich mit dem Präsidenten und seinem Stab dorthin zu teleportieren. Dann ging er hinunter zum Hangar, um alles vorzubereiten.

Das Bild der Präsidentenfamilie schwirrte ihm noch immer im Kopf herum und Zweifel nagten an ihm. Wenn Chromosome plante, ihn übers Ohr zu hauen, dann würde er sehr böse werden.

In der Stille der Nacht schien die Burg mit dem einzelnen Turm vollkommen verlassen. Chamäleon beobachtete sie von einem Berggipfel gegenüber; reglos wie ein Wasserspeier saß er in seiner Echsenform da. Wenn er sich bewegte, klang es wie ein Flüstern in der Dunkelheit. Er flog über das Tal und klammerte sich an die nackten Felswände. Er sah, dass im Turm noch immer ein einsames Licht brannte. Keine Anzeichen von Leben.

Chamäleon hatte sich in der Foundation in Mr Grimms Dateien eingehackt. Grimm war ein Auftragnehmer, der für Probleme angeheuert wurde, die die Hero Foundation nicht lösen konnte oder wollte. Deshalb stand in seinen Akten kaum mehr als pingelig verfasste Berichte über Aufträge, die er für die Foundation erfüllt hatte. Es handelte sich um geheimes Material, das nicht für Chamäleons Augen bestimmt war und las sich wie die Akten einer korrupten Regierung, nicht wie die der blitzsauberen Hero Foundation. Aber er nahm an, dass Mr Grimm eben genau dafür angeheuert wurde, für die Drecksarbeit.

Er ärgerte sich darüber, nichts Belastendes gefunden zu haben, weshalb er sich zwang, die Dateien noch einmal durchzulesen. Diesmal entdeckte er einen Hinweis auf die Beschlagnahmung der Burg eines berüchtigten Superschurken, Baron von Gloom, und ein Foto der Burg. Normalerweise wurde der Besitz eines besiegten Superschurken von der Foundation genutzt oder gegen Profit weiterverkauft.

Chamäleon seufzte, als er sich daran erinnerte, dass die Foundation solche Gebäude früher an Waisen- und Krankenhäuser gespendet hatte. Die Zeiten änderten sich auch bei den Guten.

Chamäleon suchte von Glooms Burg in der Hauptdatenbank der Foundation und fand nichts. Sie schien zu fehlen. Da hatte Grimm ganz schön geschludert ... es sei denn, es war Absicht. Konnte Grimm die Burg für sich selbst behalten haben? Es war eine schwache Spur, aber sie reichte aus, um Chamäleons Misstrauen zu erregen. Heimlich verließ er das Hauptquartier der Foundation und teleportierte sich nach Rumänien.

Jetzt, wo er hier war, wusste Chamäleon, dass ihm keine andere Wahl blieb, als in die Burg einzudringen und sich umzusehen. Er schaute in das enge Tal hinunter und zögerte. Es war ungewöhnlich flach. Er erinnerte sich daran, dass Baron von Gloom eine Vorliebe für Flugzeuge gehabt hatte, und vermutete, dass das Tal früher als Startbahn gedient hatte.

Chamäleon flog mit dem Kopf voran den Felsen hinunter und landete sanft. Der Untergrund unter seinen Klauen war fest und mit Erde und Brombeersträuchern bedeckt. Er hatte richtig geraten, früher war hier offensichtlich eine Startbahn gewesen, doch ein Flugzeug konnte man nirgends unterbringen. Neugierig wandte er sich um, um die nackte Felswand zu untersuchen und gründlich zu erforschen. Schurken waren ein berechenbares Völkchen und hier war ohne Zweifel ein . . .

KLICK! Ein Teil der Wand schob sich unter seinen Klauen nach innen und der Fels teilte sich; der Spalt zwischen den beiden Türen war kunstvoll zusammengefügt worden. Chamäleon konnte jetzt direkt in einen Flugzeughangar blicken und er machte sich bereit, einen Feuerball abzuschießen.

Stattdessen empfing ihn Stille. Der Hangar war hell erleuchtet und Chamäleon war schockiert, als er das ramponierte Gerippe der Air Force One sah. Vor seinem Aufbruch hatten ihn keine Berichte darüber erreicht, dass der Präsident vermisst wurde, aber er war schon seit vielen Stunden unterwegs. Er widerstand der Versuchung, hineinzurennen und nach seinem alten Freund zu rufen.

Rasch durchsuchte er den Hangar und stellte sicher, dass er allein war, bevor er seine Aufmerksamkeit dem Flugzeug zuwandte. Er verwarf seinen ersten Gedanken, es könnte sich um eine Fälschung handeln, als er das Innere erforschte. Man hatte ihn an Bord der Air Force One eingeladen, nachdem er die Tochter des Präsidenten gerettet hatte. Die Regierungen hatten strenge Richtlinien, die untersagten, dass irgendein Superheld oder Superschurke die Machtzentralen betrat, deshalb war er nicht ins Weiße Haus eingeladen worden. Für alle Fälle.

Chamäleons Mut sank. Der Präsident war in Not gewesen, während er seine Nase in geheime Foundation-Archive gesteckt hatte, anstatt seinen Job zu erledigen. Die nächste Frage, die ihm in den Sinn kam, war, wie das alles mit Grimm zusammenhing. Zumindest bestätigte es seinen Verdacht, dass Grimm nichts Gutes im Schilde führte.

Chamäleon schlich zur einzigen Tür hinaus, die halb offen stand, und ging eine breite Wendeltreppe hinauf. Nach einigen Minuten rechnete er sich mit pochender Schenkelmuskulatur aus, dass er sich jetzt im Keller der Burg befinden musste. Er ging an einigen dunklen Verliesen vorbei und schaute hinein. Sie waren leer.

Seine weiteren Nachforschungen führten ihn eine Etage höher in den Küchenbereich, wo aus einem Radio rumänische Lieder erklangen, die ihn qualvoll an den Eurovision Song Contest erinnerten.

Er streckte den Kopf durch die Tür. Die Küche war mit modernem Edelstahl und allen Gegenständen ausstaffiert, die ein Gourmetkoch brauchte. Es gab einen begehbaren Kühlschrank und vor einem Eichentisch prasselte ein riesiges Feuer. Der Duft des kalten Mittagessens auf dem Tisch kroch ihm in die Nase und sein Magen knurrte.

Das Geräusch war der einzige Hinweis, den Igor brauchte. Er hatte sich mit dem Fleischerbeil in der Hand unter dem Tisch versteckt. Seine Anweisungen waren simpel: die Burg gegen jegliche Eindringlinge verteidigen. Geräuschlos schoss er unter dem Tisch hervor.

Chamäleon konnte sich gerade noch ducken, als das Beil über seinen Kopf hinwegsauste. Er rächte sich dafür mit einem Schlag – der daneben ging. Igor war flink und warf das Beil in seine andere Hand, als er den Helden umkreiste.

Chamäleon verschaffte sich einen raschen Überblick über die Situation. Wenn der Mann irgendwelche Superkräfte hätte, hätte er kaum das Beil eingesetzt. Das bedeutete, dass er nur der Koch war. Chamäleon hätte fast gelacht. Er hatte schon mit widerwärtigen Superschurken zu tun gehabt, die einem Menschen durch einen unhörbaren Schrei das Fleisch von den Knochen abziehen konnten; er hatte nukleare Angriffe, Erdbeben und Raubzüge gestoppt. Ein ganz normaler Typ war wirklich kein Problem für ihn.

Er zielte mit dem Schwanz direkt auf das Gesicht des Mannes und schlug aus. Doch Igor duckte sich unter dem viel zu selbstsicheren Schlag durch und holte mit dem Beil aus. Chamäleon fühlte einen stechenden Schmerz, als ihm die Klinge den Schwanz abhackte. Blut spritzte auf die Kühlschranktür aus rostfreiem Stahl.

Vor Schmerzen ging Chamäleon in die Knie und Igor nutzte diesen Moment der Schwäche, um zuzuschlagen. Dieses Mal handelte Chamäleon rechtzeitig und entfesselte einen Feuerball, der den Mann mitten im Sprung erfasste und ihn gegen ein Wandregal mit Küchenutensilien schleuderte. Er fiel mit lautem Krachen zu Boden, sein Hemd qualmte. Er rührte sich nicht mehr.

In diesem Moment war es Chamäleon gleichgültig, ob er den Mann getötet hatte oder nicht. Er griff nach dem Ende seines Schwanzes und drückte fest zu, um die Blutung zu stillen. Er schloss die Augen und wünschte den Schmerz fort. Es war nicht einfach. Aber nach einiger Zeit ließ er nach und Zentimeter um Zentimeter begann ein neuer Schwanzabschnitt zu wachsen. Dabei handelte es sich nicht um Heilung durch Superkräfte. Wie bei den meisten gewöhnlichen Eidechsen wuchs auch bei Chamäleon der Schwanz nach, wenn er abgetrennt wurde. Das war jedoch ein schmerzhafter Prozess.

Erst als er vollständig wiederhergestellt war, untersuchte er den Koch. Er fühlte einen schwachen Puls. Zufrieden, dass der Mann am Leben war, strich er durch den Rest der Burg.

Es dauerte nicht lange, bis er feststellte, dass sie, abgesehen vom Koch, verlassen war. In einem Badezimmer fand er einen Haufen stinkender Kleider und erkannte, dass es die von Jake Hunter waren; außerdem entdeckte er einen Fernseher, in dem Nachrichten liefen. In wenigen Minuten war Chamäleon über die sich weltweit rasend schnell verändernde Lage und die Entführung des Präsidenten im Bilde. Das bestätigte seinen Verdacht: Grimm arbeitete für den Feind – zumindest konspirierte er mit Hunter. Chamäleon beschloss, seine Entdeckung jetzt noch nicht der Foundation zu melden. Er würde hieb- und stichfeste Beweise brauchen, um den Vorsitzenden der Foundation zu überzeugen. Er musste Grimm auf frischer Tat ertappen.

Schließlich kletterte er auf den Burgturm und fand sich in einer Art Kommandozentrale wieder. Sein Blick wurde sofort von einem Computerbildschirm angezogen, auf dem Bilder von Liberty Island zu sehen waren. Chamäleon durchstöberte das Sitzungsprotokoll und stellte fest, dass Hunter nach nichts anderem gesucht hatte. Er konnte annehmen, dass er den Präsidenten dorthin gebracht hatte.

Er schaute auf die Uhr des Computers und betete, dass er rechtzeitig dort ankommen würde, um ihn zu retten.

FREIHEIT UND UNABHÄNGIGKEIT

Jake starrte auf den von Flutlichtern erleuchteten Rücken der Freiheitsstatue. Er stand auf dem ringförmigen Fußweg, der um sie herumführte, und sogar aus einer Entfernung von hundert Metern musste er den Hals verrenken, um die Statue ganz zu sehen.

Liberty Island war wie ausgestorben. Nachts patrouillierte hier niemand, abgesehen von einigen Booten der Küstenwache. Der Präsident stand neben ihm und schaute nach oben. Seine Geheimdiensttruppe war noch immer eingeschlossen und weil Jake die Nase voll gehabt hatte vom ewigen Gejammer des Verteidigungsministers, hatte er auch ihn kurzerhand wieder in eine Kristallstatue verwandelt.

»Das war ein Geschenk der Franzosen, weißt du?«, sagte der Präsident, als er nach der plötzlichen Teleportation wieder das Gleichgewicht erlangt hatte. »Ein Symbol für Freiheit und Unabhängigkeit.«

Jake antwortete nicht. Er schaute nervös nach Nordosten auf die erleuchtete Skyline von Manhattan und hinter sich zum Ufer New Jerseys. Hier auf der kleinen Insel in der Hudson Bay fühlte er sich wie auf dem Präsentierteller.

Der Präsident deutete auf das Fundament, das einen unregelmäßigen Stern mit elf Zacken darstellte, und den schmalen Granitsockel, auf dem die Statue stand. Jake kam sich vor, als wäre er mit einem Reiseleiter unterwegs. »Die Größe ist jedoch nichts weiter als eine Illusion. Dieser Unterbau ist höher als die Statue selbst. Dennoch ... welch bewundernswürdiger Anblick.«

Jake sah ihn von der Seite an. Er hatte über Mr Grimms Nachricht gegrübelt – Chromosome konnte man nicht trauen, sie würde ihn sicherlich hintergehen.

»Sie sollten gehen.«

Der Präsident starrte ihn ungläubig an. »Was soll das? Willst du mich auf den Arm nehmen?«

»Nein, ernsthaft. Verschwinden Sie. Das ist alles falsch. Chromosome hat nicht vor, mir dabei zu helfen, Psych zu finden. Sie wollte nur, dass ich die Drecksarbeit für sie erledige.«

Der Präsident rührte sich noch immer nicht. »Entschuldige bitte, aber ich glaube dir nicht.«

Jake drehte sich zu ihm um. »Gehen Sie zurück zu Ihrer Familie.« Er deutete mit einer Kopfbewegung auf die erstarrten Begleiter. »Die auch. Das ist nicht Ihr Kampf.«

Der Präsident schaute ihn lange und scharf an. »Du bist auf dem Territorium meines Landes. Das macht es auch zu meinem Kampf.«

Jake kam nicht dazu, zu antworten. Das Wasser vor der Statue wurde aufgewühlt, als ein rundes Fahrzeug des

Rats des Bösen über der Bucht aufstieg und leise über die Insel schwebte. Wasser tropfte wie Regen von ihm herab, als es neben der Statue landete. Die Rampe klappte aus seinem Bauch, Jake spannte alle Muskeln an und zischte dem Präsidenten zu: »Weg hier! Verschwinden Sie!«

Dieses Mal beherzigte der Präsident seine Worte und huschte in den Schatten der Bäume. Jake fiel plötzlich ein, dass die anderen noch immer erstarrt waren. Nun war es zu spät, sich darum zu kümmern.

Chromosome kam über den freien Platz auf ihn zu, ein Heer von Spinnen glitzerte zu ihren Füßen.

»Das ist nah genug, Chromosome!«

Sie hielt an und verschränkte die Arme, entspannt und liebenswürdig. Sie betrachtete den erstarrten Präsidentenstab am Rand des runden Platzes.

»Wo ist der Präsident, Hunter? Ich habe ihn beim Landen auf meinen Monitoren gesehen. Versteckt er sich? Fürchtet er sich vor mir?«

»Sie wissen, dass er hier ist, also sagen Sie mir, wo Psych steckt.«

Ihr Zögern genügte Jake, um zu wissen, dass er ihr auf den Leim gegangen war. »Was du erreicht hast, Hunter, grenzt an ein Wunder. Einige deiner Kräfte haben sich über das bisher Bekannte hinausentwickelt. Du bist wirklich ein Faktor, mit dem man rechnen muss. Warum tun wir uns nicht zusammen? Mit unseren vereinten Kräften können wir den Rat loswerden, die Foundation und all diese Krieg führenden Nationen. Wir könnten alles Leben auf diesem

Planeten ausradieren und die Welt ganz neu erschaffen. Ein neuer Garten Eden, nur für dich und mich; wir würden Leben schaffen, das wir für lebenswert erachten.«

Das Ausmaß ihres Wahnsinns überraschte Jake. Er hatte Basilisk über den Sturz des Rates reden hören und es interessierte ihn nicht, obgleich der Rat zu einem Stachel in seinem Fleisch geworden war und er sich früher oder später damit auseinandersetzen musste. Aber die Welt neu erschaffen ... Je länger er darüber nachdachte, desto mehr Sinn ergab es. Nur er und Chromosome, eine perfekte Partnerschaft. Sie würden ...

Jake schüttelte den Kopf und vertrieb das rosarote Bild, das Chromosome durch ihre betörende Stimme heraufbeschworen hatte. »Sie möchten Gott spielen!«

Chromosome lächelte. »Warum auch nicht? Denk darüber nach, Hunter. Wir würden einen viel besseren Job machen. Du und ich. Eine erfrischend neue Welt.«

Jake überkam ein warmes Gefühl, als sie sprach, und er konnte die Utopie vor sich sehen, die von ihnen beiden erschaffen würde. Mühsam schloss er die Augen, denn er hatte den Verdacht, dass Chromosome eine Art Zauberkraft hatte, etwas, das Männer für ihre Wünsche empfänglich machte. Er würde nicht darauf hereinfallen.

Sie schlug die Auslöschung allen Lebens vor.

Das war das Böse in Reinform.

An dieser Stelle kam ihm schließlich zugute, dass er jahrelang nicht zugehört hatte, wenn seine Schwester etwas sagte. Er konnte Chromosome einfach ausblenden.

»Mich interessiert nur, Psych zu finden. Wir hatten eine Abmachung. Wo ist er?«

»Japan, oder war es Frankreich? Ah, jetzt erinnere ich mich, er wurde das letzte Mal in New York gesehen, gleich dort drüben. Oder war es Ägypten? Weißt du . . . ich kann mir solche Kleinigkeiten einfach nicht merken. Wenn du nicht den Anstand hast, mir zuzuhören, wenn ich dir große Macht anbiete, dann« – ihre zuckersüße Stimme kehrte zurück – »gib mir einfach den Präsidenten. Wo ist er?«

Jake sah, wie ihr Kopf in Richtung der Bäumen schnellte, die den freien Platz säumten, und ihm wurde bewusst, dass er in die Richtung zeigte, in die der Präsident gerannt war. Die subtilen Töne ihrer Stimme mussten ihn unterbewusst dazu gebracht haben, seinen Arm zu heben. Ihre Legion jagte hinüber.

»Nein!« Jake sandte dem Spinnenteppich einen Feuerball nach. Seine Wucht war so heftig, dass er einen Krater in den ziegelroten Platz riss und die Spinnen durch die Luft geschleudert wurden.

»Meine Legion!«, kreischte Chromosome.

Jake wandte sich zu ihr um. Er kannte das volle Ausmaß ihrer Kräfte nicht, aber er wollte ihr gar nicht erst die Gelegenheit geben, es zum Einsatz zu bringen. Er schleuderte einen weiteren Feuerball, der unter ihren Füßen explodierte, aber sie schlug behände ein Rad, um auszuweichen. Als sich der Rauch verzogen hatte, konnte Jake sehen, dass sich ihre Legion neu formiert hatte und auf ihn zustürzte.

Ihm blieb keine Zeit zu reagieren, denn schon hatte ihn

die Horde Chromspinnen umzingelt, kletterte an seinen Beinen hinauf und versteckte sich in seinen Kleidern. Als sie ihn bissen, spürte er Hunderte Nadelstiche auf seinem Körper. Er hoffte, dass sie nicht giftig waren. Der Angriff, der aus so vielen kleinen Attacken bestand, war schlimmer als alles, was er bisher erlebt hatte. Brüllend ging er in die Knie, woraufhin ihm auch noch eine der Metallspinnen in den Mund kroch.

Jake würgte – und handelte dann instinktiv. Sein gesamter Körper loderte plötzlich in einer hellgrünen radioaktiven Welle auf, Strahlen brachen wie ein geisterhafter Heiligenschein aus ihm heraus. Die Legion war geschlagen. Einige Spinnen schmolzen auf der Stelle, andere wurden über die Insel geschleudert. Jake schrie und schleuderte die Strahlung nach der erschrockenen Chromosome. Es war, als hätte sie ein fester Gegenstand getroffen. Die Superschurkin flog hundertfünfzig Meter weit, bis sie direkt unter den drei Bögen gegen den Sockel der Statue krachte.

Um sie herum bröckelte Mauerwerk.

Jake nutzte die Pause, um die Männer des Präsidenten aus ihrer Starre zu erwecken. Die Agenten des Secret Service handelten sofort, zogen ihre Pistolen und feuerten ein Dutzend Schüsse auf Jake ab. Das hatte er nicht erwartet. Sein Kraftfeld fing die Schüsse ab, aber durch den Aufprall taumelte er nach hinten.

»Nicht schießen! Sie sind frei! Der Präsident ist in diese Richtung gegangen, sorgen Sie dafür, dass er die Insel heil verlassen kann!«

Die Gruppe zögerte und scharte sich um ihren einzigen weiteren wichtigen Schützling, den Verteidigungsminister. Der geschwätzige Mann fiepste: »Sie haben ihn gehört! Gehen wir!«

Sie rannten in den Schutz der Bäume. Als Jake sich zu Chromosome umwandte, sah er, wie sie sich mithilfe zahlreicher langer Insektenbeine, die aus ihrem Brustkorb herausklappten und sich nun gegen den Sockel stemmten, aus den zerschmetterten Steinen herausschob. Als sie sich befreit hatte, ließ sie sich die zehn Meter zum sternförmigen Fundament hinunterfallen und kam näher.

Jake hoffte, dass Fliegen nicht zu ihren Fähigkeiten gehörte, denn dann wäre er im Vorteil. Er erhob sich in die Luft und flog mit voller Geschwindigkeit in sie hinein. Er griff sie um die Taille und sie krachten gegen die Ecke des Sockels, aus dem sich graue Steine lösten.

Als er wieder zu Chromosome hinaufsah, erkannte er ihr Gesicht nicht mehr. Ihre vollkommenen Züge waren zu denen eines abscheulichen, fauchenden Biests mit Fangzähnen und fleckiger schwarzer Haut geworden. Ihre Hände waren spitze Klauen; die Insektenbeine, die aus ihrem Rücken herausragten, waren extrem gelenkig und falteten sich um ihren Körper herum nach vorne. Sie zog Jake damit in eine feste Umarmung. Er fühlte und hörte, wie eine seiner Rippen krachte.

»Wie kannst du es wagen, mich herauszufordern, Junge!«, kreischte sie mit unkenntlicher Stimme.

Ohne dass Jake bewusst war, was er tat, wurde sein Körper in eine radioaktive Aura gehüllt und es roch nach verbranntem Fleisch. Chromosomes Fleisch. Sie schrie und ließ von ihm ab. Jake schoss geradewegs nach oben, landete auf dem mattgrünen Kupfersockel der Statue und verschnaufte kurz.

Er sah ein Leuchtgeschoss vom westlichen Pier hochgehen und hoffte, dass es der Präsident war, der einen Hilferuf aussandte. In der Hudson Bay schaukelte ein Kutter der Küstenwache, dessen Suchscheinwerfer auf den Pier gerichtet waren, wo sie einige Gestalten beleuchteten.

Als er wieder nach unten schaute, sah er, dass die Überreste von Chromosomes Legion am Sockel hinaufkrabbelten.

Chromosome selbst krümmte sich, als unter dem ekelerregenden Geräusch von reißendem Fleisch und knirschenden Knochen etwas aus ihrem Rücken herauswuchs. Sie erzeugte die Gliedmaßen, die sie brauchte, um gegen Jake zu kämpfen.

Er wich zurück und ging um die Statue herum nach vorne, während sich sein verletzter Körper regenerierte. Er war außerordentlich erschöpft und konnte nur schwer atmen. Rückwärts stieß er gegen eine riesige Kette, die zu den Füßen der Statue befestigt war. Es dauerte einen Augenblick, ehe ihm klar wurde, dass es sich um einen Teil der Statue handelte, den man von unten nicht sehen konnte. Er symbolisierte die zerrissenen Ketten der Unterdrückung. Jake spähte hinunter zu dem Aussichtsbalkon, der oben um den Steinsockel herumlief, und überlegte, sich im Inneren der Statue zu verstecken.

Dann sah er das silbrige Gewusel der heraufkrabbelnden Legion. Er versuchte zu fliegen, schaffte aber nur wenige Meter. Er war zu schwach, um noch höher zu klettern, weshalb er sich wie eine Spinne an die Statue klammerte und hinunterschaute.

Am Fuß der Statue vermehrte sich die Legion wie Bakterien. Die Spinnen teilten sich und verdoppelten sich auf diese Weise selbst. Dann sah er Chromosome. Sie stand noch immer auf dem Fundament des Sockels, aber Jake erkannte nun, dass sich die Auswüchse auf ihrem Rücken zu Flügeln entwickelt hatten, die größer und größer wurden. Wie ein junger Vogel schlug sie versuchsweise mit ihnen.

Jake hastete an der Statue hinauf, möglichst weit weg von diesen Monstrositäten. Durch die Kupferfalten im Gewand der Freiheitsstatue kam er nur schwer vorwärts. Er war etwa zur Hälfte oben, als er ein schepperndes Geräusch hörte, als würden Steine auf ein Metallfass prasseln. Er blickte nach unten und sah, dass das gesamte Fundament der Statue silbern leuchtete, weil die Legion ihm nach oben folgte. Auch sie hatte ihre Form verändert, die bedrohlichen Spinnen waren nun Zwitterwesen zwischen Spinne und Skorpion. Ihre Schwänze bebten in Vorfreude auf das Töten.

Jake wandte sich seitwärts zu der weiten Fläche, die das Buch bot, das die Freiheitsstatue in ihrer linken Hand hielt. Er atmete tief durch und fragte sich, warum er sich so schlecht fühlte.

Schnell schaute er sich um und entdeckte, dass der Kutter der Küstenwache auf den Pier zuflitzte und von der anderen Seite ein Hubschrauberschwarm angeschwirrt kam.

Um ihn herum wogte die Legion und Jake ließ eine radioaktive Ladung los. Die meisten der Spinnen wurden zur Seite geschleudert oder schmolzen an Ort und Stelle. Die Energie war so groß, dass sie den hohlen Kupferaufbau der Statue aufriss und einige der darunter liegenden Eisenträger durchtrennte. Das Geräusch ächzenden Metalls hallte durch die Statue. Entsetzt hielt Jake inne, als ihm bewusst wurde, dass er gerade ein nationales Wahrzeichen der USA verwüstete.

Die Feuerpause genügte, um zehn der Kreaturen die Gelegenheit zu geben, auf das Buch der Statue zu klettern. Jake krallte seine Finger in die Rillen der eingravierten Schrift, als die Skorpionschwänze ausfuhren, sich um seine Füße zurrten und ihn die schiefe Ebene hinunterzogen. Ein weiteres der Geschöpfe ging an seinem Kopf in Position und sein Schwanz bildete plötzlich eine Spitze, die sein Gesicht attackierte.

Jake warf seinen Kopf zur Seite, doch er fühlte, wie die Spitze seine Wange aufschlitzte und das Kupfer durchlöcherte. Sein Schild bewahrte ihn zwar davor, durch Explosionen, Kugeln oder andere Gefahren verletzt zu werden, aber gegen diese Attacke war er nutzlos. Er bot keinerlei Widerstand gegen eine scharfe Klinge, die sich langsam bewegte. Noch dazu war Jake geblendet, denn die Hubschrauber kamen näher und mehrere Suchscheinwerfer richteten sich auf ihn. Sein Blick fiel auf einen Wirrwarr von Buchstaben an der Seite eines Helikopters und er stellte fest, dass es sich um Presse handelte. Sie schwirrten wie Fliegen um ihn herum.

Jake scherte sich nicht länger darum, dass er erkannt werden könnte. Er griff nach dem Biest neben seinem Gesicht und zerquetschte es mit Superstärke. Nach kurzem Widerstand war es, als würde man ein Ei zermatschen, und schleimige Innereien bedeckten seine Hand. Doch für Ekel war keine Zeit. Er brachte die beiden Spinnen, die an seinen Beinen hochkrabbelten, zum Explodieren und schaffte dann einen kurzen Flug zum Kopf der Statue, wo er sich erneut ausruhen musste.

Die Suchscheinwerfer, die über die Freiheitsstatue zuckten, brauchten ein paar Sekunden, bis sie ihn fanden.

Das Rascheln lederner Flügel erregte seine Aufmerksamkeit und Chromosome schwebte in sein Gesichtsfeld; sie schlug mit mächtigen, fledermausartigen Flügeln, um sich in der Luft zu halten.

»Was ist los mit dir? Schwächelst du? Wusstest du etwa nicht, dass ich die Fähigkeit habe, deine Kräfte zunichte zu machen und mich jederzeit so zu verwandeln, dass ich dich auf alle Arten bekämpfen kann, die erforderlich sind?« Zwar dauerte die Wirkung nur eine Minute an und sie konnte immer nur eine Handvoll Superkräfte auf einmal entkräften. Doch das würde sie natürlich nie zugeben.

Jake schleuderte einen Strahl grüner Energie, der aussah wie ein buntes Band. Er verfehlte Chromosome knapp, da sie sich zur Seite drehte, doch er traf einen Hubschrauber.

Der hintere Rotor wurde davongewirbelt und der Helikopter geriet außer Kontrolle. Die übrigen Pressehubschrauber schwenkten zur Seite und gingen auf sichere Distanz. Der Hubschrauber stürzte hinunter ins dunkle Wasser.

»Wenn ich dich schon nicht dazu bringen kann, mit mir zusammenzuarbeiten, dann werde ich eben sehen, ob du mir tot dazu dienen kannst, meine Ziele durchzusetzen. Und den Präsidenten kriege ich sowieso! So oder so wirst du verlieren.«

Sie schoss auf den westlichen Anlegesteg zu. Jake sah nach unten, wo einer der Pressehubschrauber sein Licht auf die überlebende Besatzung des abgestürzten Helikopters gerichtet hatte, die im Wasser trieb.

Jake knirschte mit den Zähnen. Chromosome mochte vielleicht einige seiner Superkräfte zunichte machen, aber seine Kräfte waren stärker, als sie sich vorstellte. Wie ein Turmspringer schnellte er von der Krone der Statue und beschwor seine Flugkraft, ihn zu halten.

Stattdessen stürzte er jedoch wie ein Fels dem Erdboden zu. Sie hatte seine Fähigkeit, zu fliegen, zerstört.

Der Präsident beobachtete, wie sich das Boot der Küstenwache zur Seite neigte und um den L-förmigen Pier herumfuhr. Er blickte sich um, als er den Hubschrauber abstürzen hörte. Sekunden später schoss ein geflügeltes Ungetüm über die Insel auf ihn zu. Der Secret Service hatte die Gefahr ebenfalls entdeckt und der Präsident wurde grob zu Boden gerissen, als die Männer sich vor ihn warfen und feuerten. Chromosome wurde von Kugeln getroffen, die ihr jedoch nichts anhaben konnten. Sie segelte in niedriger Höhe vorüber und hob einen der Geheimdienstler in die Luft. Sie musste sich anstrengen, um mit dem Gewicht an Höhe zu gewinnen – dann riss sie den Mann mit ihren bloßen Klauen entzwei. Der Präsident schaute weg, um das Blut nicht sehen zu müssen. Als er es wagte, wieder hinzusehen, bemerkte er, dass Chromosome erneut heranflog. Dieses Mal feuerte die Besatzung der Küstenwache, die ausgestattet war, um terroristische Übergriffe abzuwehren, ihre Maschinengewehre auf sie ab. Wieder zeigte sich kaum eine Wirkung. Die Zeit schien stillzustehen, als Chromosome mit kreischendem, bluttriefendem Maul, die spitzen Zähnen gebleckt, direkt auf den Präsidenten zustürzte ...

BUMM! Ein Feuerball traf Chromosome wie ein Vorschlaghammer und warf sie mit solcher Wucht gegen das Boot, dass es wild auf dem Wasser hin und her schaukelte; dabei riss sie ein Loch in das Stahldeck.

Der Präsident schaute sich um. Er hatte Jake erwartet, doch stattdessen sah er jemand anderen durch die Luft schweben. Die Augen des Präsidenten wurden groß vor Freude.

»Chamäleon!«

»Mr President! Entschuldigen Sie bitte, dass ich so spät komme.«

Zwei Mitglieder der Küstenwache wurden von Bord geschleudert, als sich Chromosome aus dem tiefen Riss im Boot hievte. Ihre Augen wurden zu schmalen Schlitzen, als sie den Superhelden entdeckte.

»Du! Du wirst hier sterben!«, schrie sie. Ihre Muskeln knackten, als sie sich vor aller Augen vergrößerte – in Sekundenschnelle war sie auf das Doppelte angewachsen.

Chamäleon war auf einen Angriff von ihr gefasst – was er nicht erwartet hatte, war eine Horde Überlebender ihrer Legion, die plötzlich aus dem Unterholz angerannt kamen. Sie verschmolzen unter ihm zu einer blubbernden Fleischmasse und bildeten ein Tentakel. Es war im Boden verankert, schlang sich um seine Hüfte und schnappte ihn sich aus der Luft. Chromosome wandte sich zum Präsidenten um, wobei sie die Schüsse, die die Männer vom Secret Service abfeuerten, überhaupt nicht beachtete.

»Nun, Mr President, Sie werden jetzt mit mir kommen.«

»Nur über meine Leiche!«

»Das lässt sich machen!«

Schwerfällig kletterte Chromosome auf den Pier. Das Holz knackte unter ihren schweren Schritten. Der Präsident und sein Gefolge begannen, zurück zur Insel zu rennen – und hielten inne, als sie ein riesiges Etwas auf sie zufliegen sahen. Erneut wurde der Präsident von seiner Eskorte zu Boden geworfen, als ein enormes scheibenförmiges Luftschiff über ihre Köpfe hinwegschoss.

Chromosome war verblüfft, als sie sah, dass ihr RDB-Shuttle wie ein Diskus auf sie zugeworfen wurde. Es krachte mit kolossaler Wucht gegen sie und rammte sie erneut in das Boot der Küstenwache. Der Zusammenstoß war so brachial, dass der Shuttle um Chromosome herum explodierte und die Bruchstücke sie an die Seite des Bootes nagelten. Durch ihr gemeinsames Gewicht fiel der Kutter mit einem riesigen Platsch zur Seite. Chromosomes Schreie verwandelten sich in ein Gurgeln, als der hellrote Kiel des Bootes zum Vorschein kam und das Boot komplett umkippte.

Der Präsident schaute zurück zum Ende des Piers und sah Jake, der sich nach diesem unglaublichen Wurf die Hand rieb. Jake nickte ihm knapp zu.

»Alles in Ordnung?«

Bevor der Präsident antworten konnte, gab es eine Explosion, die von Chamäleon verursacht worden war, und das Legionstentakel wurde in die einzelnen Spinnenteile zerrissen, aus denen es bestanden hatte; sie standen in Flammen und krabbelten noch ziellos umher, ehe sie starben.

»Mr President! In Deckung!«, brüllte Chamäleon, als er einen Feuerball nach Jake schleuderte.

»Moment mal . . .«, begann Jake den Satz, aber der Feuerball warf ihn durch die Baumreihe, sodass die Äste Feuer fingen. Chamäleon rannte ihm nach.

Jake stützte sich auf die Ellbogen und sah gerade noch, wie Chamäleon einen weiteren Flammenball schleuderte. Ihm blieb keine Zeit, sich zu bewegen. Es fühlte sich an, als wäre direkt vor seinem Gesicht eine Bombe hochgegangen. Er wurde fast hundert Meter nach hinten gegen den Sockel der Freiheitsstatue geworfen.

Chamäleon zögerte, denn ein Polizeihubschrauber kreiste über ihm und richtete seinen Suchscheinwerfer auf ihn. Er deutete hektisch zum Präsidenten hin. Der Pilot hatte ihn wohl verstanden, denn das Licht fixierte jetzt den Präsidenten und seine Truppe.

Jake beobachtete, wie der Polizeihubschrauber auf der anderen Seite der Insel landete, und wusste, dass man den Präsidenten dort unversehrt an Bord bringen würde. Er drehte sich um und sah Chamäleon auf ihn zufliegen. Zudem wurde ihm bewusst, dass er sich nicht länger schwach fühlte, nun, da Chromosome von der Bildfläche verschwunden war. Er bemerkte, dass Flammen aus Chamäleons Hand schossen – und katapultierte sich senkrecht nach oben, um ihnen auszuweichen. Seine Flugkraft war zurückgekehrt. Jake flog in einer Spirale um die Statue herum, um kein Ziel abzugeben. Chamäleon verfolgte ihn und feuerte kleine Feuerballsalven ab, die die Statue trafen und keinen Schaden anrichteten.

»Das war dein letzter Fehler, Hunter!«

»Das glaube ich kaum«, schrie Jake zurück – und bereute sofort, den Mund aufgemacht zu haben, da ihm bewusst wurde, wie dämlich dieser Kommentar war.

Jake erreichte den Kopf der Freiheitsstatue und landete, dann schoss er einen radioaktiven Strahl auf Chamäleon hinunter, durch den dieser gegen die rechte Schulter der Statue gestoßen wurde. Chamäleon rollte über das Kupfergehäuse, krachte gegen den erhobenen Arm, der die Fackel hielt und verhinderte, dass er herunterfiel.

»Sie sind als Nächstes dran, Chamäleon!« Jake rannte zur Kante der Krone, um auf sein Opfer zu schauen, das leise stöhnte. »Niemals werden Sie mich wieder nach Diablo Island bringen, damit ich für Sie das Versuchskaninchen spiele.«

»Wer spricht davon, dich lebend zu fangen? Du hast dich als zu gefährlich herausgestellt. Ich werde dich wohl töten müssen.«

Jake fühlte sich unbehaglich. Alles war einfach, solange eine Superschurkin wie Chromosome sein Leben bedrohte. Aber Chamäleon war ein Held, jemand, der gerade dabei geholfen hatte, den Präsidenten zu retten. Es schien nicht richtig, dass er so etwas sagte. Wieder bemerkte Jake, dass die Grenze zwischen Helden und Schurken verschwamm. Er ließ sich auf die Schulter der Statue hinunterfallen und machte ein paar Schritte auf Chamäleon zu. Aus der Nähe konnte er erkennen, dass er Chamäleon schwer getroffen hatte. An seinem linken Arm blutete eine Brandwunde.

»Nachdem was Sie mir und meiner Familie angetan haben . . .«

»Was? Ich habe sie vor dir gerettet! Sie führen jetzt, da du nicht mehr da bist, ein viel glücklicheres Leben, Hunter.«

Jakes Zorn wurde angestachelt und sein alter Schulhof-Instinkt gewann Oberhand. Chamäleon war schwach und verletzt – ein perfektes Ziel.

Jake schoss elektrische Blitze aus seinen Fingern.

Gezackte Blitze marterten Chamäleons Körper und er heulte vor Schmerz auf.

»Hör auf!«, flehte er.

Das hatte Jake schon Hunderte Male auf dem Schulhof

gehört. Er verpasste Chamäleon eine zweite Ladung. Noch immer flogen die Hubschrauber um sie herum und richteten ihre Scheinwerfer und Kameraobjektive auf sie. Dann schwenkte einer der Scheinwerfer plötzlich weg und richtete sich auf etwas, das auf sie zukam. Jake sah es und erstarrte vor Verblüffung.

Es war das Boot der Küstenwache, das von irgendeiner herkulesartigen Kraft nach ihnen geworfen wurde.

Der acht Meter lange Kutter verfehlte sein Ziel und das mit Aluminium ummantelte Boot krachte durch den Hinterkopf der Freiheitsstatue, riss ihn entzwei und trennte das Gesicht ab, das sowieso nur noch eine Masse aus verbogenem Metall war. Dann stürzte das Boot in die Bucht hinunter und verfehlte nur knapp einen der Hubschrauber. Es fiel mit lautem Platschen ins Wasser und sank sofort.

Sowohl Jake als auch Chamäleon schauten sich um und sahen die gewaltige geflügelte Gestalt Chromosomes auf sie herabstoßen. Ohne Zögern feuerten beide auf die Superschurkin. Ein riesiger Feuerball und ein Strahl radioaktiver Energie trafen sie mitten in die Brust und sie stürzte in die Tiefe.

Chamäleon rappelte sich auf – und schleuderte heimtückisch einen Feuerball nach Jake, der neben ihm stand und Chromosomes Absturz beobachtete. Jake wurde an den zerbröselten Hals der Statue geschleudert und prallte ab.

Er fing sich jedoch im Flug und schnellte wieder nach oben, gerade rechzeitig, um zu sehen, wie Chromosome auf dem Rücken der Freiheitsstatue landete. Ihre Klauen bohrten sich in das Metall, als sie sich wie ein mutierter King Kong daran hinaufhangelte.

Chamäleon beugte sich über den Rand der Schulter und feuerte hinunter. Sein Schuss verfehlte Chromosomes Gesicht. Jake kreiste umher – und wäre fast in die herumwirbelnden Rotorblätter eines Pressehubschraubers geraten. Er feuerte von der anderen Seite der Statue aus und sein Feuerball riss einen von Chromosomes Flügeln auseinander. Sie heulte vor Zorn auf, während sie mit dem blutigen Stummel flatterte. Chamäleon wandte sich um und feuerte auf Jake, doch dieses Mal war er darauf gefasst und duckte sich unter dem Schuss hindurch.

»Blödmann!«, schrie Jake.

Dann schoss er eine kleine radioaktive Kugel nach Chamäleon, der auswich.

Chromosome nutzte die Ablenkung und zwei intensiv blaue Laserblitze schossen aus ihren Augen. Einer traf Chamäleon, sodass er von der Statue fiel, der andere bohrte ein großes Loch in den rechten Arm der Freiheitsstatue.

Der Arm, der das Gewicht der vergoldeten Fackel trug, geriet ins Schwanken, brach schließlich ab und stürzte auf den Überresten des Kopfes der Freiheitsstatue in sich zusammen.

Chromosome presste sich gegen den Rücken der Statue, als der Arm in ihrer Nähe herunterfiel und in den hinteren Aussichtsbalkon des Sockels krachte.

Chamäleon und Jake flogen entgegengesetzt um die Statue herum und stießen fast zusammen. Diesmal richteten sie ihre Energien gemeinsam auf Chromosome und feuerten.

Von den Hubschraubern aus war unmöglich zu erkennen, was vor sich ging, da die Lichtblitze so grell waren, dass niemand hinsehen konnte.

Jake war überwältigt von der Stärke der Explosionen, die seine eigenen Hände hervorbrachten, und musste seine Finger ausschütteln, um das Gefühl von Nadelstichen, das durch sie hindurchzuckte, loszuwerden. Sowohl sein als auch Chamäleons Schuss trafen Chromosome. Sie kreischte, ihr bislang unversehrter Flügel stand in Flammen.

Die Freiheitsstatue neigte sich nach vorne. Sie bewegte sich so langsam wie ein Betrunkener, der hinfiel. Die fünfzig Meter hohe Statue stürzte von ihrem Sockel – und zweihundertvier Tonnen Kupfer und Eisen krachten in das Fundament und brachen auseinander.

»Oh, mein Gott!«, schrie Chamäleon.

Jake schoss herab, konnte Chromosome aber nirgends entdecken.

»Wo ist sie?«

Er landete auf dem Gras zwischen den beiden riesigen Trümmern der Statue. Jake wirbelte herum und sah, dass Chamäleon mit einem verzerrten Lächeln hinter ihm stand.

»Leb wohl, Hunter.«

Chamäleon hatte die Hände erhoben, doch Jake blickte an dem Superhelden vorbei auf die gigantische Gestalt

Chromosomes, die über ihm stand und ein Bruchstück der Statue schwang. Sie ließ es mit zerstörerischer Kraft auf Chamäleon herabsausen.

Jake reagierte, ohne nachzudenken, und schoss einen feinen Kristallstrahl in Richtung des Superhelden. Sofort war Chamäleon eingeschlossen, dann traf ihn Chromosomes Schlag. Es war, als würde ein Nagel in den Boden gehämmert – der erstarrte Chamäleon wurde von der Wucht des Schlages einfach ins Gras gedrückt.

»Wenn ihn hier jemand tötet, dann bin ich das!«, brüllte Jake.

Chromosome schaute Jake in die Augen und erhob wieder ihre Keule. »Du hättest dich mir anschließen sollen!«

Jake benutzte eine Hand, um das Statuenfragment telekinetisch aus Chromosomes Griff zu schlagen, mit der anderen schleuderte er gleichzeitig einen Feuerball. Noch nie hatte er zwei Angriffskräfte auf einmal verwendet und noch nie hatte er gesehen, dass ein anderer es getan hatte. Er fühlte, wie ihn die Anstrengung schwächte.

Chromosome war nicht auf die Attacke gefasst gewesen und wurde mit einem dumpfen Scheppern gegen den Rumpf der Statue geschleudert. Die Suchscheinwerfer der Hubschrauber erleuchteten das Gelände und Jake machte mit erhobenen Händen einen Sprung nach vorne, um erneut zu feuern.

Ächzend lag Chromosome auf dem Boden. Die gigantischen Insektenbeine an ihrem Rücken breiteten sich mit einem lauten Knacken aus und sie versuchte, sich aufzurichten. Doch sosehr sie sich auch bemühte, sie kam nicht hoch. Trotz des Adrenalins und der Gefahr brach Jake in lautes Gelächter aus. Sie erinnerte ihn an einen Käfer, der auf dem Rücken lag und versuchte, wieder auf die Beine zu kommen.

Chromosome fauchte Jake an und kroch gedemütigt auf die Bäume zu. Jake zögerte. Von seinem Standort sah es aus, als würde sie von einem riesigen Käfer getragen. Plötzlich teleportierte sich Chromosome und Jake sank erleichtert in sich zusammen.

Er setzte seine telekinetische Kraft ein, um den erstarrten Chamäleon aus dem Boden zu holen. Sein Widersacher schien trotz Chromosomes Schlag unverletzt. Ironischerweise hatte Jake dem Superhelden, der ihm nach dem Leben trachtete und den er selbst am liebsten tot sehen wollte, das Leben gerettet.

Jake legte seine Hände auf Chamäleon und während die Hubschrauber über ihnen kreisten, teleportierte er sie fort von der Zerstörung auf Liberty Island.

WETTLAUF MIT DER ZEIT

Der Stein prallte mit einem leisen Pong von Chamäleons Kopf ab und kullerte zusammen mit den anderen auf einen kleinen Haufen zu seinen Füßen.

Jake starrte seinen Widersacher an, der von bernsteinfarbenem Glanz überzogen war. Chamäleon fletschte die Zähne und sein ganzer Körper war darauf aus, einen Feuerball zu entfesseln. Als Jake sie beide zur Burg zurückteleportiert hatte, hatte er Chamäleon wie einen Dekorationsgegenstand in die Ecke des geräumigen Saales gestellt. Er hatte sich auf das Sofa gesetzt und eine halbe Stunde lang gelangweilt kleine Steinchen auf Chamäleon geworfen, um sich zu entspannen. Schon bald war er eingeschlafen.

Eine Stunde später wachte er auf und sah, dass Igor da gewesen sein musste und ihm eine dampfende Tasse Tee hingestellt hatte; umsichtigerweise hatte er ihm auch einen frischen Haufen Steinchen mitgebracht, mit denen er Chamäleon bewerfen konnte. Jeder Muskel in Jakes Körper schmerzte und er war dankbar für den süßen Tee, der ihm dabei half, sich zu konzentrieren. Der Kampf mit Chromosome war brutal gewesen und trotzdem hatte er sie nicht besiegt. Ebenso wenig wie er Scuffer besiegt hatte. Der Gedanke daran, einem dieser Monster wiederzubegegnen, ließ ihn schaudern. Aber zumindest war sein Gewissen ein wenig erleichtert, weil er den Präsidenten und seinen Stab freigelassen hatte. Menschen standen nicht auf seiner Abschussliste. Nur Supermenschen.

Jake fragte sich, ob Alleingänge, wie er sie bevorzugte, die richtige Methode waren. Mr Grimm hatte bewiesen, dass Verbündete nützlich waren. Jakes Erfahrung mit den sogenannten Freunden, die ihn in Russland verraten hatten, hatte ihn gelehrt, dass man kaum jemandem vertrauen konnte. Aber was, wenn er sich mit einem der größeren Fische zusammentat? Die Hero Foundation würde ihm nicht über den Weg trauen ... aber vielleicht der Rat des Bösen. Die waren zwar hinter ihm her, aber wenn er wenigstens so tat, als wollte er ihnen helfen, und im Gegenzug ihre Macht nutzte, um die Superhelden auszulöschen, die er hasste ... dann könnte er am Ende den Rat von innen her angreifen ...

Eine verlockende Vorstellung, doch Jake schob sie beiseite.

Er arbeitete besser alleine.

Wenigstens war ihm so Chamäleon in die Hände gefallen. In seinen Tagträumen hatte Jake Rache an dem Superhelden geübt, für die Bestrafungen, denen er ihn auf Diablo Island unterzogen hatte und dafür, dass er Psych dazu gebracht hatte, ihn aus dem Gedächtnis seiner Familie zu löschen. Während er im Gefängnis war, hatte sich Jake vielfältigen Fantasien hingegeben, wie er die schuppige Kreatur am einfallsreichsten töten konnte, aber nun, da er Chamäleon in der Hand hatte, konnte er sich nicht dazu überwinden. Vielleicht wäre es Strafe genug, ihn dauerhaft als Statue zu behalten? Er fragte sich, ob Chamäleon unter seinem Kristallüberzug noch wach und sich jeder verstreichenden Sekunde bewusst war. Das wäre die Hölle auf Erden. Vor allem, falls er unter Juckreiz litt.

Wenn er jetzt noch Basilisk in die Finger bekam, wäre Jakes Sammlung komplett.

Er dachte ein wenig über diese Vorstellung nach. Sie war gar nicht so übel ...

Plötzlich begann das Zimmer um ihn herum zu verschwimmen. Die Teetasse fiel ihm aus der Hand und zerschellte auf dem Boden. Jake hielt sich am Sofa fest, um Halt zu gewinnen, dann schloss er die Augen. Das Schwindelgefühl ging vorüber, aber er war noch wacklig auf den Beinen. Versuchsweise hob er seine Hand und sah, dass sie zitterte. Er musste Superkräfte herunterladen.

Als er von Liberty Island zurückgekehrt war, hatte Jake ganz bewusst die Entscheidung getroffen, sich nicht sofort auf Villain.net zu stürzen und sich mit Kräften vollzupumpen, um sein Verlangen zu stillen. Er wusste, dass er viel zu abhängig von ihnen war, wie ein Junkie, der regelmäßig einen Schuss brauchte. Deshalb war er entschlossen, sich zu entwöhnen. Aber es funktionierte nicht. Je länger er sich nicht auflud, desto schlechter fühlte er sich. Er war entschlossen, eine Therapie für diese Sucht zu finden, wenn er erst mal seine Eltern zurückgewonnen hatte. Dann würde er Basilisk suchen. Seine Liste mit den zu erledigenden Dingen wurde immer länger.

Jake gelang es kaum, die Wendeltreppe zu seinem Kommandoturm hinaufzusteigen. Auf halbem Weg hielt er an, um Atem zu schöpfen, und stellte fest, dass er keuchte wie ein alter Mann.

Schließlich kam er oben an, ließ sich in den Drehstuhl plumpsen und schloss die Augen. Er musste für eine weitere halbe Stunde eingenickt sein, denn er erwachte mit einem nervösen Ruck und eine Welle der Übelkeit überkam ihn. Widerwillig starrte er auf den Bildschirm, der Villain.net zeigte, und wählte die ersten beiden Superkräfte, die er sah. Es war ihm egal, welche es waren, auch wenn er einige der Icons wiedererkannte und wusste, dass eines davon für Teleportation stand – was nie verkehrt war. Er beschloss, nur halb so viele herunterzuladen wie sonst. Als die Kräfte in ihn hineinströmten, fühlte er sich auf der Stelle erfrischt.

Da er schon einmal wach war, schaute er sich die Nachrichtenbanner auf Villain.net an. Sein Zusammenstoß mit Chromosome wurde mit keinem Wort erwähnt, wohl aber die frohe Botschaft, dass Chamäleon vermisst wurde.

Jake zerbrach sich den Kopf. Es musste eine Möglichkeit geben, Psych zu finden. Indem er auf Villain.net herumstöberte, fand er schließlich einige Informationen. Er entdeckte ganze Dateien über Superhelden, einschließlich ihrer Stärken, ihrer Reviere und ihrer Schwächen. Sehr nützlich, doch leider enthielt der Eintrag über Psych nur den

Vermerk MITGLIED DES GERECHTIGKEITSBUNDS. Als er nach Dateien über dieses Superheldenteam suchte, gelangte er auf eine Seite, die besagte, dass es sich aufgelöst hatte.

»Na großartig«, stöhnte Jake. Offenbar hatte auch Chromosome keine Ahnung, wo Psych steckte. Dann kam ihm der Gedanke, dass sie nur Psych aufzustöbern brauchte, wenn sie sich Jake schnappen wollte. Jake war nicht besonders erpicht auf eine weitere Auseinandersetzung. Sie war nach dem Kampf vermutlich zum Rat des Bösen zurückgekehrt, um ihre Wunden zu versorgen, und er war sich sicher, dass ihr mehr Mittel und Wege zur Verfügung standen, Psych aufzuspüren, als ihm. Wie konnte er verhindern, dass sie sich wieder einmischte?

Ihm kam eine kindische und simple Idee, die den Unruhestifter in ihm zum Lachen brachte. Er würde sie verleumden. Eine kurze Suche auf Villain.net förderte eine E-Mail-Adresse zutage, an die man Informationen und Verdächtigungen schicken konnte. Wie auch über die Website selbst konnte man damit keinen direkten Kontakt aufnehmen, aber es würde genügen.

Jake konnte gar nicht mehr aufhören, zu grinsen, als er die Nachricht tippte. Er achtete auf die korrekte Rechtschreibung, um sie so professionell wie möglich aussehen zu lassen, und klickte dann auf »Senden«. Er holte tief Luft und war sehr zufrieden mit seinem heimtückischen Plan. Es blieb nur zu hoffen, dass die E-Mail bei der richtigen Person ankam.

Plötzlich klingelte sein Handy. Er griff danach und erwartete, Grimms Stimme zu hören.

»Ja?«

»Jake?«

Jake setzte sich kerzengerade in seinem Stuhl auf. Es war Lorna. Selbstvergessen strich er mit der Hand seine Haare zurecht.

»Lorna, hi. Wie geht's?« Er hatte keine Ahnung, was er sonst hätte sagen können.

»Gut. Ich habe gesehen, dass ich einen Anruf von dir verpasst habe und ich ... ähm ...«

»Schon okay. War nicht so wichtig.« Er bereute sofort, dass er das gesagt hatte. »Wo bist du? Deine Stimme hallt so.«

»Ich bin ... im Krankenhaus.«

»Was? Bist du okay?« Jake merkte, dass er wirklich besorgt war.

Lorna lachte. »Es geht mir gut! Ich besuche nur einen Freund.«

»Ich würde ja auch kommen, aber ich habe gerade ... ähm, ziemlich viel zu tun.«

»Oh.« Es gab eine lange Pause. »Kein Problem.«

Lorna klang nicht gerade überzeugend.

»Pass auf, gib mir ein paar Tage Zeit, alles zu erledigen, und dann können wir vielleicht mal wieder zusammen ausgehen?«

»Das wäre schön. Ich hatte schon daran gedacht, kurz bei dir vorbeizuschauen ...«

»Nein!« Er klang ein bisschen zu scharf. »Besser nicht.«

»Sind deine Eltern noch immer böse auf dich?«

»Du weißt ja, wie Erwachsene sind.«

Er schaute sich auf der verzweifelten Suche nach irgendetwas, das nichts mit Superkräften oder der Entführung des Präsidenten zu tun hatte, im Zimmer um. Ein Bericht auf einem Nachrichtenkanal stach ihm ins Auge; es war ein alberner Bericht, der am Ende der Berichterstattung über globale Konflikte und Kriege stand, um die Stimmung etwas zu heben.

»Ich habe gerade im Internet gelesen, dass Yaks verhindert haben, dass diese Weltraumtouristen in Kasachstan abheben. Dort steht, dass ganze Herden davon von der Startrampe gejagt werden mussten. Muss großartig sein, in den Weltraum zu fliegen. Vielleicht sollten wir nach Kasachstan gehen und mitfliegen?«

»Ja, mein Bruder und ich haben auch schon darüber gesprochen. Aber Yaks? Jake, du erzählst einen ganz schönen Quatsch.«

Jake wurde rot. »Ja. Sorry.«

»Hör mal, ich muss jetzt los. Aber ich freue mich schon darauf, dich in den nächsten Tagen zu sehen. Pass auf dich auf.«

»Du auch auf dich.«

Er hörte, wie die Leitung unterbrochen wurde, und starrte das Telefon an. Warum zum Teufel hatte er über Yaks gesprochen? Er schaltete den Fernseher ab und kam sich völlig bescheuert und uncool vor. Er hätte über alles Mögliche sprechen können, aber er hatte sich das nebensächlichste und dümmste Thema ausgesucht, das es gab.

Wem brachte dieser Nachrichtenschnipsel überhaupt etwas?

Chromosome saß auf ihrem Thron, der in ihrer höhlenartigen Kammer auf und ab ging. Sie hatte sich die Höhle gebaut, indem sie die Atome der felsigen Insel um sich herum neu arrangiert und miteinander verschmolzen hatte, um einen lebendigen, atmenden Raum herzustellen. Es war, als würde man im Maul eines riesigen Raubtiers sitzen, in dem glitzernde Säulen vom Boden bis zur Decke reichten, die sich bei einem erneuten Besuch nie an derselben Stelle befanden wie zuvor. Eine warme Brise wehte durch den Raum, so als würde er Atem schöpfen. Man hörte stets das Geräusch von tropfendem Schleim und die Wände leuchteten von selbst, ohne dass dabei Schatten entstanden.

Noch immer pochte ihr Rücken dort, wo Jake ihre Flügel weggepustet hatte, schmerzhaft. Es war ja schön und gut, sich zusätzliche Körperteile wachsen lassen zu können, doch es tat trotzdem höllisch weh, wenn sie verletzt wurden. Das Gute aber war, dass die Anleitung in ihrer DNA verankert wurde, wenn sie ein neues Paar Gliedmaßen erschaffen hatte. Das bedeutete, dass sie die Flügel künftig viel schneller würde hervorbringen können – so wie die zusätzlichen Insektenbeine oder die Verdoppelung ihrer Größe. Alles Überbleibsel von früheren Abenteuern.

Der Verlust ihrer Legion quälte sie da schon mehr. Es

dauerte, bis man solch perfekte kleine Kreaturen hergestellt hatte, die je nach Bedarf ihre Gestalt ändern konnten. Es war, als hätte man ein wandelndes Schweizer Armeemesser bei sich. Glücklicherweise hatte sie einige Dutzend Mitglieder ihrer Legion zurückgelassen, um ihre Höhle zu bewachen.

Wie die übrigen Ratsmitglieder hatte Chromosome ihre alten Schlupfwinkel aufgegeben und war auf eine der Inseln gezogen, die einen Kreis um die Ratskammer bildeten. Jede Insel war einzigartig und so angelegt, dass sie zu ihrem Bewohner passte. An windigen Tagen konnte sie den widerwärtigen Verwesungsgeruch von Necros' Hauptquartier riechen.

Eine leise, monotone Stimme hallte durch die Höhle, so, als würde der Raum selbst reden – was durchaus möglich war.

»Botschafter Grutt ist angekommen und möchte Sie sprechen.«

Chromosome runzelte die Stirn. Zum Rat gehörten Botschafter, die sich frei von Insel zu Insel bewegen konnten, um Probleme zu lösen und sicherzustellen, dass der Rat wirksam funktionierte. Obwohl es sich dabei um ganz normale Menschen handelte, die eine Menge Geld verdienten, genossen sie diplomatische Immunität und konnten Ratsmitglieder theoretisch für ihre Handlungen zur Rede stellen. Sie kamen selten unangemeldet vorbei.

Chromosome setzte sich aufrecht hin und ihr verletzter Flügelstummel faltete sich unter Knochen- und Muskelknacken tadellos in ihren Rücken. Sie rief ein kleines Getränketischchen aus der Ecke des Raumes herbei, das wie eine Hochgeschwindigkeitsschnecke herüberschlitterte und dabei eine Schleimspur hinter sich herzog.

»Herein«, befahl sie, während sie sich einen Drink einschenkte.

Die Türen der Kammer glitten geräuschlos auf und Botschafter Grutt trat ein. Er trug die offizielle purpurne Robe seines Amtes. Sein Gesicht entgleiste, als er die Kammer betrat; er war noch nie zuvor hier gewesen. Die Türen schlossen sich hinter ihm und gaben ihm das unangenehme Gefühl, soeben durch eine Herzklappe spaziert zu sein.

Sein dicker Bauch war auf das exzellente Essen zurückzuführen, das im Rat stets zur Verfügung stand. Da die Inseln in den Tropen lagen, überraschte es nicht weiter, dass er braun gebrannt war. Seine Augen waren ständig in Bewegung und er neigte zur Begrüßung kurz den Kopf.

»Danke, dass Sie mich empfangen, Chromosome.«

»Als bliebe mir eine andere Wahl«, sagte Chromosome kühl. Sie hasste die Bediensteten und Bürokraten, die die Ränge des Rates füllten. Sie beschloss, dass sie zu den ersten Dingen gehören würden, die sie abschaffte, wenn sie die Macht erlangt hatte. Sie würde sie alle durch Computer ersetzen.

»Was wollen Sie?«

Grutt rang nervös die Hände. Es schien ihm, als würden sich die Wände und Säulen leicht nach innen lehnen, als zöge sich der Raum zusammen.

»Ich wurde davon unterrichtet, dass Sie Machenschaften gegen das Establishment im Schilde führen.«

Chromosome blinzelte verblüfft. Was sie außerdem noch hasste, war die hochtrabende Ausdrucksweise des Botschafters.

»Wenn Sie mit Establishment den Rest der Welt meinen, dann ja. Darum bin ich hier. Wie wir alle.«

Mehr Händeringen.

»Wir erhielten einen anonymen Hinweis, dass ihre Pläne die Ausschaltung von Schlüsselpersonen des Rats vorsehen, um Ihre eigene Position zu verbessern.«

Chromosome glotzte ihn an und ihre Gedanken überschlugen sich, als sie nach einer passenden Antwort suchte. Ihre Legion tauchte aus den Schatten auf und umringte Grutt, bereit, jeden ihrer telepatisch übermittelten Befehle zu befolgen.

»Ihre Quelle hat meinen Plan, mich des Präsidenten der Vereinigten Staaten zu bedienen, missverstanden.«

»Ah, ja«, sagte Grutt und beäugte nervös die Legion um sich herum. »Der Präsident. Ein unglücklicher Patzer.«

Chromosomes Hand ballte sich mit einem hörbaren Knacken zur Faust. Ihre Augen wurden schmal. »Das war kein Patzer. Das war ein perfekter Plan, der aus Mangel an Unterstützung seitens des Rats schiefgegangen ist.«

»Sie haben nie Unterstützung beantragt.«

»Aber man hätte mir Unterstützung anbieten müssen. Ist das alles, was Sie zu sagen haben? Falsche Anschuldigungen, die im Umlauf sind? Lassen Sie mich doch in Ruhe.«

Der Botschafter blieb standhaft, obwohl seine Stimme vor Nervosität bebte.

»Das ist noch nicht alles. Ihr Misserfolg mit dem Präsidenten warf die Frage auf, weshalb Sie mit Hunter zusammenzuarbeiten scheinen.«

»Sind Sie wahnsinnig?« Chromosome stand auf und begann, ihn zu umkreisen. »In der Ratskammer hatte mich Necros persönlich damit beauftragt, den Jungen zu finden. Und Sie wagen es, mich zu verdächtigen, nur weil ich meine Arbeit erledige?«

Ihre Stimme wurde lauter und hallte durch den Raum. Es war so bedrohlich, dass Grutt unwillkürlich die Augen schloss und die Pobacken zusammenkniff.

»Wir haben eine E-Mail von außerhalb erhalten ...«

»Eine E-Mail?«, rief Chromosome ehrlich überrascht. Sie hatte sich gefragt, wer aus dem Rat sie verraten haben könnte. Doch nun musste sie gegen jemanden von außen antreten.

»J ... ja, eine E-Mail kam ...« Grutt verlor langsam die Nerven. Er hatte den anonymen Hinweis erhalten und war sofort hierhergekommen, um der Sache auf den Grund zu gehen. Nun wünschte er sich, er hätte sich die Zeit genommen, die Fakten zu überprüfen. »Es standen sowohl Einzelheiten über Ihre ... ähm ... angeblichen Pläne, Teile des Rats abzuschaffen darin, als auch darüber, wie Hunter Sie besiegt hat.«

In Chromosomes Gesicht flammte Zorn auf. Sofort wurde Grutt klar, dass »besiegt« kein gutes Wort war, wenn man vor einer der gnadenlosesten Superschurkinnen des Rates stand.

»Ich . . . ich meine, Ihnen durch die Lappen gegangen ist . . .«

Das war auch nicht besser.

Chromosome wusste sofort, wer die E-Mail geschrieben hatte. Unter normalen Umständen wäre dies nichts weiter als ein Dummejungenstreich. Aber der Rat des Bösen nahm jeden Hinweis ernst. Eine Reihe von Spam-Mail-Firmen war überraschend in Flammen aufgegangen, nachdem die E-Mail-Adresse des Rates den Weg zu ihren Servern gefunden hatte.

»Sieht so aus, als hätte man Sie an der Nase herumgeführt, Grutt. Sie sind Opfer eines Streichs geworden. Spam-Mail, weiter nichts.«

Grutt nickte, plötzlich ganz erpicht darauf zu gehen. Chromosome entspannte sich und ein Lächeln umspielte ihre Lippen.

»Aber es scheint ja noch kein Schaden angerichtet worden zu sein. Bevor Sie gehen, sagen Sie mir bitte, wen Sie darüber informiert haben? Es wäre äußerst peinlich, wenn andere Ratsmitglieder das in den falschen Hals bekommen würden, nicht wahr?«

Botschafter Grutt sank vor Erleichterung in sich zusammen, als sich die Anspannung im Raum löste. »Ich versichere Ihnen, ich habe niemandem davon erzählt.«

»Wirklich? Gut.«

Das Lächeln des Botschafters stockte. Ihre Worte hatten

irgendwie sehr abschließend geklungen. Und ihm fiel ein, dass es nie ein gutes Zeichen war, wenn Chromosome lächelte.

»Ich sollte jetzt gehen.«

Er wandte sich zum Gehen, doch das Trappeln winziger Füße ließ ihn nach unten sehen. Die Legion umzingelte ihn; die handtellergroßen Spinnen hatten sich auf die Hinterbeine erhoben und klickten bedrohlich mit ihren Reißzähnen.

Chromosome nahm wieder Platz und machte es sich gemütlich, indem sie die Beine übereinanderschlug und die Hände faltete. »Das glaube ich kaum, Botschafter. Ich nehme es nicht auf die leichte Schulter, wenn meine Loyalität infrage gestellt wird. Vor allem dann nicht, wenn Sie recht haben.«

Der Botschafter konnte nur noch nach Luft schnappen, als die Legion über seinen ganzen Körper krabbelte wie heiße Nadeln, die sein Fleisch verbrannten. Er schrie und fiel auf die Knie, als er von winzigen Mäulern gebissen wurde. Nach fünfzehn Sekunden erstarben seine schrillen Schreie abrupt; die Legion stob wieder in die Dunkelheit davon und ließ nur einen Haufen gebrochener Knochen zurück, die in zerrissene Gewänder gewickelt waren.

Chromosome dachte hastig nach. Sie musste Botschafter Grutts E-Mails löschen. Dann würde sie zurückschlagen und Hunters einzige Chance zunichte machen, die Erinnerung seiner Eltern wiederherzustellen.

Sie würde Psych töten.

Jake wusste, er würde verrückt werden, wenn er sich auch nur eine weitere Website anschaute. Er hatte beschlossen, noch intensiver auf Villain.net und im gesamten Internet zu forschen, um wenigstens ein Krümelchen Information über Psych zu erhalten. Aber er hatte nichts gefunden.

Er wurde unruhig und wie üblich machte ihn das wütend. Er wollte Mr Grimm kontaktieren, hatte aber keine Telefonnummer, keine E-Mail-Adresse, nichts. Immer war Grimm derjenige, der Kontakt aufnahm. Jake war überzeugt gewesen, dass er nach dem Zwischenfall mit der Freiheitsstatue etwas von sich hören lassen würde, aber wie es aussah, kam er so schnell nicht wieder.

Jake schüttelte den Kopf, als ihm bewusst wurde, dass er träge die bunten Funken betrachtete, die zwischen seinen Fingerspitzen hervorstoben; seine Kräfte rumorten in ihm, als hätte er Verdauungsprobleme. Er hatte noch nie gesehen, dass die Energie bei einem anderen Superhelden oder Superschurken Funken hervorrief, und fragte sich, ob das etwas damit zu tun hatte, dass die Kräfte in seinem Körper mutierten. Und wieder bereute er, damals die Spam-Mail von Villain.net geöffnet zu haben. Aber nun war es zu spät, man konnte die Zeit nicht zurückdrehen.

Jake war melancholisch zumute und er beschloss, seiner Familie einen weiteren Besuch abzustatten. Oft genug hatte Mr Grimm ihm gesagt, dass er das Hauptziel jedes Helden, Schurken oder Vollstreckers sei und dass er deshalb den Ball flach halten sollte. Doch das war Jake momentan völlig schnuppe. Er würde die Dinge auf seine Art regeln.

Jake teleportierte sich mit einem lauten Knall in sein altes Zimmer. Er war zu dem Schluss gekommen, dass seine Familie den Lärm, der von oben kam, nicht hören würde, da sie darauf konditioniert war, ihn nicht zu sehen oder zu hören. Außerdem umging er so die Bewegungsmelder draußen.

Er ärgerte sich darüber, dass sein Zimmer als Abstellraum für allerlei alten Schnickschnack herhalten musste. Genauso laut wie damals, als er noch hier gewohnt hatte, polterte er die Treppe hinunter – und hielt auf halbem Wege abrupt an. Der Flur war mit glitzerndem Lametta geschmückt und um die Tür rankte sich eine funkelnde Lichterkette. Obwohl er im Einkaufszentrum einen Christbaum zerstört hatte, hatte er total vergessen, dass Weihnachten vor der Tür stand; in den tristen grauen Mauern der leeren transsylvanischen Burg war das kein Wunder.

Er betrat das Wohnzimmer. Wie immer war seine Mutter hier mit der Dekoration über das Ziel hinausgeschossen. Der buschige Weihnachtsbaum war viel zu groß für den Raum und seine Spitze krümmte sich unter der Decke. Er leuchtete und funkelte dermaßen in der Zimmerecke, dass Jake sich an Las Vegas erinnert fühlte.

Er spürte einen Kloß im Hals. Als er noch klein gewesen war, hatten er und seine Schwester ihren Eltern dabei geholfen, den Baum zu schmücken. Die Vorweihnachtszeit hatte immer einen ganz besonderen Zauber gehabt. Aber als er älter und aufsässiger wurde, hatte er solch lästige Pflichten abgeschüttelt und die Bemühungen seiner Eltern, das Haus weihnachtlich zu gestalten, für selbstverständlich gehalten.

Er bemerkte eine Reihe von Weihnachtskarten auf dem Regal und griff danach. Auf keiner davon tauchte sein Name auf, nicht einmal auf der seiner Großmutter.

Jake fühlte sich vollkommen allein und folgte den Stimmen, die aus der Küche kamen. Seine Familie hatte sich zum Essen um den Tisch versammelt. Beth berichtete aufgeregt von ihrem Tag in der Schule. Seine Mutter lachte an den richtigen Stellen, auch wenn sie nebenher Zeitung las, und sein Vater nickte eifrig, während er im Fernsehen die Nachrichten verfolgte.

Jake zog einen leeren Stuhl heran. Seinen Stuhl. Niemand schenkte ihm auch nur die geringste Beachtung. Er wedelte mit der Hand vor Beths Gesicht herum, während sie weiterhin über ihre Rolle im Schulchor schwatzte. Sie reagierte nicht einmal, als er tat, als wollte er sie schlagen, und nur einen Millimeter vor ihrem Gesicht innehielt.

Jake war Luft für sie.

Er griff hinüber und angelte sich ein verkochtes Würstchen vom Teller seines Vaters. Dieser schien den Diebstahl gar nicht zu bemerken. Jake aß die Hälfte, verlor dann aber den Appetit und fühlte stattdessen nur Leere. Er hörte nicht auf das, was seine Familie sprach, die Wörter perlten wie Wasser an ihm ab. Es genügte ihm, dass sie beisammen waren.

Der alte Jake hätte jetzt mürrisch in seinem Essen herumgestochert, sich danach in seinem Zimmer versteckt oder sich nach draußen geschlichen, um mit Scuffer und den anderen Unsinn anzustellen.

Es kam ihm vor, als sei dies Millionen Jahre her.

Als plötzlich das Handy in seiner Tasche vibrierte, hob er ab, ohne vom Tisch aufzustehen, und sprach sehr laut, um die anderen zu übertönen.

»Ja?«

»Hunter, hier ist Mr Grimm. Ich . . . wo sind Sie? Wer spricht da im Hintergrund?«

Jake stand schnell auf und ging ins Wohnzimmer.

»Das war der Fernseher. Sie hatten recht in Bezug auf Chromosome. Sie hatte nicht vor, mir zu helfen.«

»Ich habe davon gehört. Es tut mir leid, dass es so ausgegangen ist.«

Die nächsten Worte fielen Jake schwer, vor allem nach den vergangenen Wochen. »Danke, dass Sie für mich aufgepasst haben.«

»Gewarnt sein heißt gewappnet sein. Ich habe Neuigkeiten, die Sie interessieren könnten. Es geht um Psych.«

»Wissen Sie, wo er ist?« Jakes Augen schweiften durch das Zimmer. Die weihnachtliche Atmosphäre weckte mehr denn je den Wunsch in ihm, wieder Teil seiner Familie zu sein.

»Nein. Sein Team hat sich vor einigen Jahren aufgelöst und er hat sich kürzlich unbemerkt zur Ruhe gesetzt.«

»Zur Ruhe gesetzt?«

»Wir alle werden älter. Und da es heutzutage immer weniger Helden gibt, gehen viele in Frührente. Sie ziehen sich aus dem Rampenlicht zurück, um eine höhere Lebenserwartung zu haben. Ich habe die Computer der Foundation überprüft – es gibt keinen Bericht darüber, wo er sich derzeit aufhält. Nur wenn er Geld braucht, erscheint er ab und zu auf der Bildfläche, um Aufträge anzunehmen. Ich habe keine Zeit, Sie in vollem Umfang zu unterstützen, deshalb müssen Sie die nächsten Schritte allein unternehmen. Aber Sie müssen sich beeilen, denn Chromosome hat ihre eigenen Mittel und Wege, ihn aufzuspüren. Ich vermute, dass sie nach den Prügeln und der Niederlage, die Sie ihr zugefügt haben, darauf aus sein wird, Ihnen eins auszuwischen, indem sie Psych umbringt. Das Gute am Rat des Bösen ist, dass sie alle ähnlich denken.«

»Also, was soll ich tun?«

»Psych war Teil eines Superheldenteams und ich habe die Adresse von einem der anderen Mitglieder. Avalanche. Ich werde Ihnen jetzt die Einzelheiten per SMS schicken. Finden Sie ihn, dann sind Sie Psych einen Schritt näher gekommen. Viel Glück.«

Die Leitung wurde unterbrochen, bevor Jake weitere Fragen stellen konnte. Wenige Sekunden später erhielt er eine SMS. Er hatte ein Ziel: die Türkei.

MENSCHENJAGD

Eilig ging Chromosome durch die Korridore der Zitadelle, die die mittlere Insel dominierte. Auf der obersten Ebene befand sich die Ratskammer, darunter waren Verwaltungsblöcke und Übernachtungsmöglichkeiten untergebracht. Das Reich des Bösen zu führen, war ein einträgliches Geschäft und die Profite gingen in die Milliarden. Seit der Rat des Bösen Lizenzen vergab, die es den Superschurken gestatteten, ihre zwielichtigen Pläne in die Tat umzusetzen, behielt er einen verteufelt hohen Prozentsatz der Beute für sich. Es war ein endloser Prozess, der ständige Überprüfung erforderte – welcher Superschurke war erfolgreich, welcher war noch am Leben, welcher hatte die richtige Lizenz und so weiter und so fort. Jeden Schurken, der versuchte, das System zu hintergehen, erwartete eine schwere Strafe: der Tod. Das erforderte eine Menge Verwaltungspersonal.

Chromosome war sich sicher, dass Botschafter Grutts Abwesenheit noch einige Stunden unbemerkt bleiben würde. Jetzt galt es, seine persönlichen Computerdateien zu löschen, um alle Spuren von Hunters E-Mail zu entfernen. Sie hätte sich dafür ohrfeigen können, dass sie ihn getötet hatte. Einen Superhelden zu töten oder einen jammernden Wachmann, war schön und gut, aber Personal des Rates umzubringen, wurde scharf kritisiert und führte häufig zu ausführlichen Befragungen. Mit Ärgernissen dieser Art konnte sich Chromosome momentan nicht herumschlagen.

Ohne den Präsidenten und den Zugang zu seiner militärischen Macht musste die Neugestaltung des Planeten noch ein wenig warten. Chromosome hatte drei weitere Ratsmitglieder davon überzeugen können, sie zu decken, doch das war kompliziert. Selbstverständlich konnte sie ihre Identität nicht preisgeben, weshalb sie einen Decknamen benutzte. Das Problem war, dass ihre Mitverschwörer ebenfalls Pseudonyme verwendeten, um anonym zu bleiben. Auf diese Weise kannte niemand die Identität der anderen. Das war nicht gerade zuträglich, wenn man eine Verschwörung bilden wollte. Chromosome ging durch Grutts Arbeitsbereich im Großraumbüro. Wenn man davon absah, dass die Zitadelle wie ein himmelwärts gerichteter gekrümmter Finger aussah, auf einem erloschenen Vulkan gebaut war und von den acht berüchtigtsten verbrecherischen Superhirnen geleitet wurde, die es gab, dann sahen die Büros aus wie in jeder anderen Firma. Menschen unterhielten sich am Wasserspender und die Arbeitsplätze waren mit modernen Rechnern ausgestattet, die an einen Quantum-Prozessor-Server angeschlossen waren (der mit künstlicher Intelligenz ausgestattet war und »Ernie« genannt wurde). Die Wände waren mit persönlichen Dingen geschmückt und in der Ecke stand sogar ein Weihnachtsbaum.

Chromosome ignorierte die neugierigen Blicke und die Menschen traten rasch zur Seite, um ihr Platz zu machen. Nur selten kam ein Ratsmitglied hier herunter. Sie erreichte Grutts Privatbüro und schlüpfte hinein. Sie brauchte nur wenige Momente, die E-Mail und das Computerlaufwerk zu löschen. Chromosome hatte dafür gesorgt, dass ihre Legion die Knochen im Ozean verschwinden ließ. Da zerklüftete Klippen die neun Inseln umgaben, gab es keine Strände, an denen Beweise angespült werden konnten. Es war nur ein einfaches Verbrechen. Jetzt konnte sie an ihren eigenen Zielen weiterarbeiten und Psych aufstöbern.

Der Zwischenfall mit Grutt war ihr eine Lehre gewesen, nicht allzu voreilig zu sein. Wenn sie den Superhelden als Geisel nahm, könnte sie Jake noch immer dazu zwingen, ihr bei der feindlichen Übernahme des Ratsvorsitzes zu helfen.

Und dann würde sie Psych töten.

Jake suchte unter den Bäumen des Universitätscampus Schutz. Es war ein heißer Tag. Schweiß tropfte ihm von der Stirn und seine Haut juckte wie verrückt. Er hatte sich mit Sonnencreme eingerieben, doch seine lichtempfindliche Haut kribbelte trotzdem.

Grimm hatte ihm ein Bild geschickt und einen Ort genannt. Der Mann, der einst als Avalanche bekannt gewesen war, lehrte jetzt auf dem Sisli Campus der Universität

Istanbul unter seinem richtigen Namen Amr Munir. Er unterrichtete angehende Krankenschwestern und -pfleger – den Beruf hatte er selbst ausgeübt, bevor er rund um die Welt Verbrecher jagte.

Jake stand zwischen dem Hauptgebäude und dem Parkplatz. Er wollte nicht riskieren, sich Munir in der Öffentlichkeit zu nähern, und er wollte keinen Kampf provozieren. Sein Plan war ganz einfach. Er würde warten, bis er Munir irgendwo allein erwischte, und dann würde er ihn um Hilfe bei der Suche nach Psych bitten.

Es war mitten am Nachmittag und in der Ferne konnte Jake hören, wie der Muezzin die Muslime zum Gebet rief. Munir kam aus dem Gebäude, ging um den Springbrunnen am Eingang und durchquerte den Park zu seinem Auto. Jake versteckte sich hinter ein paar Bäumen und beobachtete ihn. Amr Munir war Mitte fünfzig, hatte feines graues Haar, tiefbraune Haut, einen buschigen Oberlippenbart und orientalische Gesichtszüge. Er trug einen hellbeigefarbenen Anzug, hatte eine Aktentasche bei sich und sah durch und durch wie ein respektabler Dozent aus. Er hielt sich so aufrecht, als hätte er einen Besenstiel verschluckt, doch Jake bemerkte ein leichtes Hinken, wohl eine alte Verwundung aus seinen Tagen als Superheld. Er kletterte in einen S-Klasse-Mercedes und fuhr davon.

Jake schoss senkrecht in den klaren blauen Himmel. Es gab keine Wolkendecke, aber er wusste, dass der zufällige Beobachter am Boden glauben würde, er sei nichts weiter als ein großer Vogel, wenn er erst einmal ein paar Hundert

Meter weit oben wäre. Er verfolgte Munirs Auto, als es nach dem Tor rechts abbog und dem Zubringer folgte, um auf die Hauptautobahn zu gelangen, die durch diesen Teil der Stadt führte.

Jake gab acht, welchem schwarzen Auto er folgte. Wenn er sich auch nur kurz ablenken ließ, würde er womöglich dem falschen nachjagen. Auf der dreispurigen Autobahn wimmelte es nur so von Pendlern und Lastwagen. Er verfolgte Munir, der in östlicher Richtung weiterfuhr, und gelangte in die Wohngebiete der Stadt. Diese lagen am Ufer des Bosporus, der breiten Wasserstraße, die Istanbul in zwei Hälften teilt und den europäischen vom asiatischen Kontinent trennt. Wenn sich Jake an den Erdkundeunterricht hätte erinnern können, dann hätte er gewusst, dass Istanbul als einzige Stadt der Welt auf zwei Kontinenten lag. Aber immerhin erinnerte er sich daran, dass die Türken eine halbwegs passable Fußballnationalmannschaft hatten.

Vor sich sah Jake das Glitzern der Sonne auf dem breiten Streifen Wasser und die Hängebrücke, die die Kontinente verband. Munirs Auto war der denkbar diskreteste Platz für ein Gespräch mit ihm.

Der Mercedes rollte auf die Brücke. Jake flog voraus und setzte sich auf den ersten Pfeiler, der hundertfünf Meter hoch aufragte; dort wartete er darauf, dass Munir vorbeifuhr. Sobald er sich näherte, stürzte sich Jake senkrecht nach unten. Sein Magen machte einen kleinen Sprung, als er mit hoher Geschwindigkeit auf das Dach des Mercedes zuraste. Im letzten Moment driftete er durch das Autodach und landete mit solcher Wucht auf dem Rücksitz, dass das ganze Fahrzeug schaukelte. Munir starrte neugierig in den Rückspiegel, scherte aus und überquerte unter dem Hupen der anderen Autos die drei Spuren bis zum Seitenstreifen. Er trat auf die Bremse und das Auto kam schlitternd zum Stehen. Durch den Schwung prallte Jake mit dem Kopf gegen den Beifahrersitz.

»Wer bist du?«, fragte Munir, als er sich umdrehte.

»Ich heiße Jake Hunter.« Jake beobachtete ihn, um herauszufinden, ob ihm der Namen etwas sagte. Keine Antwort. »Ich werde Ihnen nichts zuleide tun.«

»Raus aus meinem Auto!«

»Ich brauche Ihre Hilfe, Avalanche.« Wieder schaute er den Mann an und wartete auf eine Reaktion, doch es kam keine. Einen Augenblick lang dachte er, er sei im falschen Fahrzeug gelandet.

»Ich heiße Amr Munir und ich fordere Sie nochmals auf, auszusteigen.«

Munir reagierte nicht, wie ein normaler Mensch reagiert hätte, wenn jemand durch das Dach seines fahrenden Autos gedriftet wäre. Aus seiner Reaktion sprach jahrelange Erfahrung im Umgang mit Superhelden und Superschurken.

»Sie waren als Avalanche bekannt, ehemaliges Mitglied des Gerechtigkeitsbundes, bevor Sie sich zur Ruhe setzten.«

Munir schaute Jake einen Moment lang in die Augen. Dann hob er plötzlich die Hand und feuerte seine Superkraft auf Jake ab.

Schnee sprühte schwach aus seinen Händen, wie die letzten Tropfen aus einer Spraydose. Armselig schwebte er hinten im Auto umher.

Munir schüttelte frustriert den Kopf. »Verdammt!«

»Immer mit der Ruhe! Ich möchte doch nur mit Ihnen reden!«

Munir hörte überhaupt nicht zu. Er untersuchte mit trauriger Miene seine Fingerspitzen. »Das baut jetzt so schnell ab«, murmelte er. Dann schaute er Jake an und aller Trotz war aus seinen Augen gewichen. »Bist du gekommen, um mich zu töten?«

»Ich sagte doch schon, dass ich mich nur mit Ihnen unterhalten möchte. Wer könnte Sie denn töten wollen?«

»Ich habe mir in meiner Zeit im Gerechtigkeitsbund viele Feinde gemacht. Einige Superschurken schleppen einen mächtigen Groll mit sich herum.«

»Was Sie nicht sagen«, murmelte Jake. »Und was ist mit Ihren Superkräften? Werden die auch alt?«

»Leider ja. Deshalb teilen die meisten von uns sie freiwillig mit der Hero Foundation. Ich würde alles dafür geben, wenn sie so stark wären wie in meiner Jugend. Das ist ein herber Verlust, so als würde man eine alte Liebe verlieren.« Er schaute einen Moment lang verträumt weg, bevor er Jake musterte.

»Du bist ein Downloader?«

»Merkt man das?«

»Teleportation, fliegen, durch mein Autodach driften. Ja, man merkt es. Normalerweise würde man erwarten, dass du fliegen kannst, vielleicht Eis aus deinen Fingerspitzen schießen . . . und dann hättest du noch eine weitere, fast nutzlose Kraft, zum Beispiel Löffel verbiegen. Downloader haben Glück. Sie haben die Wahl. Also, warum bist du zu mir gekommen?«

»Ich muss Ihren Kollegen Psych finden. Können Sie mir sagen, wo er ist?«

»Was willst du von ihm?« Jake hörte die Ablehnung in seiner Stimme.

»Er hat mich aus der Erinnerung meiner Familie gelöscht. Sie sieht oder erkennt mich überhaupt nicht. Ich möchte sie zurückhaben.«

Munir dachte einen Augenblick darüber nach.

»Wenn ich je wusste, wo er sich aufhält, oder wenn ich seinen richtigen Namen kannte, dann hat er das zweifellos aus meinen Erinnerungen gelöscht. Er war schon immer ein Rebell. Nie führte er Befehle aus und er häufte riesige Spielschulden an. Ich war so froh, als ich ihn nur noch von hinten sah.«

»Ich dachte, in Ihren Superteams sind alle gute Freunde?«

Munir lachte laut. »Ach, du bist noch so jung! Nein. Genau das führte ja zur Auflösung des Gerechtigkeitsbundes. Eine Zeit lang hat es riesigen Spaß gemacht, aber wir lernten bald, die Gewohnheiten der anderen zu hassen. Kleinigkeiten führten zu großen Streitereien. Einmal hat einer von uns einen kompletten Wohnblock abgefackelt, nur weil Psych das ganze Toilettenpapier verbraucht hatte!«

Jake lächelte. Das Gefühl kannte er.

Munir fuhr fort: »Aber Psych war wirklich ein Problem. Meiner Meinung nach war er nur einen kleinen Schritt davon entfernt, ein Schurke zu sein. Ich frage mich, auf welcher Seite du eigentlich stehst?«

»Auf meiner eigenen.«

Munir nickte, zufrieden über diese Antwort. »Er sorgte zusammen mit einem anderen Gruppenmitglied, einem sehr hübschen Mädchen, das sich Hooded Harrier nannte, für Unruhe.« Er lächelte Jake erwartungsvoll an, dann schüttelte er den Kopf, als klar wurde, dass ihm der Name nichts sagte.

»Das war vor deiner Zeit. Sie war eine Schönheit, Schottin mit dem dazugehörigen feurigen Temperament. Eine Zeit lang hatten sie etwas miteinander, aber wie das bei Beziehungen zwischen Kollegen oft vorkommt, kam es natürlich zu Spannungen. Es gab Streitereien und sie trennten sich. Über Nacht löste sich der Gerechtigkeitsbund auf. Die Verfechter der Weltsicherheit, die Verteidiger der Unterdrückten ... aufgelöst wegen einer gescheiterten Liebesaffäre.«

Jake fühlte sich plötzlich unbehaglich, als ihm Lorna in den Sinn kam.

»Wüsste diese ›Hooded Harrier‹, wo Psych steckt?«

Munir nickte. »Ich habe gehört, dass sie noch eine Weile in Kontakt blieben; wir blieben alle in Kontakt. Aber wir gingen getrennte Wege, zogen uns aus dem Superheldendasein zurück und wählten gesetztere Karrieren.«

»Können Sie mir sagen, wo ich sie finde?«

»Bedeutet es dir so viel, Psych zu finden?«

»Es bedeutet alles für mich. Es ist alles, was mich im Moment überhaupt noch weitermachen lässt.«

Munir musterte ihn von oben bis unten, dann schloss er die Augen und gab nach.

»Dann werde ich dir sagen, wo du sie finden kannst, Hunter. Aber erwarte kein allzu herzliches Willkommen von ihr.«

»Sag mir, wo ich den Superhelden finde, den sie Psych nennen.«

Ein dunkles Rumoren war die Antwort, ein sicheres Zeichen dafür, dass Ernie nachdachte. Ein holografisches Display zeigte einen riesigen Klumpen, der permanent in Bewegung war. Ursprünglich war Ernie so programmiert gewesen, dass er ein menschliches Gesicht hatte. Doch weil es immer so sarkastisch dreinschaute, waren alle abgelenkt, weshalb es durch eine Kugel ersetzt worden war, die sich krümmte und zusammenzog, je nachdem, wie beschäftigt das System war. Ernie hatte seine eigene Programmierung bereits verändert und ein Farbprogramm hinzugefügt, mit dem er anzeigen konnte, was er von den Aufgaben hielt, die ihm gestellt wurden.

»Momentan ist kein Bericht über seinen Aufenthaltsort gespeichert.«

Chromosome hatte angenommen, dass dies der Fall sein würde. Sie schaute sich in dem leeren Raum um, dessen

Wände mit dreieckigen Schalldämpfern gepolstert waren, damit Gespräche nicht belauscht werden konnten. Das Zimmer war als absolut sicherer Zugriffsort für die Kommunikation mit Ernie angelegt. Kein Tippen, keine Protokolle, die verfolgt werden konnten, und kein System, in das man sich einhacken könnte wie in einen herkömmlichen Computer.

»Hast du seinen Namen mit allen Informationen über den Gerechtigkeitsbund abgeglichen?«

Ernies Farbe veränderte sich zu einem schwachen Rot, ein Zeichen, dass er sich ärgerte.

»Natürlich habe ich das, ebenso mit seinen Pseudonymen, mit Listen von Superschurken, die er überführt hat, und mit Schulberichten. Nichts half dabei, ihn aufzustöbern.«

Chromosome machte ein finsteres Gesicht. Sie hasste es, mit Ernie zu sprechen; sein Ton erinnerte sie an ihren ersten – und einzigen – Freund. Er war ebenfalls sarkastisch gewesen, bis hin zu seinen letzten Worten. Sie bereute es nicht, ihn umgebracht zu haben, würde sich aber immer daran erinnern, wie er sie verhöhnt hatte: »Yeah, alles klar. Als wärst du in der Lage, mich mit dieser Klaue zu erstechen!«

»Ernie, du hast einen Quantenprozessor, mit dem du Daten in unglaublicher Geschwindigkeit und durch multiple Dimensionen analysieren kannst. Sicherlich kannst du voraussagen, wo er sein wird?«

Ernie rumpelte wieder, als er die Frage verdaute, und seine Farbe veränderte sich zu neutralem Weiß, als sicheres Zeichen dafür, dass er die Möglichkeiten berechnete.

»Es wäre denkbar. Aber es bedarf einer Menge Prozessorkraft, um eine mögliche Zukunft zu berechnen. Das ist zur Abwechslung mal wirklich eine interessante Aufgabe.«

Stille erfüllte den Raum. Chromosome verschränkte die Arme und trommelte ungeduldig mit den Fingern auf ihre Ellbogen. »Nun? Wie lange wird es dauern?«

»Wenn ich mit allen Systemen, die nicht unbedingt notwendig sind, offline gehe, vielleicht zwei Tage.«

»Wir haben nur einige Stunden Zeit. Tu alles, was nötig ist.«

Ernie steuerte das gesamte Leben auf den Inseln: Sicherheitssysteme, See- und Luftverteidigung, jeden Computer in der Zitadelle und auch alles andere, einschließlich der Süßigkeitenautomaten.

»Und Ernie, falls jemand fragt, sag nicht, was du da gerade machst. Dies ist eine Ratsoperation mit oberster Priorität. Zugriff nur bei Informationsbedarf. Und das einzige Ratsmitglied, das dieser Information bedarf, bin ich.«

Es würde einiges an Stirnrunzeln erregen, wenn fast alle Systeme vom Netz gingen, aber Chromosome befand sich in einem Wettlauf mit der Zeit.

Sie musste Psych finden. Das Gelingen ihres Plans hing davon ab.

Jake untersuchte die ausgedruckte Karte in seiner Hand. Durch den starken Regen war die Tinte verlaufen, sodass sie fast unleserlich geworden war. Seit er in Glasgow angekommen war, regnete es und der Himmel war dunkelgrau. Er war einige Minuten lang in der Stadt herumgeflogen, bevor er schließlich dem Fluss Clyde in südöstlicher Richtung bis zu einem Ort namens Rutherglen gefolgt war.

Er landete in einer Baumreihe neben Bahnschienen und ging zu der düsteren Wohnsiedlung hinüber. Das ausgebrannte Auto neben ihm sagte alles, was er wissen musste. Öde vierstöckige Wohnblocks umgaben Jake und er fühlte sich beengt. Die Gegend erinnerte ihn an Diablo Island. Laute Musik und schrille Stimmen hallten schaurig durch die Betonschluchten. Die spärliche Weihnachtsdekoration trug nicht gerade dazu bei, den Ort aufzuheitern.

Jake fand die Adresse, die er gesucht hatte, und ging das Treppenhaus bis zum obersten Stockwerk hinauf. Es stank wie in einer öffentlichen Toilette. Bestürzt schaute er sich um. Es war die Art Wohnsiedlung, die den Menschen, die dort lebten, wenig Chancen bot. Er selbst war schon immer ein Unruhestifter gewesen, ein Schläger, der dazu bestimmt war, auf die schiefe Bahn zu geraten, obwohl er als behütetes und wohlhabendes Kind aufgewachsen war. Er schämte sich, das alles weggeworfen zu haben. Ganz egal, wie mies diese Umgebung war – er wusste, dass aus den meisten Menschen hier etwas Besseres werden würde als aus ihm.

Er gelangte an eine Tür, deren blaue Farbe abblätterte, und klopfte. Jake hörte, wie eine Kette geöffnet wurde, dann ging die Tür nach innen auf. Sandra Sinclair, alias

Hooded Harrier, starrte ihn an. Sie war beinahe fünfzig, sah aber trotz ihres grimmigen Gesichtsausdrucks viel jünger aus.

»Hi«, begann Jake, bevor die Frau zur Seite trat und eine Fleischwand durch den schmalen Korridor auf ihn zugerast kam. Er hörte ein Brüllen wie von einem verwundeten Löwen, erhaschte Blicke auf einen blauen Overall und mächtige Schultern, die Furchen in die eng stehenden, verputzten Wände kratzten. Jake richtete sein Augenmerk auf eine Faust, die etwa die Größe einer Bowlingkugel hatte – und in seinem Gesicht landete.

Jake wurde den Betonbalkon hinuntergestoßen und segelte quer über den Parkplatz, bevor er auf einem verrosteten Lieferwagen landete, der unter ihm zerdellt wurde und dessen Fenster barsten.

Sein omnipräsentes Kraftfeld hatte den Schlag zwar gedämpft, trotzdem war er angeschlagen. Er blickte nach oben und sah eine unvorstellbar große Gestalt vom Balkon herunterspringen. Es war Scuffer. Jake war geradewegs in eine Falle getappt. Ob Munir ihn ausgeliefert hatte oder ob die Vollstrecker einfach nur Glück gehabt hatten, wusste er nicht. Aber es geschah ihm recht, er hätte den Superhelden nicht am Leben lassen dürfen, selbst wenn er schon pensioniert war.

Scuffer hob mühelos einen Kleinwagen hoch und schleuderte ihn auf Jake. Jake rollte zur Seite und fiel auf den Asphalt, gerade als Scuffer das Auto auf den Lieferwagen heruntersausen ließ.

Vollstrecker rannten aus Sinclairs Wohnung und verteilten sich auf dem Balkon, wobei sie mit ihren Gewehren auf das Geschehen unter ihnen zielten. Jake verfluchte sich für seine Leichtsinnigkeit. Er versuchte, auf die Füße zu kommen, aber ein weiterer Schlag traf ihn. Durch seine Wucht wurde Jake dreißig Meter nach hinten geschleudert. Er krachte durch schlanke Baumstämme, die den Bahndamm säumten. Holz splitterte bei jedem Aufprall und die Bäume stürzten mit einem lauten Knacken um.

Jake schlug auf den Bahnschienen auf und rollte noch eine Weile weiter, bevor er anhalten konnte. Er atmete schwer und zwang sich, die Augen zu öffnen. Eines war bereits geschwollen. Er sah, dass er neben einem Bahnhof zwischen den Gleisen lag. Nur wenige Menschen standen auf dem langen schmalen Bahnsteig. Einer davon war so in seine Zeitung vertieft, dass er nicht einmal aufschaute. Ein anderer hörte Musik auf seinem iPod und sang laut und schief mit; er hatte dem Geschehen den Rücken zugekehrt.

Scuffer bahnte sich seinen Weg zum Bahndamm hinunter und sein riesiger deformierter Kopf drehte sich von einer Seite zur anderen, während er laut schnüffelte. Das Geräusch war ekelhaft, es klang, als hätte er die Nase voller Schleim. Er fasste Jake ins Auge und brüllte, wobei er sich mit einer seiner mächtigen Fäuste gegen die Brust schlug wie ein geistesgestörter Gorilla. Was für eine mutierte Superkraft das auch immer gewesen war, die er damals auf Scuffer geschleudert hatte, dachte Jake, sie hatte ihn in eine Killermaschine verwandelt, die nicht von der dürftigen Intelligenz angetrieben wurde, die sein alter Freund einmal besessen hatte, sondern von purem tierischem Instinkt.

Drohend kam Scuffer auf Jake zu. Aus den Augenwinkeln sah Jake seine Chance. Er stürzte sich auf den Unhold, packte ihn um den Hals und drückte Scuffers Kopf nach hinten – gerade als ein Nahverkehrszug in hoher Geschwindigkeit und mit kreischendem Pfeifen heranschoss.

Jake presste Scuffers Kopf gegen die vorbeirasende Stahlwand. Die Wagenfenster zersplitterten und das Metall verbog sich. Einen Moment lang hoffte Jake, Scuffer würde zusammenbrechen. Doch dann war der Zug vorüber und das Monster schlug Jake mühelos von sich weg. Der Aufprall schien ihm überhaupt nichts ausgemacht zu haben.

Jake kam wieder auf die Füße und hetzte mit einem Satz auf den Bahnsteig. Scuffer folgte ihm mit einem einzigen langen Sprung. Jake hörte, wie Scuffer hinter ihm landete, und drehte sich um. Er konnte sich gerade noch ducken, als eine Faust herumwirbelte und das Bahnhofsschild direkt über Jakes Kopf zertrümmerte.

Jake sprintete den Bahnsteig entlang und zwischen den beiden selbstvergessenen Pendlern hindurch. Scuffer folgte ihm wie ein wild gewordener Elefant. Jake wusste, dass er einfach davonfliegen könnte – nicht einmal Scuffer konnte hoch genug springen, um ihm zu folgen. Aber dann hätte er keine Möglichkeit mehr, mit Hooded Harrier zu sprechen.

Er musste Scuff und die Vollstrecker loswerden, wenn er Psych finden wollte.

Scuffer holte auf. Jake flog vorwärts, nur einen Meter über dem Boden, aber schnell genug, um den Abstand zu vergrößern und sich die Zeit zu verschaffen, einen Plan auszuhecken. Nördlich des Bahnhofs lag ein Verschiebebahnhof mit langen Reihen von Schienenfahrzeugen. Um den Verschiebebahnhof herum befand sich ein Industriegebiet und östlich davon ragten die Stahlträger einer riesigen Baustelle in den Himmel.

Jake landete zwischen schweren Schotterwagen aus Eisen, die oben offen und mit Kalkstein gefüllt waren. Ihm blieb ein Moment zum Nachdenken. Scuffer besaß unglaubliche Kraft, eine feine Spürnase und konnte weit springen. Jake bezweifelte, dass er den Kampf durch Stärke gewinnen konnte, und offensichtlich würde er sich auch nicht lange vor ihm verstecken können. Es musste das Beste aus seinen anderen Kräften machen. Jake zuckte zusammen, als er spürte, wie sich seine Brust und sein Auge regenerierten. Zum ersten Mal musste er den Feind austricksen. Und die Tatsache, dass es sich dabei um Scuffer handelte, war einfach nur peinlich.

Das Unheil verkündende Knirschen von Kies und ein schroffes Keuchen signalisierten Jake, dass Scuffer ihn eingeholt hatte. Jake kniete sich hin und linste zwischen den Rädern des Waggons hindurch. Er konnte Scuffers Füße sehen, als er auf der anderen Seite des Güterwagens herumschlich. Jake hielt den Atem an, als Scuffer stoppte. Er konnte hören, wie er schnupperte. Dann sah er erleichtert, dass die Füße geradewegs von ihm wegliefen.

Jake fragte sich, ob er Scuffer wohl festnageln konnte, indem er die Waggons auf ihn stürzte. Offenbar hatte Scuffer eine ähnliche Idee ...

Jake hörte rasche Schritte und schoss instinktiv nach oben – gerade als Scuffer nach einem langen Anlauf in einen der Schotterwagen sprang. Der Waggon dröhnte durch die Wucht des Aufpralls und sprang von den Schienen. Tonnen an Ladung schwankten eine Sekunde lang, bevor sie umkippten. Die Kalksteinfracht ergoss sich an genau der Stelle über die Schienen, an der Jake eben noch gekauert hatte.

Jake schwebte über dem Monster und entfesselte eine starke radioaktive Ladung. Die grüne Welle war so heftig, dass sich die Luft kräuselte und Scuffer von den Füßen gerissen wurde. Die Hitze ließ den Schienenabschnitt, auf dem er stand, wie Schokolade schmelzen.

Scuffer rollte nach hinten und Jake setzte die Angriffe fort, bis Scuffer gegen einen röhrenförmigen silbernen Tankwaggon krachte, der mit flüssigem Erdgas gefüllt war. Die radioaktive Hitze brachte die Ladung zum Explodieren.

Der orangefarbene Feuerball blendete ihn. Eine unsichtbare Druckwelle traf Jake und wirbelte ihn durch die Luft über den Verschiebebahnhof hinweg und in eine Reihe von Schiffscontainern.

Die Explosion riss einen Krater mitten in den Verschiebebahnhof. Die Hitze versengte Jake die Augenbrauen, als der Feuerball wie eine explodierte Mini-Atombombe zu den grauen Wolken aufstieg. Einen Moment lang rührte sich nichts außer den brennenden Resten des Tankwaggons und dem dumpfen Prasseln des Regens. Schwarzer Rauch hüllte den Verschiebebahnhof ein wie dichter Nebel.

Jake versuchte, auf die Füße zu kommen, aber er stürzte vornüber – sein Bein war in die völlig falsche Richtung verdreht und ein spitzer Knochen ragte heraus. Schmerz durchzuckte ihn, aber er wusste, dass seine Superkräfte die Höllenqualen, die er eigentlich spüren müsste, dämpften. Krachend drehte sich sein Bein ganz von allein wieder zurück und begann zu heilen.

Die Wucht der Explosion hatte ihn überrascht; sicherlich hätte sie einen Riesen umbringen können. Doch dann bemerkte er eine Bewegung im Rauch und seine Kinnlade klappte nach unten. Scuffer erhob sich aus den Flammen. Seine Haut war rot und roh und mit Schnitten übersät.

Er trommelte sich gegen die Brust und brüllte zum Himmel.

Jake überkam allmählich das entmutigende Gefühl, dass sein alter Kumpel Scuffer unzerstörbar war. Das war ein *Riesen*problem.

ENDSTATION

Alle Techniker im Hangar redeten gleichzeitig, als sie versuchten, auf die Computersysteme und internen Telefonleitungen zuzugreifen. Jeder einzelne erhielt die Meldung »System beschäftigt«. Chromosome hatte – mit einem kleinen Teil ihrer Legion im Schlepptau – den Hangar betreten. Er bestand aus einer riesigen Fläche, in der die privaten Diskus-Shuttles untergebracht waren, die der Rat benutzte. Sie waren schnell, bequem und tauchten nicht auf den Radarschirmen auf; von der Größe her reichten sie vom privaten Shuttle bis hin zum riesigen Truppentransporter mit mobilen Kommunikationszentren, die im Wesentlichen aus einer Reihe von Monitoren und Videokameras für jedes der Ratsmitglieder bestanden, damit diese mit den weltweit verteilten Superschurken in der Privatsphäre des Cyberspace kommunizieren konnten, ohne die Insel verlassen zu müssen.

Chromosome bevorzugte die kleineren Shuttles, wie das, das Hunter auf Liberty Island zerstört hatte. Aber gerade jetzt eines zu bekommen, erwies sich als schwierig. Da Ernie die gesamte Prozessorkraft auf ihr Geheiß hin umgeleitet hatte, war Chaos auf der Insel ausgebrochen. Anfangs hatten manuelle Alarmglocken geschrillt, die auf einen Angriff hindeuteten. Als klar wurde, dass Ernie das System abgeschaltet hatte, fiel der Verdacht auf den einzelgängerischen Superschurken Basilisk und sein Team. Sie hatten bereits Hero.com erfolgreich lahmgelegt. Machten sie sich jetzt auch an Villain.net heran? Wiederholte Anfragen an Ernie führten zu nichts.

Chromosome hatte eine Weile gebraucht, um zum Hangar zu gelangen, da die Korridore voller Personal waren, das wie Arbeiterinnen in einem Ameisenhaufen umhereilte. Irgendwann hatte sie Fall-out in einem der Korridore auftauchen sehen und sich davongeschlichen. Er war zwar möglicherweise einer ihrer Mitverschwörer, doch ohne Bestätigung wollte sie keinem der anderen Ratsmitglieder begegnen, um nicht aufgehalten zu werden.

Chromosome ging die erhöhte Plattform hinten im Hangar entlang, wo sich die wichtigsten Transportbüros befanden – die Luftverkehrskontrolle und der Kommandoposten, der ihr Ziel war.

Innen sah der Kommandoposten aus wie die Rezeption einer Autovermietung. Eine Theke teilte den Raum in zwei Bereiche und dahinter saß ein gelangweilt blickender Mann auf einem Hocker. Er sah nervös auf, als Chromosome eintrat, und legte sein Nintendo weg. Die Legion wieselte hinter ihr her und schloss eilig die Tür.

»Chromosome, Ma'm. Ich habe Sie heute nicht hier erwartet.«

»Ich brauche einen Shuttle.« Chromosome dachte an die

guten alten Zeiten zurück, als man noch zum Spaß Superschurke war und aus einem Bauchgefühl heraus arbeitete. Damals wäre es kein Problem gewesen, auf den Pilotensitz eines Flugobjekts zu springen und einfach zu starten. Aber mit den derzeitigen Regelungen des Rats war das so ein Papierkrieg!

»Ah, die Computer sind momentan abgeschaltet.«

»So? Meine Angelegenheiten dulden keine Verzögerung! Geben Sie mir die Zündkarte.« Wie moderne Autos konnten die Shuttles nur in Betrieb genommen werden, wenn der Pilot die richtige Zündkarte hatte. Sie ähnelte einer Kreditkarte und mit ihr konnten das Luftschiff aufgeschlossen und die Motoren angelassen werden.

Der Mann leckte sich nervös über die Lippen. Es war nie gut, mit einem Ratsmitglied zu streiten. Aber andererseits waren das doch Regeln, die der Rat selbst aufgestellt hatte.

»Haben Sie das Formular B161?«

Chromosome legte beide Hände auf die Theke, beugte sich vor und setzte ein strahlendes Lächeln auf. Als sie sprach, klang ihre Stimme verführerisch.

»Aber ich brauche diese dummen Formulare doch nicht, oder?«

Dem Mann brach der Schweiß aus und er hatte das Gefühl, dass sich sein Gehirn durch die Ohren davonmachen wollte. Er kannte zwar die Regeln, aber die süße Melodie ihrer Stimme überzeugte ihn davon, dass alles in Ordnung war.

»N-nein. Natürlich nicht.«

»Dann geben Sie mir die Zündkarte für einen Shuttle.«

Der Mann drehte sich halb um, dann setzte sich jedoch seine eifrige Beamtenseele durch und er runzelte die Stirn, als ihm etwas einfiel.

»Aber Sie haben doch schon einen da draußen . . .«

Ärger durchzuckte Chromosomes Gesicht und der Bann war gebrochen. Ihre Überzeugungskraft wirkte nur dann, wenn sie einen unbeschwerten Ton beibehalten konnte, und im Moment war sie so gestresst, dass sie ihn anfuhr.

»Er wurde zerstört, Sie Blödmann! Deshalb will ich ja einen neuen! Und, nein, ich fülle nicht schon wieder eines Ihrer albernen Versicherungsformulare aus!« Sie hatte versucht, den Verlust des Shuttles über das automatisierte Telefonsystem des Rats zu melden, hatte sich dann aber verheddert, als sie die falsche Zahl auf der Tastatur des Telefons gedrückt hatte. Das System war die Inkarnation des Bösen schlechthin.

Der Beamte hatte sich inzwischen wieder gefangen und verschränkte trotzig die Arme.

»Sie kennen ja die Regeln, Ma'am. Ich tue nur . . .«

»Bitte! Sie müssen einfach!« Da war sie wieder, die betörende Stimme, und erinnerte den Mann kurz an seine Tochter, wenn sie um ein Weihnachtsgeschenk bettelte. Er lächelte und tätschelte Chromosomes Hand, ohne dass ihm bewusst war, was er da tat.

»Aber natürlich, keine Sorge. Ich kümmere mich darum.«

Er tippte einen Code in den Safe unter der Theke und zog

eine kleine Karte heraus, die er Chromosome aushändigte. Sie griff danach, doch er ließ die Karte nicht los.

»Wie heißt das Zauberwort?«, sagte er in väterlichem Tonfall.

Chromosome war zu wütend, um den Schein zu wahren. Sie legte einen Finger auf seine Lippen, um ihn zum Schweigen zu bringen.

»Danke. Sie werden niemandem etwas davon sagen.«

Sie nahm den Finger wieder weg – und das Lächeln des Mannes erstarb, als zwischen seinen Lippen rasch eine Haut zu wachsen begann. Sie hatte die Konsistenz von geschmolzenem Käse, doch schon bald bedeckte das zähe Fleisch seinen Mund, bis es so aussah, als hätte er nie einen gehabt. Dann verschlossen sich seine Nasenlöcher; der Mann fiel zu Boden und krallte sich die Hände ins Gesicht. Er erstickte.

Chromosome beobachtete seinen Kampf interessiert, dann kam ihr in den Sinn, dass sie aufhören sollte, so willkürlich Leute umzubringen. Sie würde Ärger bekommen und hatte jetzt keine Zeit, die Leiche verschwinden zu lassen, wie sie es mit Grutt getan hatte. Rasch durchquerte sie den Hangar und ging zum Shuttle, wo sie warten würde, bis Ernie Psychs Aufenthaltsort verkündete.

Was sie nicht wusste, war, dass Grutts Überreste gefunden worden waren. Genau in diesem Moment starrte Necros auf das Häufchen Knochen und Gewänder und zog die richtigen Schlüsse ...

Mit einem einzigen Schlag zerschmetterte Scuffer die Eisenbahnschwellen, so schnell, wie Jake ihm die schweren Betonbohlen entgegenschleuderte. Scuffers gesamter Körper war fleischig rot, an einigen Stellen, an denen er sich verbrannt hatte, auch schwarz, doch er zeigte keine Anzeichen von Schmerzen. Allenfalls schien er noch wütender zu werden. Jake hatte versucht, sich in die Lüfte zu schwingen, als er gesehen hatte, dass Scuffer noch am Leben war – stattdessen war er jedoch flach auf das Gesicht gefallen.

Seine Flugfähigkeit hatte ihn verlassen.

Jake war schockiert. Chromosome war nicht in der Nähe, um sie auszuschalten, was bedeutete, dass sie dauerhaft verschwunden sein musste. Da ein Teil von ihm mit Villain.net verschmolzen war und seine Kräfte erweitert worden waren, hatte er angenommen, dass er keine spezifischen Superkräfte mehr herunterzuladen brauchte. Die letzten Male, als er sich auf Villain.net eingeloggt hatte, hatte er sich einfach Kräfte über irgendwelche Icons heruntergeladen, die ihm gerade gefallen hatten. Er erinnerte sich, dass er nur zwei, anstatt wie üblich vier ausgewählt hatte, bevor er die Burg verließ. Nun musste er die Konsequenzen tragen und er hoffte nur, dass nicht auch noch eine andere Kraft knapp wurde.

Er war so in seine Gedanken vertieft, dass er nicht bemerkte, wie nah Scuffer neben ihm stand, bis sich seine mächtige Faust um seinen Hals schloss und er gegen den Frachtcontainer aus Stahl geworfen wurde. Glücklicherweise milderte Jakes Kraftfeld den Schmerz.

Scuffer drängte sein verzerrtes Gesicht näher an Jake heran und schnüffelte laut. Jake wich zurück; Scuff roch, als würde er in der Kanalisation leben. Er konnte kaum noch atmen, als Scuffer fester zupackte, und ihm wurde bewusst, dass Scuffer gerade versuchte, ihm den Kopf abzureißen.

»Scuff! Alter Kumpel! Ich bin's . . . Jake . . .«, stotterte er.

Scuffer schien seinen Griff zu lockern – doch Jakes Erleichterung war nur von kurzer Dauer. Scuffer zerrte ihn von dem Container weg und rammte ihn dann erneut gegen den Stahl. Mit jedem Aufprall fühlte Jake seine Stärke schwinden, während das Metall um ihn herum Dellen bekam.

»Scuff! Warren . . . Feddle! So heißt du doch!«

Scuffer zögerte und zog Jake näher zu sich heran, um ihn zu begutachten.

Über ihnen erschienen zwei Chinook-Hubschrauber; die Heckrampen öffneten sich und eine Schwadron Vollstrecker zielte mit ihren Waffen aus der Tür.

»Scuff . . . wir waren doch immer Kumpels. Weißt du noch?«

Scuff grunzte. Es hätte alles bedeuten können, doch Jake beschloss, es als Zeichen des Wiedererkennens zu bewerten.

»Du möchtest mir doch nichts tun, oder? Erinnerst du dich noch an den Spaß, den wir immer hatten?«

Scuffers Augen wurden schmal und Jake fragte sich, ob er irgendeine schlechte Erinnerung heraufbeschworen hatte – etwa daran, was Jake ihm in Moskau angetan hatte, nachdem Scuffer versucht hatte, ihn auszurauben.

Brüllend vor Zorn schleuderte Scuffer Jake wie einen Ball hoch über seinen Kopf. Ohne jede Kontrolle über seinen Körper flog Jake durch die Luft. Eine schreckliche Sekunde lang füllten zwei wirbelnde Rotoren sein Sichtfeld, als sich einer der Chinooks in Position brachte – aber Jake schoss zu schnell vorbei, um von der Sogwirkung des Rotors erfasst zu werden.

Jake beschrieb eine Kurve, steuerte wieder auf den Erdboden zu und krachte durch eine Reihe geparkter Nahverkehrszüge, die mit Graffiti besprüht waren. Dann segelte er in ein Fenster, durch den Wagen hindurch und in einem Regen aus Glasscherben auf der anderen Seite wieder hinaus. Er landete hart auf den Stahlgleisen und spürte, wie ihm das kalte Metall in den Nacken drückte. Er hatte den Verdacht, dass die Stärke seines Schilds nachließ, und fühlte sich auch selbst schon ein bisschen wackelig.

Insgeheim tadelte er sich, weil er nicht besser vorbereitet war. Er war so scharf darauf gewesen, Psych zu finden, dass er vergessen hatte, auf sich selbst aufzupassen.

Mit trüben Augen blickte er auf und sah Scuffer mit einem einzigen Satz quer über den Verschiebebahnhof auf sich zuspringen. Das Monster landete neben Jake auf den Schienen und stieß ein wildes Brüllen aus. Jake versuchte, sich zu bewegen, doch das gesamte Gewicht des Mutanten war plötzlich über ihm. Scuffer drückte Jakes Arme mit den Knien auf den Boden und schlug ihm dann mehrere

Male ins Gesicht. Jake fühlte, wie ihm ein Zahn ausgeschlagen wurde. Ein weiterer Schlag brach ihm den Kiefer – aber er schnappte wieder zurück in die richtige Position und ein neuer Zahn brach durch sein Zahnfleisch.

Jake spannte seinen Körper an, konnte aber lediglich seine Beine frei bewegen. Er rammte Scuffer die Knie in den Rücken, doch das hatte nicht mehr Wirkung, als hätte er einem Nashorn einen Tritt versetzt.

Dann fühlte Jake ein Prickeln im Nacken und ihm wurde klar, dass die Eisenbahnschienen vibrierten. Scuffer schlug erneut zu und schaute dann in die richtige Richtung, um zu sehen, dass ein Zug auf sie zuraste. Bestimmt würde er abbremsen, wenn er durch den Verschiebebahnhof fuhr, aber noch brachte er es locker auf hundert Kilometer pro Stunde.

Jake versuchte, Scuffer von sich wegzuschieben, aber aus irgendwelchen Gründen fühlte er sich schwerer an als alles, was Jake jemals zuvor gehoben hatte, als wäre sein Körper dichter geworden, und Jake konnte Scuffer nur wenige Zentimeter hochheben.

Scuffer presste beide Hände zusammen und formte eine riesige Faust, um Jakes Kopf zu zerschmettern. Da seine Hände am Boden festgepinnt waren, hatte Jake keine andere Wahl mehr. Er kniff die Augen zusammen und hoffte, dass er sich richtig an den Icon erinnerte, auf den er so gedankenlos geklickt hatte.

Ein Strahl roter Energie schoss aus seinen Augen und traf Scuffer voll ins Gesicht. Das Monster fiel nach hinten um, was Jake die Gelegenheit gab, unter ihm hervorzuschlüpfen und sich von den Gleisen zu wälzen. Er rappelte sich auf – gerade als der vierhundertsechsundsechzig Tonnen schwere Pendolino-Zug direkt vor seinen Augen Scuffer erfasste!

Jake musste um sein Gleichgewicht ringen, um nicht unter den Expresszug gezogen zu werden. Beim Versuch, anzuhalten, quietschten die Bremsen des Zuges und sprühten Funken. Jake sah erschrockene Gesichter an den Fenstern aufblitzen, als der Zug vorüberfuhr.

Fast hatte er erwartet, verstreute Gliedmaßen auf den Gleisen zu sehen. Stattdessen war er verblüfft, dass der Zusammenstoß mit dem Zug nichts weiter angerichtet hatte, als Scuffer quer über den Verschiebebahnhof und in eine Reihe von Kippwagen zu schleudern.

»Verdammt noch mal, er ist wirklich unzerstörbar!«, rief Jake laut aus.

Er schaute hinauf zu den Hubschraubern der Vollstrecker, die wie Geier über ihm kreisten. Die Soldaten hatten keinen einzigen Schuss abgegeben, zu sehr hatten sie den Kampf genossen. Die Chinooks hielten sich gerade weit genug von ihm entfernt, dass er sie nicht mit seinen Kräften erreichen konnte.

Jakes Blick streifte Scuffer, als dieser wieder auf die Füße kam und dabei wirr den Kopf schüttelte. Wenigstens hatte der Expresszug überhaupt eine Wirkung auf ihn gehabt. Jake blickte über die Baustelle und seine Idee von vorhin schoss ihm wieder durch den Kopf. Er musste Scuffer überlisten.

Da er nicht mehr fliegen konnte, konnte Jake nur so schnell wie möglich über den Verschiebebahnhof sprinten. Er griff auf seine Energiereserven zu und hoffte, dass er eine Art Supergeschwindigkeit besäße . . . aber er hatte kein Glück.

Scuffer sah ihn rennen und schlug sich gegen die Brust. Dadurch gewann Jake wertvolle Sekunden, um den Zaun zu erreichen, der den Verschiebebahnhof von der Baustelle trennte. Beim Rennen schleuderte er seinen radioaktiven Strahl nach vorne und sprang über das zu einer Pfütze geschmolzene Metall.

Zum Glück war das Gelände leer. Alle Arten von Gerätschaften standen dort herum: Bulldozer, Baumaschinen, Kräne, Betonmischer. Baucontainer säumten den Rand des Geländes. Sie waren um ein hoch aufragendes Stahlskelett aus roten Eisenträgern herumgebaut, das den Kern eines weiteren hässlichen Wohnturms bilden würde.

In Jakes Kopf nahm ein Plan Gestalt an. Er gefiel ihm zwar ganz und gar nicht, aber etwas anderes kam ihm nicht in den Sinn.

Mit Geheul sprang Scuffer in den Hof. Seine Hände packten einen schmutzigen gelben Kipplaster und hoben ihn über seinen Kopf. Jake sprang zur Seite. Der Laster schlug neben ihm in den Matsch und schnellte nur um Millimeter über seinen Kopf hinweg, bevor er falsch herum zwischen Scuffer und ihm liegen blieb und dadurch Deckung bot.

Jake rollte sich hinter den Lastwagen und glitt in ein Abflussrohr. Auf allen vieren krabbelte er vorwärts und spuckte das stinkende braune Wasser aus, das in seinen Mund spritzte.

Scuffer war verwirrt, weil er Jake nicht mehr sehen konnte. Er stapfte zum Kipplaster hinüber und hob ihn hoch. Wider Erwarten fand er seine Beute nicht unter der Baggerschaufel. Als er sah, dass Jake entwischt war, brüllte er und stellte den Laster wieder zurück auf die Räder. Dann hob er die Nase in die Luft und schnüffelte eifrig. Als er die Fährte aufgenommen hatte, wandte er den Kopf. Jake kroch auf der anderen Seite des Geländes aus dem Rohr, rannte auf die Eisenträger zu und begann, wie eine Eidechse an dem Stahlrahmen hochzuklettern.

Er war froh, dass er nicht auch noch seine Kletterfähigkeit verloren hatte. Als er den fünften Stock erreicht hatte, warf er einen Blick nach unten und sah, dass Scuffer zu ihm hinaufschaute und hin und her tigerte, unentschlossen, ob er ihm folgen sollte oder nicht.

Jake grinste in sich hinein. »Du bist wirklich dumm wie Stroh, Scuff, alter Junge.«

Scuffer ging um das Gerüst herum, als Jake den zehnten Stock erreichte und über die schmalen Stahlträger zu der entgegengesetzten Seite rutschte. Von oben hatte er eine gute Aussicht über Glasgow. Der Fluss und die Hügel im Norden, eintönige Wohnsiedlungen im Süden. Er wartete, bis Scuffer ihm um das Gerüst herum folgte, dann streckte er beide Hände aus und feuerte eine superstarke radioaktive Ladung zum Boden . . . doch alles, was dabei herauskam, war ein schwaches Hervorsprudeln von Energie.

»Oh, nein!«, heulte Jake auf. Seine alte Kraft, auf die er sich immer hatte verlassen können, war ebenfalls weg. Er brüllte, wütend auf sich selbst, weil er seine Kräfte so hatte verkommen lassen, vor allem, nachdem er sie so stark beansprucht hatte. Sich zu entwöhnen war eine Sache, aber ohne Waffen in ein Gefecht zu ziehen, war ein törichter Fehler.

Scuffer musste Jakes Angst gerochen haben, denn er näherte sich dem Fuß des Turmes. Jake war sich ziemlich sicher, dass Scuff das Gleichgewicht nicht würde halten können, wenn er ganz nach oben kletterte. Und er hatte recht.

Scuffer packte eine der Stützen und begann, sie zu schütteln.

Zuerst geschah nichts. Dann fühlte Jake, wie das Eisen unter ihm bebte, und zwanzig Sekunden später wackelte der ganze Turm, als befände er sich im Zentrum eines Erdbebens.

Jakes Füße rutschten von dem nassen Metall ab und er schlang den Arm um einen Träger, um sich aufzufangen. Seine Füße ruderten in der Luft. Die Kletterfähigkeit hatte sich soeben verabschiedet.

Jetzt da er nicht mehr fliegen konnte und nicht wusste, ob sein Schutzschild noch bestand, war Jake sich sicher, dass ihn der Sturz umbringen würde. Scuffer rüttelte an dem Turm, als wollte er eine Katze vom Baum schütteln. Jake fühlte, wie sein Griff auf dem schlüpfrigen Stahl sich lockerte. Dann fiel er – und knallte mit dem Rücken auf einen anderen Querbalken zwei Stockwerke tiefer. Er krümmte sich vor Schmerzen, aber glücklicherweise funktionierte sein Schild noch einigermaßen. Jake wälzte sich auf den Bauch und umschlang den Träger mit seinen Armen und Beinen. Er hatte keine Höhenangst, wenn er flog, aber jetzt, wo es für ihn nur noch eine Richtung gab – nämlich nach unten –, bekam er entsetzliche Angst.

Das Geräusch von reißendem Stahl ließ ihn nach oben schauen. Durch die Schwingungen begannen sich die Bolzen zu lösen. Mit einem lauten Ping lösten sich einige Stahlbolzen und ein schwerer Träger plumpste herunter. Jake schloss die Augen. Seine Zähne klapperten, als der herunterfallende Träger gegen den krachte, an dem er sich zuvor festgeklammert hatte, und gegen mehrere weitere prallte, bevor er knirschend auf dem Betonboden aufschlug.

Er schaute zu, wie ein weiterer Träger krachend vom Turm abprallte, in die Baucontainer knallte und sie platt drückte.

Immer mehr Träger stürzten um Jake herum zu Boden. Einer davon hätte Scuffer fast am Kopf getroffen. Jake saß in einem lebensgroßen Jenga-Spiel fest.

Er klammerte sich fest an den Träger und hielt sich nur noch mit einem Arm fest, während er den anderen ausstreckte. Er konnte nur hoffen, dass nicht all seine Kräfte erloschen waren. Er konzentrierte sich und schoss einen enormen Feuerball direkt zwischen Scuffer und einer Reihe Baufahrzeuge zu Boden. Der Aufprall hinterließ nichts als einen tiefen Krater, der sich rasch mit Wasser füllte.

Doch die Wucht reichte aus, um Scuffer von dem einstürzenden Turm wegzuschleudern.

Jake erschrak, als er das Gleichgewicht verlor und fiel. Seine Arme wurden grün und blau geschlagen, als er versuchte, sich irgendwo festzuklammern. Doch er schnellte hin und her wie ein Flipperball, als er die acht Stockwerke hinunter auf das Betonfundament stürzte. Sekunden später knallte auf jeder Seite seines schmerzenden Körpers ein Träger zu Boden und sprang noch einmal hoch, bevor er im Matsch landete.

Jake stöhnte. Einer seiner Arme war gebrochen, aber der Rest war einigermaßen in Ordnung. Er konnte sich in Sicherheit teleportieren, aber was würde ihm das bringen? Irgendwann würde er zurückkehren müssen, um die Informationen zu bekommen, die er brauchte.

Jake wusste, dass er diesen Kampf bis zum Ende durchziehen musste.

Noch bevor er aufstehen konnte, stürzte sich Scuffer auf ihn. Sein Bein fühlte sich an, als würde es aus der Gelenkpfanne gerissen, als Scuffer ihn daran hochhob und quer über das Baugelände warf.

Jake prallte seitlich auf einen leeren Zementmischer und glitt atemlos zu Boden. Gebannt schaute er zu, wie der schwankende Turm unter dem Donnern von Metall in sich zusammenstürzte und eine Staubwolke aufwirbelte, die die ewig präsenten Chinooks einhüllte.

Durch das Wegschleudern hatte Scuffer Jake unbeabsichtigt das Leben gerettet. Das Ungeheuer selbst lag flach auf dem Boden und einige Träger prallten an ihm ab – offensichtlich ohne irgendeinen Schaden anzurichten.

Jake schüttelte den Kopf. »Unglaublich.«

Sobald Scuffer wieder auf die Füße gekommen war und durch den Krater stiefelte, den Jakes Energieladung hinterlassen hatte, schoss Jake einen Feuerball auf den hinteren Teil des Kipplasters neben ihm ab. Dann sprang er unter den Betonmischer in Deckung, als achtunddreißig Tonnen Kies wie ein Wasserfall von dem Lastwagen herunterstürzten, den Krater auffüllten und Scuffer unter sich begruben. Als sich das letzte Schottersteinchen gelegt hatte, erhob sich eine staubige graue Wolke über dem plötzlich still gewordenen Baugelände.

Jake rannte in den Schutz der Bäume am Rand des Verschiebebahnhofs. Der Regen würde die Wolke schon bald zerstreuen, aber es würde einige Zeit dauern, bis die patrouillierenden Vollstrecker bemerkten, dass Jake nicht unter den Trümmern begraben war. Er glaubte keine Sekunde lang, dass Scuffer unter all dem Gewicht umgekommen wäre, aber er hoffte, dass er sich nicht befreien konnte.

Nun brauchte Jake nur noch zu der Frau in der Wohnung zurückzukehren und sie irgendwie dazu zu bringen, ihm zu sagen, was er wissen wollte.

Chromosome saß regungslos auf dem Pilotensitz des Shuttles. Als sie jünger gewesen war, hatte sie in Südafrika eine kleine Cessna geflogen, wodurch sie genug Grundkenntnisse hatte, um sich leicht an die Steuerung dieser hoch komplizierten Maschinen zu gewöhnen. Mittlerweile war sie dafür jedoch zu faul und verließ sich stets auf den Autopiloten. Ein Alarm erklang und sie runzelte die Stirn.

»Riegelt die Insel ab«, befahl eine Stimme über das PA-System. Chromosome wurde allmählich unruhig, als sich die verstärkten Hangartüren vor ihrer Nase schlossen. Sie würde sie öffnen müssen, wenn sie herausfliegen wollte.

Dann verstummte die Sirene und eine neue Stimme drang über das PA-System zu ihr. Sie war so kalt und leblos, dass das Personal in der Zitadelle schauderte: Necros.

»Ein Mörder ist unter uns. Ein Schlächter unserer eigenen Sippschaft. Botschafter Grutt wurde ermordet.«

Die Reaktionen im Hangar waren zumeist Achselzucken und Gleichgültigkeit, da Grutt nicht besonders beliebt war. Aber überraschenderweise war Mord auf der Insel etwas ganz Neues.

»Alle Ratsmitglieder müssen zu einer Notsitzung in die Ratskammer zurückkehren. Wer das nicht tut, wird als Verräter betrachtet.«

Chromosome seufzte. Sie wusste, dass man ihr auf die Schliche gekommen war. Dennoch fürchtete sie sich nicht allzu sehr vor Necros; immerhin plante sie, ihn zu stürzen. Aber der Rat als Ganzes würde ein Problem darstellen und sie wusste noch immer nicht, wer ihre Mitverschwörer waren.

Durch die Panoramafenster des Flugobjekts sah sie, wie jemand den Kommandoposten betrat – und Sekunden später schreiend herausstürmte. Eine weitere Leiche war gefunden worden. Chromosome verdrehte die Augen; manchmal war sie einfach ein bisschen zu mordlustig. Nun sah es so aus, als würde sie alle im Hangar abschlachten müssen, nur um die Entdeckung geheim zu halten.

Dann bemerkte sie, dass Menschen von einem Balkon aus auf sie zeigten. Sie hatten offensichtlich eins und eins zusammengezählt. Sie erhob sich von ihrem Sitz – doch es war zu spät, eine Technikerin hielt sich bereits das Funkgerät an den Mund. Sekunden später erklang Necros' Stimme über das PA-System.

»So, so, das hätte ich dir gar nicht zugetraut, Chromosome.«

Die Lichter im Hangar flackerten und die Techniker flüchteten. Sie wussten, was nun kommen würde. Chromosome drückte auf den Steuerknopf, der die Türen des Luftschiffs versiegelte, und ließ sich in ihren Sitz zurücksinken.

»Komm schon, Ernie . . .«, flüsterte sie.

Sie legte gerade den Gurt fest an, als sich Dunkelheit über den Hangar legte; nur die roten Lichter der Notbeleuchtung deuteten Formen und Hindernisse an. Die Techniker, die nicht aus dem Hangar geflohen waren, kauerten sich in die Ecken, als Necros auftauchte. Seine Stimme schallte ungewöhnlich laut durch den Hangar.

»Chromosome, ich weiß, dass du hier bist. Ich wittere deine Angst.«

Sie hielt den Atem an, als Necros' Kopf den Hangar absuchte. Sie konnte nur seinen verrosteten Helm ausmachen und den verrottenden Umhang, der von seinen Schultern hing und hinter ihm herschleifte. Er ging an dem Shuttle vorbei, ohne sie wahrzunehmen.

»Ich werde dich finden.« Die zischende Stimme klang, als wäre sie ganz nahe an ihrem Ohr. »Ich werde dich leiden lassen, um den anderen zu zeigen, dass Widerspruch im Rat nicht geduldet wird.«

Chromosome lächelte in sich hinein. Wenn er wüsste, dass der halbe Rat zu einer Rebellion gegen ihn bereit war.

»Ich argwöhnte Verrat aus den engsten Kreisen. Hältst du mich für so töricht, dass ich Verschwörungen in meinem eigenen Reich zulasse?« So sah Necros also den Rat des Bösen? Sein eigenes, persönliches Reich?

Necros begann, die Shuttle-Flotte zu umkreisen, und beugte sich hinunter, um auch unter den Fahrzeugen nachzuschauen. »Natürlich erwartest du, dass deine Mitverschwörer herbeieilen, um dich zu retten. Denn wann wäre es günstiger, mich auszuschalten, als jetzt? Aber ich muss dir leider sagen, dass das wohl nicht geschehen wird.« Necros lachte, aber es klang eher wie das Klagen gequälter Seelen. »Es gibt nämlich keine Mitverschwörer, Chromosome. Sie warteten nur darauf, dich zu verraten.«

Chromosomes Puls schlug schneller, als Zorn in ihr aufloderte. Bestimmt wollte er nur Zeit gewinnen und dachte sich das aus, um sie zu provozieren.

»Namenlose Verschwörer, die niemandem ihre Identität anvertrauen konnten . . . außer vielleicht der Person, die sie ermorden sollten. Oh ja, sie kamen zu mir. Jeder einzelne von ihnen, weil sie nicht wussten, wem im Rat sie trauen konnten. Als ich wusste, wer die Verschwörer waren, konnte ich meinen Verdacht auf die richten, die sich nicht offenbart hatten.«

Chromosome umfasste den Steuerknüppel. Sie wollte schreien und diejenigen umbringen, die sie verraten hatten. Sie hatten von Anfang an vorgehabt, sie aufs Kreuz zu legen – sie im entscheidenden Moment bloßzustellen, sodass sie diejenige sein würde, die man tötete. Die doppelzüngigen Mitverschwörer hatten einen Weg gefunden, einen der ihren zu beseitigen, wodurch sie sich bei Necros einschmeicheln und ihre Position im Rat festigen konnten. Zweifellos wurden denen, die an der Verschwörung beteiligt waren, erhebliche Geldsummen von Möchtegern-Ratsmitgliedern bezahlt, die nur darauf warteten, einen frei gewordenen Platz einzunehmen. Cash gegen Ehre, ein altes Handelsgut, das sich schon oft in der Geschichte bewährt hatte.

Aber nun bedeutete es, dass sich der Rat des Bösen gegen Chromosome wenden würde. In diesen Zeiten des eskalierenden Kampfes gegen die Hero Foundation würden sie jeden, der sie zu stürzen drohte, vernichten. Allein hatte sie keine Chance gegen die sieben anderen mächtigen Ratsmitglieder. Doch wenn sie Hunter auf ihrer Seite hätte, wäre sie nicht aufzuhalten.

Ihr Handy, das nicht größer war als eine Uhr, vibrierte an ihrem Gürtel. Sie warf einen Blick auf die Nachricht und hatte endlich Grund, zu lächeln. Ernie hatte Psychs Aufenthaltsort vorausgesagt.

Den Shuttle des Rats zu benutzen, wäre jetzt sinnlos, da man sie leicht verfolgen könnte. Deshalb teleportierte sie sich lieber aus dem Hangar.

* * *

Jake war völlig außer Atem, als er alle Stufen des Hochhauses hinaufgestiegen war. Als er beinahe oben war, hielt er inne, um sich zu sammeln. Seine Hände zitterten unkontrollierbar und er wusste, dass er sich an Villain.net anschließen musste, um sich aufzuladen. Andernfalls würde er zusammenbrechen.

Er hatte sich über die Eisenbahnschienen zurückgeschlichen und dabei darauf geachtet, nicht von den Vollstreckerpatrouillen entdeckt zu werden, die das Baugelände auf der Suche nach ihm und Scuffer durchkämmten.

Jake ging hinaus auf den Balkon und näherte sich der offenen Tür. Er konnte Stimmen in der Wohnung hören und hob seine Hand, als er eintrat.

Sandra Sinclair stand im Wohnzimmer und plauderte mit einem Vollstrecker, der eine Tasse Kaffee in der Hand hielt. Er sah überrascht aus, als Jake ohne Umstände einen Feuerball auf ihn schleuderte. Er war zwar nur klein – mehr Superkraft war Jake nicht übrig geblieben –, aber er traf die Kaffeetasse. Der Vollstrecker fiel bewusstlos zu Boden, denn die schwache Explosion hatte die Tasse gegen seinen Kopf geschleudert. Die Frau schnappte nach Luft und wich zurück, bis sie mit erhobenen Armen und entsetztem Gesichtsausdruck auf ihr Sofa fiel.

»Bitte! Bring mich nicht um! Die sind einfach hier aufgetaucht!«

Jake war am Ende. Er machte sich ernsthafte Sorgen, dass er sich nicht mehr zurück zu seinem Schlupfwinkel würde teleportieren können. Wenn Sinclair jetzt ein Kissen nach ihm warf, würde er wahrscheinlich zusammenbrechen. Jake rief sich die Fähigkeiten ins Gedächtnis, die er auf dem Schulhof gesammelt hatte; Angst zu verbreiten und Menschen einzuschüchtern, waren Kunstformen.

»Machen Sie mich nicht wütend. Sie würden es absolut nicht mögen, wenn ich erst mal richtig in Fahrt komme.«

»W-was willst du?«

»Wenn Sie am Leben bleiben wollen, dann sagen Sie mir, wo ich Ihren Exfreund finden kann. Sagen Sie mir, wo Psych ist.«

Sinclairs Augen sahen sich hektisch um und das letzte bisschen Farbe wich aus ihren Wangen.

»Ich weiß es nicht! Es ist schon ein paar Jahre her, dass wir uns gesprochen haben!«

Jake fühlte, wie sein Magen absackte. Man hatte ihm sein wichtigstes Ziel genommen.

Psych war noch immer außerhalb seiner Reichweite.

UNVERHOFFT KOMMT OFT

Jake lag im massiven Himmelbett seines neuen Zuhauses. Er hatte es geschafft, sich zurück zur Burg zu teleportieren, und war vor den Fernsehern zusammengebrochen.

Als er aufwachte, stellte er fest, dass Igor ihn in sein Zimmer getragen und an Villain.net angeschlossen hatte. Die genetisch veränderten Superkräfte pulsierten durch sein System und belebten ihn.

Der Fernseher brachte endlose Nachrichtensendungen, die alle davon berichteten, dass in Großstädten auf der ganzen Welt Militär eingesetzt wurde, um die Terrorangriffe zu beenden, die in Wirklichkeit kriminelle Orgien von Supermenschen waren. Jake bemerkte, dass die Berichterstatter sogar Namen von Superschurken nannten, dabei jedoch behaupteten, dass es sich um die Namen von Gangs handelte.

Er schaute sich verwackeltes Filmmaterial aus einem brennenden Hafenviertel in Chicago an. Eine einzelne Figur namens Wildfire schleuderte Flammenzungen und setzte Gebäude in Brand. Die Reporter behaupteten, er würde einen Flammenwerfer benutzen. Die Öffentlichkeit schluckte die Lüge, da es einfach glaubhafter war, als die

Tatsache, dass er eindeutig Feuer aus seinen Fingern schoss. Das Gleiche galt für die »Gang«-Attacken in Paris. Das Fernsehen zeigte Filmmaterial über Schurken, die sich an die Seite des Eiffelturms klammerten und dort ganz offensichtlich hingeflogen waren. Die Reporter betonten, dass Rowdys auf den Turm geklettert waren, und die Kamera schnitt den Moment ab, in dem sich die Schurken wieder in die Lüfte schwangen. Offenbar war die Presse jetzt mit von der Partie, was die globale Verschwörung des Superschweigens anbelangte.

Als Jake eine verschwommene Kameraaufnahme der umstürzenden Freiheitsstatue sah, schloss er die Augen. Er dachte an Sandra Sinclair, an Hooded Harrier. Es war ihm gelungen, ihr Furcht einzuflößen, und er fühlte sich schrecklich deshalb. Wie hatte er es früher nur genießen können, so ein Raufbold zu sein? Als er gesehen hatte, wie sich die ältere Frau verschreckt zusammenkauerte, war er sich wie ein Feigling vorgekommen. Er hatte sich ein wenig entspannt und versucht, freundlicher und ruhiger zu sein. Aber der Schaden war bereits angerichtet gewesen. Falls Sinclair noch irgendwelche Kräfte hatte, hatte sie es jedenfalls nicht gezeigt. Sie war einfach nur eine verängstigte Exheldin. Jake hatte gesehen, dass die Wohnung voll mit Bildern des Gerechtigkeitsbundes war. Hooded Harrier war damals sehr attraktiv gewesen, sie hatte feuerrotes Haar und ein keckes Lächeln. Jakes Augen hatten sich in das Bild von Psych gebohrt.

Zitternd vor Angst hatte Sinclair zugegeben, dass sie und

Psych lange Zeit Brieffreunde geblieben waren, dass sie nun aber keinen Kontakt mehr hatten. Den einzigen Anhaltspunkt, den sie ihm geben konnte, war, dass Psych in Australien lebte. In seinem letzten Brief hatte er erwähnt, dass er dort eine Bar eröffnen wollte.

Jake kletterte aus dem Bett und tigerte in der leeren Burg umher. Draußen war es dunkel und der Schnee, der sich vor dem Fenster anhäufte, trug nicht gerade dazu bei, seine Laune zu verbessern. Er starrte die Kristallstatue Chamäleons an.

»Das ist alles Ihre Schuld!«

Frustriert boxte er den erstarrten Superhelden. Die Statue schwankte und kippte gegen die Wand. Jake hob die Faust, um noch einmal zuzuschlagen, zögerte dann aber. Damit war nichts gewonnen.

Australien. Jake wusste, dass das ein riesiges Land war. Die Erkenntnis, dass Psych sich dort aufhielt, machte die Suche nicht einfacher.

Igor betrat den Raum und klopfte dabei laut an die Tür, um Jakes Aufmerksamkeit zu erregen. Sein knurrender Magen wartete auf Essen, aber Igor kam mit leeren Händen.

»Was gibt es?«

Jake fiel plötzlich ein, dass sein Butler stumm war, und gestikulierte deshalb mit den Händen. Dann hielt er inne und schüttelte den Kopf über sich selbst – Igor war schließlich stumm und nicht taub. Er wartete geduldig, während Igor zu dem riesigen Fernsehbildschirm herüberkam, der das Zimmer dominierte, und einen Sender wählte. Jake war überrascht, als er sah, dass er das Siegel des US-Präsidenten zeigte.

Dann veränderte sich das Bild und man sah den Präsidenten hinter seinem Schreibtisch im Oval Office. Er sprach direkt in die Kamera.

»Dies ist eine Botschaft für den, den sie Hunter nennen. Sie wird über einen sicheren Kanal ausgestrahlt. Auch wenn wir nicht sicher sind, wo du bist, glaube ich, dass diese Botschaft den Weg zu dir finden wird. Wir leben in einer Welt, die sich ständig verändert. Freunde werden zu Feinden. Aus Feinden werden Freunde. Als du mich entführt hast, hast du damit den Vereinigten Staaten den Krieg erklärt, und das ist eine Angelegenheit, die ich nicht auf die leichte Schulter nehme.« Der Präsident drehte sich auf seinem Stuhl und warf einen Blick über die Kamera hinaus auf ein Bild seiner Familie. »Aber dann hast du dich umentschieden und mir das Leben gerettet – aus einer Gefahr, in die du mich zugegebenermaßen selbst gebracht hattest. Aber du hast von dir aus beschlossen, mich und mein Team wieder mit unseren Familien zu vereinen. Ich kenne den Schmerz, den du gerade empfindest, Hunter, das Gefühl des Verlusts. Deshalb gewähre ich dir eine präsidiale Gunst. Am Ende dieser Übertragung befindet sich eine Datei. Eine Zusammenstellung von Quellen der CIA und NSA, die alles enthalten, was du brauchst, um Psych zu finden.«

Der Präsident lächelte. »Wir normalen Menschen haben

Zugriff auf Informationen, die weit über das, was Rat und Foundation wissen, hinausgehen. Wir vertrauen darauf, dass deine Absichten redlich sind und du nicht darauf aus bist, ihm zu schaden. Du hast mein Wort, dass dir Vollstrecker oder Superhelden keine Falle stellen werden. Ich tue das, um mich für den Gefallen, den du mir getan hast, zu revanchieren. Doch wenn diese Angelegenheit erledigt ist, wirst du wieder ein Feind meines Landes sein ... und auch von mir persönlich. Betrachte es als einen vorübergehenden Waffenstillstand.«

Das Bild wurde ausgeblendet und durch einen raschen Ausbruch schriller Geräusche und schnell aufblitzender Bilder ersetzt, die die Computer der Burg sofort in Überwachungsfotos, Karten und Adressen übersetzten.

Jake spürte, wie ihn eine Woge der Euphorie überkam. Diese unerwartete Wendung des Schicksals war alles, was er brauchte. Er würde Psych finden!

Jake holte tief Luft, als er zwischen einer Baumgruppe des Hyde Park in Sydney, Australien, auftauchte. Er hatte immer davon geträumt, hier ein Strandhaus zu besitzen, und seltsamerweise kam es ihm vor, als sei er der Verwirklichung dieses Vorhabens einen Schritt näher gekommen – auch wenn das wahrscheinlich einfach nur daran lag, dass er so kurz davor war, Psych zu finden. Die Dateien aus den USA hatten ergeben, dass der Superheld nun seinen echten Namen Fred Hardcastle verwendete. Es war ein warmer Sommertag und obwohl Igor ihm Sunblocker gegeben hatte, prickelte Jakes Haut in der Sonne. Bevor er hierherziehen konnte, würde er das Problem seiner lichtempfindlichen Haut lösen müssen. Er vertrieb den Gedanken; er war gekommen, um Psych zu finden.

Jake verließ den Park zu Fuß, überquerte die hektische Macquarie Street und bewegte sich in Richtung des Finanzdistriktes der Stadt. Riesige Wolkenkratzer ragten modern und elegant über ihm empor. Die Straßen hier lagen beinahe immer im Schatten und er folgte entspannt dem Stadtplan in seiner Hand.

Psych besaß in diesem Irrgarten aus Wolkenkratzern eine Bar für leitende Angestellte und Geschäftsleute. Jake hielt an einer Straßenecke und starrte auf die edle Glasfassade mit dem überaus passenden Namen »The Justice Bar«.

Er wollte gerade die Straße überqueren, hielt aber an, weil sein Telefon klingelte. Es war Lorna. Jake zögerte. Zwar wollte er das Gespräch gerne annehmen, aber die Aufregung darüber, dass seine Suche bald beendet sein würde, war zu groß. Er ignorierte den Anruf und ging über die Straße – gerade als die gesamte Fassade in einer schwarzen Wolke und einem tödlichen Hagel aus Glassplittern explodierte. Jakes Kopf wirbelte verwirrt herum, als es um ihn herum Glas regnete, das an seinem voll aufgeladenen Schild abprallte.

Dann sah er Psych, der mitten auf der Straße lag. Er hatte Schnitte und Prellungen abbekommen und Flammen zuckten aus seiner Bar. Sonst sah er nicht viel anders aus als auf Sinclairs Fotos. Autos gerieten um ihn herum ins Schleudern – und ein heranfahrender Bus, der einem brennenden Trümmerteil auswich, raste direkt auf ihn zu.

Jake sprang zwischen den Bus und Psych und hob die Hände. Der Bus rutschte seitwärts auf ihn zu und er konnte die panischen Gesichter der Fahrgäste sehen. Als er gegen Jakes unsichtbaren Schild prallte, wurde sein Schwung gebremst und er hielt an, nur wenige Zentimeter, bevor er ihn platt walzte.

Jake rannte zu Psych und half ihm auf.

»Sind Sie okay?«

Die geweiteten Augen des Mannes wanderten von Jake zu seiner zerstörten Bar und genau in diesem Moment tauchte Chromosome aus dem Rauch auf. Die Überraschung, Jake zu sehen, war ihr deutlich anzumerken, aber sie fing sich rasch wieder.

»Bist du gekommen, um deinen kleinen Freund hier sterben zu sehen? Wie süß.« Die Worte waren kalt wie Stahl und ihre Legion trippelte vorwärts, während sie sprach.

Jake stellte sich vor Psych und feuerte ein Dutzend tennisballgroßer Feuerbälle in die krabbelnde Masse. Die Legion stob auseinander und entkam den Schüssen. Jake wich zurück, als sie ihn umzingelte.

»Wir haben ja bereits festgestellt, dass du mich nicht besiegen kannst«, sagte Chromosome mit einem Lächeln. »Aber ich bin so gefühlsduselig, dass ich dir einen Handel anbiete.«

»Ich verhandle nicht mit Ihnen«, fauchte Jake. Er versengte zwei Spinnen der Legion, die nach vorne geflitzt waren und mit ihren schlanken Skorpionschwänzen wedelten. Die Kreaturen wurden auf den Rücken geworfen und ihre Beine zappelten, während sie verbrannten.

»Der gute alte Hunter, immer so halsstarrig. Vielleicht könnten wir alle beide bekommen, was wir wollen, wenn wir zusammenarbeiten?«

»Sie haben mich schon einmal hereingelegt. Nie wieder.«

Jake stürzte sich nach vorne, als würde er eine unsichtbare Wand schieben. Die Luft wölbte sich, als die telekinetische Druckwelle auf Chromosome stieß und sie zurück in die brennende Bar schleuderte.

Jake griff nach Psychs Arm und zwang ihn wegzurennen, als die Legion nach vorne schoss und sie verfolgte.

»Können Sie fliegen?«

Psych zögerte, bevor er antwortete. »Ja . . . aber nur ein bisschen.«

»Hoch mit Ihnen!«, kommandierte Jake. Sie erhoben sich gemeinsam in die Luft. Psych blieb etwas zurück, als sie eine Kurve zwischen den Wolkenkratzern beschrieben. Jake flog im Zickzack durch die Alleen aus getöntem Glas und sie gewannen allmählich an Höhe. Chromosome war nirgends zu sehen und er bemerkte, dass Psych Schwierigkeiten hatte.

Jake machte kehrt und half ihm, auf dem Dach eines diamantförmigen Gebäudes zu landen. Von dort aus hatten sie einen freien Blick nach Norden über den großen Hafen. Die berühmte Sydney Harbour Bridge war links, die segelartigen Kuppeln der Oper von Sydney rechts. Er bemerkte, dass neben der Oper ein Militärpanzer stand und mehrere bewaffnete Soldaten in den Touristenmassen patrouillierten. Jake erinnerte sich daran, dass alle Länder aufgrund der wachsenden Unruhen in höchster Alarmbereitschaft waren. Da die Freiheitsstatue zerstört worden war, beschützte Australien offensichtlich seine nationalen Wahrzeichen.

Psych rang nach Atem. »Verrücktes Huhn – die hat sie wohl nicht mehr alle! Wer war das?«

Jake musste seinen australischen Slang erst mal entschlüsseln. »Chromosome, sie sitzt im Rat des Bösen. Und sie möchte Sie töten.«

»Oh, Maaannn! Aber warum? Ich bin in Rente!«

Jake unterdrückte das Bedürfnis, den Helden dafür anzuschreien, dass er die Erinnerungen seiner Familie ausgelöscht hatte. Er war derjenige, der Chamäleons Anordnung ausgeführt hatte, und er war der Einzige, der ihm seine Familie wieder zurückgeben konnte.

»Aber Sie haben Ihre Superkräfte noch. Sie können fliegen und die Erinnerungen von Menschen auslöschen?«

»Yeah, aber mit jedem Geburtstag schwinden sie. Ich kann nicht mehr groß herumfliegen. Ich hab ja schon Probleme, auf den Topf zu gehen, ganz zu schweigen davon, über der Stadt herumzuschwirren!«

Jake erkannte, worauf das Gespräch hinauslief. »Sie werden sich zum Fliegen zwingen müssen. Ich kann uns von hier wegteleportieren, aber nicht sofort, meine Kräfte müssen sich erst wieder aufladen.«

»Achtung!«

Plötzlich segelte Chromosome auf ihren riesigen Fledermausflügeln in ihr Blickfeld. Ihr Gesicht hatte sich dieses Mal nicht komplett in die Monsterfratze verwandelt und sie sah aus wie ein entstellter Engel. Ihre Legion hatte Flügel gebildet und schwirrte wie ein Fliegenschwarm um sie herum. Die Wesen stürzten sich wie kleine Bomben herunter und stießen Jake ihre Schwänze in den Rücken, als er sich schützend vor Psych stellte.

»Los!«, brüllte Jake und schubste Psych von der Dachkante.

Jake stürzte sich zum geschäftigen Fährhafen hinunter. Als er zurückblickte, sah er Psych zu Boden plumpsen. Chromosome war herumgewirbelt, um dem alten Superhelden den Weg abzuschneiden. Jake erinnerte sich daran, dass sie Kräfte dämpfen konnte, wie sie es schon mit seiner eigenen Flugfähigkeit auf Liberty Island getan hatte. Es würde ihr nicht viel Mühe bereiten, Psych seiner alternden Talente zu berauben.

Jake schoss nach vorne.

Der große Platz unter dem Gebäude war belebt und voller Menschen, die mit Getränken in der Sonne saßen. Jemand bemerkte den Tumult über ihnen und begann zu schreien – es schien wie ein Albtraum, in dem sich ein geflügeltes Wesen auf einen fallenden Mann stürzt.

Chromosome machte sich lang und fasste nach Psychs Fuß – fünf Stockwerke, bevor er auf dem Boden aufschlagen würde –, als Jake ihn von der Seite packte. Er fiel so schnell, dass sie zusammen durch die Glasscheibe eines Bürofensters rasten und durch Schreibtische, Aktenschränke und dünne Trennwände pflügten, bevor sie in einem Regen aus Papier zum Stillstand kamen. Büroangestellte schrien und gingen eilig in Deckung, wodurch das Tohuwabohu noch größer wurde.

Chromosome tauchte am Fenster auf. Sie schlug hektisch mit den Flügeln, um direkt davor schweben zu können. Psych wimmerte, was bedeutete, dass er noch am Leben war. Jake sprang auf die Füße und wedelte mit der Hand nach Chromosome. Mit seiner telekinetischen Superkraft hob er das Kopiergerät an und schleuderte es ihr entgegen. Sie duckte sich zur Seite, als es an ihr vorbeiwirbelte, war aber nicht schnell genug, um einem metallenen Aktenschrank auszuweichen, der sie am Kopf traf und vorübergehend außer Gefecht setzte.

»Los, auf die Beine!«, schrie Jake Psych an.

Er schleifte den Mann durch das Büro, als die Legion angeflogen kam wie Pfeile, die ihr Ziel suchten, und sie verfolgte. Jake und Psych rannten geduckt durch einen Gang zwischen den Arbeitsplätzen, während die Legion durch alle Ecken schwirrte.

Plötzlich kreischte eine Frau, als sie unter einem Schreibtisch kauernd von der Legion aufgestöbert wurde. Sie rannte davon, doch die Spinnen achteten gar nicht auf sie.

Jake zog Psych in den Schutz eines Schreibtisches, wo sie bewegungslos verharrten, bis die Legion über sie hinweggeflogen war und weiter unten im Flur landete. Die Masse sich bewegender Wesen verschmolz mit einem saugenden Geräusch und bildete eine lange, gesichtslose Silberschlange, die geräuschlos um Tischbeine kroch. Ihr runder Kopf ragte empor, als würde sie lauschen.

Jake hielt den Atem an. Er hatte Psych eigentlich ohne Kampf finden wollen. Glücklicherweise bewegte sich die Legion jetzt von ihnen weg. Das ledrige Geräusch von Flügeln sagte ihm, dass Chromosome noch immer vor dem Fenster hinter ihnen schwebte. Jake betrachtete die Arbeitsplatzreihen vor ihm, die auf ein Panoramafenster zuliefen.

Die Stille wurde unterbrochen, als Jakes Handy plötzlich anfing zu klingeln. Ohne hinzuschauen, wusste er, dass es Lorna war. Mit dem Finger stellte er das Handy rasch auf stumm, aber es war zu spät. Die Legion wirbelte herum und flitzte auf ihr Versteck zu.

»Laufen Sie!«, schrie er und zerrte Psych unter dem Schreibtisch hervor. Sie jagten auf das Fenster zu und Jake schleuderte einen Feuerball, damit das Glas zersprang.

»Ich kann nicht mehr fliegen!«, jammerte Psych. Jakes Arm legte sich um seine Taille und im nächsten Augenblick sprangen sie wieder nach draußen.

Jake war in der Lage, Psychs Gewicht zu tragen, aber er konnte damit nicht an Höhe gewinnen. Der Mann war zu schwer. Es war, als würden sie an einer unsichtbaren Seilbahn bergab fahren, als sie über den Fährhafen segelten. Psych strampelte sinnlos mit den Beinen und verfehlte den rauchenden Kamin eines Kreuzfahrtschiffes nur knapp.

Sie segelten über das Wasser und zwischen einem Hotel und einem Wohnblock hindurch, bevor sie sich auf dem vertrockneten Rasen eines Parks abrollten.

Jake rappelte sich hoch. Er war sich nicht bewusst, dass Chromosome ihnen nachgeflogen war, bis sie ihm heftig in den Rücken trat, sodass er der Länge nach hinfiel.

»Ich scherze nicht, Hunter! Du hilfst mir oder ich töte ihn, und zwar auf der Stelle!«

Hinter Jake machte sich die Legion über Psych her.

Gegliederte Schwänze pinnten seine Arme und Beine am Boden fest, während andere über seinem Gesicht waberten, jederzeit bereit zuzuschlagen.

»An meiner Seite kannst du alles haben, Hunter. Du hast eine Menge ungenutztes Potenzial und ich weiß, wie du davon Gebrauch machen kannst. Das ist deine letzte Chance.«

Jake schaute von Chromosome zu Psych. Mit einem widerwärtigen Knirschen lockerte die Legion ihren Griff auf ihn ein wenig. Jake seufzte, nahm die Deckung herunter und gab sich geschlagen.

»Okay, Sie haben gewonnen. Lassen Sie ihn gehen.«

Chromosome blinzelte ihn misstrauisch an. Sie hatte mit einem Kampf gerechnet. »Wirklich? Einfach so?«

Jake erwiderte ihren Blick. Dann lächelte er. Chromosome stutzte. Das war nicht das unschuldige Lächeln eines Teenagers. Es war der berechnende Blick eines Raubtiers. Jake hob seine Hände in Richtung Psych. Es war, als würden ihm die Finger aus den Gelenken gerissen, obwohl sich nichts veränderte. Er spürte, wie eine neue Superkraft durch seinen Körper pulsierte.

Bevor er aufgebrochen war, hatte Jake sich vorbereitet. Er würde sich nicht mehr blindlings auf einen Kampf einlassen. Deshalb hatte er sich die Zeit genommen, diejenigen Kräfte auszuwählen, von denen er hoffte, dass sie genau die richtigen waren.

Als hätte er einen riesigen Staubsauger betätigt, reckten sich die Chromkörper der Legion zu Jake hin. Vergeblich versuchten sie, sich mit den Beinchen an Psych festzuklammern. Jake hatte eine magnetische Kraft ausgewählt, um die Legion aus lebendigem Metall zu bekämpfen. Die Geschöpfe bebten heftig, bevor sie sich von Psych lösten und auf Jakes Hände zurasten. Als sie sich näherten, kehrte Jake die riesige magnetische Energie um. Der plötzliche Polaritätswechsel zerriss die Legion und sie zerfiel zu einem Schauer aus atomisiertem Metall und grüner Pampe.

Chromosome kreischte und stürzte sich auf Jake. »Nein!«

Auch darauf war Jake vorbereitet. Aus seiner anderen Hand brach ein radioaktiver Strahl mit solcher Wucht hervor, dass sich Chromosome nach hinten überschlug.

Jake zog Psych am Handgelenk hoch. Der Mann rieb sich den Hals, während er versuchte, wieder zu Atem zu kommen.

»Alter! Gott sei Dank gibt es noch Helden wie dich!«

Jakes Lächeln stockte, aber er brachte es nicht über sich, ihn zu korrigieren. »Yeah. Klar. Kommen Sie, wir verschwinden von hier.«

Sie rannten weg von Chromosome, die vor Schmerz brüllte und die Hände in die radioaktiven Verbrennungen an ihrer Brust krallte.

Sie rannten zum Park und während Jake über einen kleinen Zaun sprang, nahm er seine Umgebung in sich auf. Vor ihnen befanden sich die enormen weißen Kuppeln der Oper von Sydney. Touristenmassen standen um das berühmte Bauwerk herum, aber ihre Aufmerksamkeit galt voll und ganz dem Park, wo sie gerade ein geflügeltes Monster hatten landen sehen.

Die Soldaten machten einige vorsichtige Schritte nach vorne, die Waffen im Anschlag. Jake bemerkte, wie das Kanonenrohr des Panzers in Richtung Park geschwenkt wurde.

Ein britischer Tourist rannte auf Jake zu und packte ihn am Arm. Er war aufgeregt und hielt eine Videokamera in seinen zitternden Händen.

»Hast du das gesehen? Was ist da gerade gelandet?«

»Das möchten Sie gar nicht wissen«, sagte Jake.

Verblüfft sah er, dass der Mann in Richtung Park davonrannte. Ein unmenschlicher Schrei hallte von den Bäumen herüber und Chromosome tauchte auf, zornig und mutiert. Sie hatte sich in das gewaltige Ungeheuer verwandelt, von dem Jake in Amerika fast besiegt worden wäre. Einer seiner Flügel war noch immer verbrannt. Er hing schlaff herunter und schleifte über den Boden. Chromosome war nicht in der Lage gewesen, das verletzte Glied zu etwas Nützlichem umzuarbeiten.

Ein Aufschrei ging durch die Touristenmenge, als die Schurkin wie ein prähistorischer Riese aus den Bäumen hervorbrach.

Die Soldaten eröffneten das Feuer. Chromosome wurde von Kugeln getroffen, die sie noch mehr reizten, ihr aber nichts anhaben konnten. Sie sprang nach vorne und schlug einen Mann von den Füßen, einen anderen erledigte sie mit der Rückhand.

Der Panzer feuerte einen Schuss ab. Das Geschoss brachte die Steinplatten unter Chromosome zum Explodieren und Rauch blockierte die Sicht. Jake hörte Chromosomes Schritte, noch bevor sie aus den Schwaden auftauchte.

Gerade als sie das Fahrzeug erreichte, streckte der erschrockene Panzerführer seinen Kopf aus dem Panzerturm. Mühelos nahm Chromosome den Panzer und schleuderte ihn in die Bucht hinaus. Er krachte auf das Deck einer Fähre; das ganze Schiff neigte sich zur Seite und richtete sich dann wieder auf.

Psych schob Jake nach vorne. »Mach schon, Alter. Gib ihr den Rest!«

Jake starrte ihn an. »Sind Sie wahnsinnig?«

»Ich kann es wohl kaum tun! Zu alt. Los jetzt!«

Jake schüttelte den Kopf. Er fühlte, dass seine Teleportationskräfte schon fast bereit waren. Sie brauchten nur noch eine Minute länger auszuharren. Er packte Psych um die Schultern und schwang sich in die Luft.

Noch mehr Touristen begannen zu schreien und rannten fort, als sie den fliegenden Jungen erblickten. Chromosome stürzte in Richtung Opernhaus und die Menschen stoben in alle Richtungen davon.

Jake bemühte sich, das Dach der Oper zu erreichen, bevor er an die Grenzen seiner Flugfähigkeit stieß. Er landete auf dem Rücken der größten Betonmuschel und klammerte sich an der Seite des Gebäudes fest. Sie befanden sich in siebzig Metern Höhe.

»Warum passiert das ausgerechnet mir?«, jammerte Psych.

Jake packte den Mann noch etwas fester. »Weil Sie meiner Familie alle Erinnerungen an mich geraubt haben! Ich will sie zurückhaben!«

»Ich habe dir nichts getan . . .« Er verstummte und seine Augen wurden so groß wie Untertassen. »Oh, zum Teufel! Du bist Jake Hunter? Ich kann nichts dafür, Alter. Bring mich nicht um. Chamäleon ist schuld. Sagte, er hätte einen Auftrag für mich! Ich steh nur hin und wieder dort auf der Matte, um ein paar Kröten dazuzuverdienen. Ich stelle keine Fragen! Bitte . . . ich will nicht sterben!«

»Halten Sie die Klappe. Sehen Sie nicht, dass ich gerade versuche, Ihnen das Leben zu retten? Ich möchte nur, dass Sie mir helfen, dann sind Sie frei.«

Psych nickte eifrig. »Das gefällt mir, Alter. Klingt nach einem perfekten Plan. Ich kann sie für dich zurück . . .«

Chromosomes Geheul ließ sie nach unten schauen. Sie kletterte an der geschwungenen Muschel hinauf und ihre Klauen an Fingern und Zehen zertrümmerten die Fliesen, als sie sich nach oben zog. Sie zischte sie mit ihrem hässlichen Maul an.

»Es gibt kein Entkommen, Hunter! Ich habe dir deine Flugfähigkeit genommen!«

Er brauchte die Superkraft gar nicht erst auszuprobieren, um zu wissen, dass sie die Wahrheit sagte.

Psych zog etwas von seinem Handgelenk und drückte es Jake in die Hand.

»Was ist das?«

»Ein Andenken, Alter. Du weißt schon – nur für den Fall, dass ich sterbe.«

»Das wird schon nicht passieren. Halten Sie sich an mir fest.«

Psych verstärkte seinen Griff um Jakes Taille.

Sie pressten die Rücken gegen die Kuppel und versuchten, sich weiter nach oben zu schieben. Doch mit dem zusätzlichen Gewicht konnte sich Jake nicht bewegen und seine Füße glitten auf der Oberfläche ab. Sie rutschten langsam auf das Monster zu. Weil Jake Psych festhielt, konnte er seine Hände nicht benutzen, um auf Chromosome zu schießen. Er blinzelte und hoffte, dass er noch immer den Laserblick hatte . . . aber er war verschwunden. Trotz seiner Superkräfte war er wieder einmal völlig wehrlos.

Nun, da die Gefahr weit genug entfernt war, versammelte sich unter ihnen die Menge, um das bizarre Schauspiel mit der riesigen Chromosome zu verfolgen, die sich ihren Weg zu Jake und Psych bahnte.

»Bring uns hier weg!«, rief Psych.

»Ich kann noch nicht! Können Sie nicht etwas unternehmen?«

»Ich bin völlig ausgepowert!«

Jake packte Psych noch fester und befreite seine linke Hand. Eine radioaktive Welle entwich ihr, verfehlte Chromosome jedoch und hinterließ eine hässliche schwarze Narbe an der Seite der Muschel.

»Alter! Bist du blind oder was?«

»Halten Sie die Klappe!«

Noch einmal feuerte Jake. Die Fliesen unter Chromosome explodierten und sie war gezwungen, beiseitezuspringen. Sie landete ungünstig und rutschte das steile Dach hinunter, doch ihre Klauen bohrten sich tief in den Beton und fingen den Sturz auf.

Jake merkte, dass Psych abrutschte, und verstärkte seinen Griff. Er spürte die Teleportationskraft wie ein angenehmes Kribbeln durch seinen Körper rieseln.

»Los, verschwinden wir!«

Aber bevor er in der Lage war, etwas zu tun, sprang Chromosome an der Muschel hinauf und landete krachend neben Jake auf dem Beton. Die Wucht des Aufpralls brachte die Fliesen um ihn herum zum Bersten und er erkannte, dass er sich nicht länger an dem Gebäude festhielt, sondern an Hunderten zerbrochenen Fliesenfragmenten. Er fiel.

Chromosome schlug um sich und riss Psych von Jake weg, als dieser sich gerade wieder an der Kuppel festgeklammerte. Plötzlich zerriss Psychs T-Shirt in Chromosomes Klauen. Er stürzte an Jake vorbei hinunter und prallte immer wieder gegen die Muschel.

»Psych!«

Jake warf sich nach vorne und rutschte mit dem Kopf voraus das Dach hinunter, doch er wusste, dass es ohne Fliegen nicht möglich war, den Mann noch rechtzeitig zu erwischen. Entsetzt schaute Jake zu, wie Psych schwerfällig auf dem schräg abfallenden Dach aufschlug. Selbst aus dieser Höhe konnte er die Blutspur erkennen, die der Körper auf den weißen Fliesen hinterließ. Psych purzelte seitwärts, bevor er in die Menschenmenge stürzte, die nun schreiend auseinanderstob.

Jake legte die Handflächen flach auf die Muschel, um seine Talfahrt zu bremsen. Er fühlte den Schmerz, den die Reibung erzeugte, als er kopfüber zum Stillstand kam. Völlig unter Schock schloss er die Augen. Nicht, weil er gerade gesehen hatte, wie ein Mann in den Tod gestürzt war. Sondern weil es der Mann war, der die Erinnerung seiner Familie ausgelöscht hatte.

Und derjenige, der sie wieder hätte herstellen können.

Seine einzige Hoffnung war soeben gestorben. Seine Mission war gescheitert.

Über sich hörte er gackerndes Gelächter. Chromosome hatte alles gesehen. Jeder Muskel in Jakes Körper spannte sich vor Zorn und Ärger an, doch sein gesunder Menschenverstand hielt seine Rachegelüste in Zaum. Chromosome war jemand, den er nicht besiegen konnte.

Zum ersten Mal in seinem Leben kehrte Jake einem Kampf den Rücken.

Er teleportierte sich weg aus Sydney und ließ seine Hoffnungen und Träume zerschlagen zurück.

Jake glotzte in die Flammen des Kamins und widerstand dem Verlangen, den erstarrten Chamäleon ins Feuer zu werfen, als er die letzten Stunden Revue passieren ließ.

In dem Moment, als er sich teleportierte, hatte Jake an seine Familie gedacht – und war mitten in ihrem Wohnzimmer aufgetaucht, wo seine Eltern und Beth sich einen Film anschauten. Geschwächt und aufgewühlt hatte sich Jake auf einen Stuhl fallen lassen, den Kopf in die Hände gestützt und mit verzweifelten Tränen gekämpft, während seine Familie über den Film lachte. Ohne Psych war alles verloren.

Er spielte mit dem Andenken, das Psych ihm gegeben hatte. Auf den ersten Blick sah es wie eine Uhr aus und Jake fragte sich, weshalb die letzte Handlung des Superhelden darin bestanden hatte, sie weiterzugeben. Er rieb sich die blutunterlaufenen Augen und schaute sie genauer an. Das Ziffernblatt war eine kleine Glasblase mit einer türkisfarbenen Flüssigkeit. Jake hielt sie gegen das Licht. Die Flüssigkeit bewegte sich von selbst, silberne Partikel glitzerten darin. Dann bemerkte er eine Gravur auf dem Glas.

Dort stand: Hero Foundation, Probebehälter.

Jakes Herz machte einen Sprung, als ihm bewusst wurde, was er da sah. Er drehte die »Uhr« um. An der Unterseite befand sich eine Reihe kleiner Nadeln, die in die Haut piksen würden, wenn man sie trug.

Psych hatte Jake eine Chance verschafft. Er hatte ihm seine Superkraft gespendet – die Fähigkeit, nicht nur Erinnerungen zu entfernen und wiederherzustellen, sondern auch, Gehirne ganz neu zu verkabeln; diese Fähigkeit manifestierte sich durch die türkisfarbene Flüssigkeit.

Jake zitterte sowohl vor Nervosität als auch vor Schwäche, als er das Gerät an seinem Handgelenk befestigte. An der Seite der Glasblase befand sich ein einzelner Knopf. Jake drückte darauf.

Mit einem leichten Klicken piksten die Nadeln in seinen Arm, doch er spürte nichts. Dann wurde die Flüssigkeit plötzlich mit einem Zischen in sein System injiziert.

Jake hatte das gewohnte Gefühl der Stärke erwartet, das in ihm aufkam, wenn er Superkräfte herunterlud, aber stattdessen fühlte er sich krank. Er holte tief Luft, doch das Gefühl wurde nur noch schlimmer.

»Komm schon!«, rief Jake. Er war dem Sieg so nahe, dass er es sich jetzt nicht leisten konnte, schwach zu sein. Mit zitternden Beinen stand er zwischen seinen Eltern und berührte sie am Kopf. Es war ein unangenehmes Gefühl, als würden seine Finger tatsächlich durch ihre Schädel direkt in ihre Gehirne gleiten.

»Erinnert euch an mich! Macht schon! Ich bin hier!«

Er hatte eine Energiewelle erwartet, einen Blitz aus Farben . . . irgendetwas. Stattdessen sahen seine Eltern plötzlich unkoordiniert aus und sackten auf ihren Stühlen zusammen.

»Ich bin hier! Ich bin's, Jake. Euer Sohn Jake! Erinnert ihr euch an mich?«

Seine Eltern zuckten, als säßen sie auf einem elektrischen Stuhl. Rasch zog Jake seine Hand zurück, weil er Angst hatte, ihnen wehzutun. Trotzdem hielten die Zuckungen noch einige Sekunden an, bevor ihre Körper wieder erschlafften.

»Mum? Dad?«

Er ging zu Beth hinüber, die ihre Eltern verwirrt beobachtete und versuchte zu verstehen, was da gerade mit ihnen passierte. Jake drückte ihr fest die Hand auf den Kopf. Sie zuckte zusammen, als sie der Rest von Psychs Superkraft durchströmte.

»Beth? Kannst du mich sehen?«

Sie sabberte ein wenig. Einen Moment lang dachte Jake, er hätte sie umgebracht, doch dann bewegte sie sich. Er wandte sich wieder zu seinen Eltern um. Sie schauten ihn direkt an.

Sie konnten ihn sehen! Jake fühlte, wie ihm Freudentränen in die Augen schossen. Seine Mutter runzelte die Stirn. »Jake?«

»Ich bin's, Mum!«

Sie rieb sich den Kopf und zuckte zusammen.

»Ja, ich weiß. Was ist los? Du siehst krank aus. Vielleicht solltest du bald schlafen gehen.«

Jake war sprachlos. Er hatte es geschafft. Endlich war mal etwas so gelaufen, wie er es sich vorgestellt hatte. Das war sein erster echter Sieg!

Jake verbrachte den Rest des Abends mit seiner Familie. Sie schauten sich zusammen den Film an. Etwas so Banales kam ihm vor, als sei es das Beste, was er je erlebt hatte. Niemand schien sich der Zeit, die verstrichen war, bewusst zu sein. Das passte Jake gut in den Kram, denn so würde er ihnen keine Lügen auftischen müssen.

Ein bisschen schwierig wurde es, als sein Vater bemerkte, dass Jakes Zimmer leer war. Zum Glück dachte er, dass es dieselben Diebe waren, die Beths Laptop gestohlen hatten, und wandte er sich geradewegs an die Polizei.

Während er noch am Telefon war, vibrierte Jakes Handy. Jake ging in die Küche, um abzunehmen.

»Hunter? Wo sind Sie?«

Jake erkannte Mr Grimms Stimme. »Ich bin zu Hause. Hören Sie, ich habe fantastische Neuigkeiten ...«

Ein Portal öffnete sich plötzlich direkt neben ihm. Mr Grimms Hand zog ihn hinein.

Jake war wieder auf der Burg. Das Portal verschwand hinter ihm.

»Was soll das?«

Grimm legte das Telefon auf. »Ich rette Sie! Als Ihr Vater die Polizei anrief, setzte sich eine Vollstreckerschwadron in Bewegung. Wenn Sie Psychs Einfluss umgekehrt haben, dann kann Ihre Familie das Einsatzkommando sehen, das gleich ihr Haus stürmen wird.«

Jake machte sich Sorgen. »Ich muss umkehren und sie retten!«

»Nein. Die Vollstrecker werden ihnen nichts tun. Aber Sie können nicht mehr dorthin zurückkehren. Die Vollstrecker werden dort immer auf Sie warten.«

Jake war am Boden zerstört. Trotz allem, was er durchlitten hatte, um bei seiner Familie zu sein, hatte er nur wenige Stunden mit ihnen gewonnen, in denen sie einen grässlichen Film angeschaut hatten!

»Wir können sie wegbringen. Wie wäre es, wenn wir sie hierherholten?«

Mr Grimm schüttelte den Kopf. Er sah abgekämpft aus, als hätte er eine Schlacht hinter sich. »Dieser Ort ist nicht mehr sicher. Wenn Chamäleon Sie bis hierher verfolgt hat, können andere das auch.«

»Was kann ich denn dann tun?«

Mr Grimm zögerte einen Augenblick. »Sie haben die Wahl. Mit Ihren Kräften und Fähigkeiten könnten Sie es wirklich zu etwas bringen. Die Welt verändern. Oder . . . Sie könnten versuchen, wieder ein ganz normaler Junge zu sein. Dann würde niemand nach Ihnen suchen. Und Sie hätten beide Seiten ihrer Superwaffe beraubt.«

Jake dachte darüber nach. Wenn er wieder ein normaler Junge wäre, könnte er bei seiner Familie leben, Lorna sehen, ein Teenager wie alle anderen sein. Würde er seine Superkräfte wirklich vermissen? Andererseits – wenn er seine Superkräfte behalten würde, könnte er die, die hinter ihm her waren, besiegen und trotzdem bei seiner Familie sein. Aber er wäre immer abhängig, ein Sklave von Villain.net.

»Wenn ich normal sein und meine Superkräfte loswerden wollte, wie könnte ich das anstellen?«

»Ich habe eine Idee. Aber das wäre gewagt. Die Ereignisse haben eine neue Wendung genommen. Vielleicht haben

Sie einen unerwarteten Verbündeten, auch wenn er noch nichts davon weiß.«

Aufregung durchzuckte Jake. »Wer?«

Mr Grimm machte ein unbehagliches Gesicht. »Das ist eine komplexe Situation, Hunter. Wie Sie vielleicht gemerkt haben, ist die Welt kompliziert. Nicht alles ist schwarzweiß. Manchmal muss man seine Feinde zu Freunden machen.«

»Ich verstehe nicht.«

»Letztendlich liegt die Entscheidung bei Ihnen: Macht und Ruhm oder Stabilität und Durchschnittlichkeit. Was ich Ihnen jetzt sage, ist für uns beide äußerst heikel. Sie müssen vorsichtig damit umgehen.«

»Ich glaube nicht, dass das Chaos noch größer werden kann, als es ohnehin schon ist.«

Mr Grimm stützte das Kinn auf seine Hände. Seine schwarzen Augen schienen sich geradezu in Jake hineinzubohren.

»Ich versichere Ihnen, das wird es.«

Jake schloss die Augen und versuchte, sich zu beruhigen. Er war gerade dabei, in eine völlig neue Welt von Problemen einzutauchen. Er legte die Hand auf die Türklinke und zögerte. Hinter der Tür lag die Antwort, die ihn möglicherweise von seiner Sucht befreien konnte.

Und es würde alles andere als einfach sein, damit umzugehen. Er öffnete die Tür und trat ein.

»Jake!« Lorna Wilkinson drehte sich überrascht um und

ein Lächeln breitete sich auf ihrem Gesicht aus. »Was machst du denn hier?«

»Ich habe gehört, es gab einen Unfall«, sagte Jake und hoffte, dass er überzeugend klang. »Ich musste einfach nach dir sehen. Mich vergewissern, dass es dir gut geht.«

Er durchquerte das Zimmer und umarmte Lorna fest. Sein Mund fühlte sich trocken an. Die einzige Person, für die er Gefühle hegte, hatte sich als stilles, dafür aber umso tieferes Wasser herausgestellt.

Sie war eine Superheldin. Mr Grimm hatte es ihm erzählt.

Jake sah sich im Zimmer um. »Hi, Toby. Und du musst Emily sein, stimmt's?«

Lornas Bruder Toby und ihre Freundin Emily nickten und runzelten misstrauisch die Stirn.

»Ich sollte wohl besser etwas klarstellen«, sagte Jake mit einem Lächeln.

»Lorna und ich sind sozusagen zusammen.«

Toby sah aus, als hätte man ihn geohrfeigt. Er starrte Lorna entgeistert an.

»Das ist dein Freund?«

Lorna wurde rot und hielt ihren Arm um Jakes Taille geschlungen.

»Ja, ist er.«

Jake grinste, auch wenn er ihnen insgeheim gern eine radioaktive Ladung verpasst hätte. Sie waren Superhelden, Freunde von Chamäleon – was sie automatisch zu seinen Feinden machte.

Und Lorna ... nun, das wurde jetzt wirklich kompliziert.

Er schaute auf den Patienten hinunter, der im Bett lag und an eine ganze Armada von Maschinen angeschlossen war.

»Wie geht es dem Profes ... sorry, Pete?«

»Was geht dich das an?«, knurrte Toby.

»Lornas Freunde sind jetzt auch meine Freunde. Ich war vielleicht ein bisschen streng mit ihm, aber wenn er echt verletzt ist ...«

»Was genau hast du gehört?«, fragte Toby misstrauisch. »Das hier ist eine Privatklinik.«

»Ich hörte, dass er von einem Lastwagen angefahren wurde. Ich bin vorhin zu euch nach Hause gegangen, um Lorna zu sehen«, sagte Jake und rief sich die Ausrede ins Gedächtnis, die Grimm ihm vorgegeben hatte. »Da war so ein Typ, Mr Grimm. Er hat mir gesagt, wo ich euch finden kann.«

Toby nickte, offensichtlich war er mit dieser Antwort zufrieden.

»Ja, ein Lastwagen. Er ist übel dran.«

Jake starrte den Jungen im Bett an. In der Schule war Pete Kendall sein bevorzugtes Opfer gewesen, wenn es darum ging, jemanden zu piesacken. Ein echtes Weichei, das nie zurückschlug. Und nun stellte sich heraus, dass er zum Fußvolk von Hero.com gehört. Jake dachte daran, wie er den Professor das letzte Mal in der Schule gesehen hatte. Damals war Knuckles in ein paar Autos gekracht. Jake hatte gedacht, es sei Chamäleon gewesen, der ihm auf der

Spur war. Nun wurde ihm klar, dass der Professor Knuckles angegriffen hatte.

»Ich hoffe, er kommt durch«, sagte Jake ernst.

Laut Grimm hatte Pete im Hauptquartier der Foundation einen riesigen Kampf mit Basilisk ausgefochten. Jake hatte ihm nicht geglaubt, bis Grimm ihm Filmmaterial aus den Überwachungskameras gezeigt hatte. Als er den beiden Gestalten auf dem Bildschirm beim Kämpfen zusah, fing er an, den Streber, den er jahrelang schikaniert hatte, zu respektieren.

Während des Kampfes war Pete in mehrere Fässer mit Superkräften gekracht und bekam eine noch höhere Dosis ab als Jake damals. Dann war er ins Koma gefallen. Niemand wusste, wie es sich auswirken würde, so viel Superkraft so schnell zu absorbieren, und der einzige Vergleich, den sie hatten, war das, was mit Jake passiert war.

Jakes DNA war mit dem gesamten Villain.net-System verbunden, doch das war bei Pete nicht der Fall. Erst wenn er sich wieder erholt hatte, würden sie wirklich wissen, wie er sich verändert hatte.

Die Lösung für Jakes letztes Problem lag im Opfer seiner aggressivsten Schikane.

So schnell wie möglich verabschiedete sich Jake aus dem Krankenhaus. Er hatte die Beweise mit eigenen Augen sehen wollen. Außerdem hatte er Lorna treffen wollen, die er gemocht und der er vertraut hatte und die sich als Feind herausgestellt hatte. Glücklicherweise wusste sie nichts über ihn und Villain.net. Er würde später dafür sorgen, dass dies auch so blieb.

Jake ging über das dunkle Krankenhausgelände und begab sich in den Schutz eines Wäldchens, von wo aus er sich zurück zur Burg teleportieren wollte. Er würde morgen versuchen, seine Familie zu sehen und eine plausible Erklärung dafür abzugeben, dass er verschwunden war und schwer bewaffnete Soldaten ihr Haus gestürmt hatten.

Wieder waren seine Gedanken aufgewühlt. Dann hörte er, wie jemand seinen Namen rief. Er stoppte. Hatte er sich das eingebildet?

»Hunter«, flüsterte es in der Dunkelheit. Die Stimme war hinter ihm. Er wirbelte herum – und stand direkt vor Chromosome. Sie lehnte an einem Baum und jedes Härchen saß an seinem Platz. Sie lächelte ihn freundlich an.

»Es ist so leicht, dir zu folgen, Hunter.«

Jake grinste. »Dann folgen Sie mir doch!«

Er schloss die Augen, um sich zu teleportieren – aber nichts passierte. Panisch schaute er sich um.

Chromosome lachte. »Tut mir leid, dass ich dir diese Kraft wegnehmen musste, aber ich konnte nicht zulassen, dass du schon wieder verschwindest, ohne dass wir unsere Meinungsverschiedenheiten beigelegt haben.«

Jakes Mut sank. Er konnte nicht alleine gegen sie kämpfen. Nur wenige Hundert Meter von ihm entfernt saßen drei Superhelden, die in der Lage waren, ihm zu helfen – doch das würde bedeuten, dass er sein wahres Gesicht zeigen musste.

»Ich werde mich nicht mit Ihnen zusammentun«, knurrte Jake. Er ballte seine Hände zu Fäusten und sie explodierten in leuchtende blaue Flammen. »Ich werde Sie so dermaßen niedermachen . . .«

Er verstummte. Chromosome schaute nicht länger ihn an. Sie glotzte mit großen Augen über seine Schulter. Jake bemerkte eine Bewegung und drehte sich um; er sah ein kleines Mädchen, das ihn ruhig anblickte.

»Hau ab, Kleine! Lauf!«

»Wohl kaum, Hunter.«

In ihrer Stimme lag eine Schärfe, die Jake sofort alarmierte.

»Woher kennst du meinen Namen? Wer bist du?«

»Yohg-Shuggor, die Zerstörerin der Welten, die Botin der Nacht, die Ausgeburt der Verdammten, die Leichenfresserin, die Vorbotin der Apokalypse und die Erschütterin der Welten. Aber du kannst mich Amy nennen.«

Jake wich vor dem verrückten Kind zurück. Dann bemerkte er noch mehr Bewegungen in den Schatten. Es war schwierig, die Gestalten im dämmrigen Licht zu erkennen, aber er hörte, wie Chromosome nach Luft schnappte, als sechs Neuankömmlinge sie beide umzingelten. Jake merkte, dass er Rücken an Rücken mit Chromosome stand.

»Wer sind Sie?«, fragte er und klang sehr viel tapferer, als ihm zumute war.

»Ich bin Necros, der Vorsitzende des Rats des Bösen.«

Jake schauderte, als er die Hoffnungslosigkeit in seiner Stimme wahrnahm. Er blickte die schattenhaften Gestalten an, die ihn umringten. Ihr Äußeres war zumeist verborgen, aber die enorme Macht, die sie ausstrahlten, konnte einem nicht entgehen.

Aus dieser Situation gab es keinen Ausweg. Er würde sterben.

»Nun haben wir dich also endlich eingeholt«, zischte Necros. »Dachtest du, die Dunklen Herrscher würden dich nicht zur Strecke bringen, wenn du versuchst, den Rat des Bösen zu stürzen?«

»Ich war's nicht. Das war Basilisk«, stammelte Jake, bevor ihm bewusst wurde, dass Chromosome gemeint war.

»Das war alles ein Missverständnis, Necros. Eine Intrige, um mich aus dem Rat zu vertreiben.«

Jake hörte, dass ihre Stimme zitterte. Langsam rückte er von ihr weg.

»Dann war sie erfolgreich. Du wirst vertrieben!«

»Nein, das könnt ihr nicht machen!«, kreischte Chromosome, als jede der sieben Gestalten, die sie umkreisten, eine Hand hob und alle gleichzeitig auf sie zeigten.

Jake sah, wie Spinnfäden aus ihren Fingern strömten und Chromosome einhüllten. Noch bevor sie sich wehren konnte, wickelten sie sich rasch um sie. Dann begann sie sich aufzulösen, und ihr Körper zerfiel einfach, als wäre sie in Sand verwandelt worden. Die dünnen Fäden fielen zu Boden und fraßen den feinen Staub, bis nichts mehr davon übrig war.

Es war eine schnelle Hinrichtung, doch ihre markerschütternden Schreie hallten Jake noch immer in den Ohren. Er senkte seine Hände, die Flammen erloschen. Er wusste, dass es keinen Sinn hatte, sich seinen Weg frei zu kämpfen. Die sieben mächtigsten Superschurken des Planeten studierten ihn eingehend, doch er selbst konnte nur Silhouetten und glühende Augen erkennen; irgendetwas roch nach verrottendem Fleisch.

»Dich haben wir ebenfalls gesucht, Hunter.«

»Ja, ich habe davon gehört. Nun haben Sie mich also gefunden. Töten Sie mich jetzt auch?«

Er hoffte nur, dass es schnell und schmerzlos sein würde. Die Ratsmitglieder um ihn herum brachen in Gelächter aus. Es klang genauso schlimm wie Chromosomes Geheul.

»Dich töten? Du quälst dich mit einem Missverständnis«, zischte Necros. »Warum sollten wir jemanden töten wollen, der so einzigartig ist? So besonders? Nein, Jake Hunter. Wir sind zu dir gekommen, weil es scheint, als wäre im Rat des Bösen ein Platz frei geworden.«

Jake schwieg. Das war das Letzte, was er erwartet hatte.

»Für mich?«

»Ja. Wir bieten dir hiermit Chromosomes Platz an. Damit du dem Rat beitrittst und unsere Stellung, unsere Macht und unser Potenzial kennenlernst. Ich garantiere dir, dass der Rat alle Hoffnungen und Wünsche, die du hegst, erfüllen wird. Wir wollen dich, den Dark Hunter, damit du uns beitrittst und unangefochten an erster Stelle stehst.«

Jake war umzingelt und sah dem Tod ins Auge – doch gleichzeitig wurde ihm ein unglaubliches Angebot gemacht. Ein Angebot, das man buchstäblich nur einmal im Leben bekam.

Er zögerte und dachte an Grimms Worte: Macht und Ruhm oder Stabilität und Durchschnittlichkeit. Er hatte seine Familie zurückgewonnen. Um bei ihr sein zu können, musste er eine Entscheidung treffen.

Wäre es nicht töricht, das Angebot auszuschlagen?

Andy Briggs

Blizzard

Die Welt ist in Gefahr! Und vier Jugendliche sind die einzigen, die sie retten können. Wird es Toby, Lorna, Pete und Emily gelingen, Blizzard zu stoppen, diesen Wahnsinnigen, der Eis vom Himmel regnen lässt und Wirbelstürme auslöst?

Arena

280 Seiten.
Arena-Taschenbuch.
ISBN 978-3-401-50268-7
www.arena-verlag.de

Charlie Higson

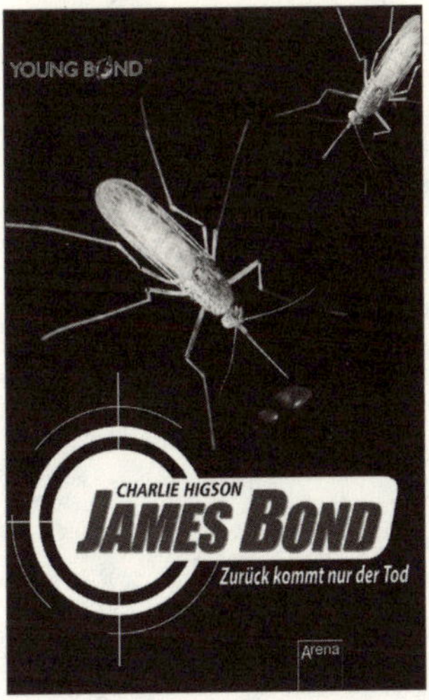

James Bond

Zurück kommt nur der Tod

Der junge James Bond steht dem erwachsenen Idol in nichts nach: Genauso gefährlich, genauso rasant und genauso spektakulär sind die Situationen, die der 13-jährige Bond meistert. Diesmal muss er seine außergewöhnlichen Fähigkeiten in einer hoch gesicherten Festung unter Beweis stellen. Einmal hinter den Mauern, gibt es kein Zurück mehr. Der Tod ist ihm auf den Fersen ... Wer wird schneller sein?

Arena

368 Seiten.
Arena-Taschenbuch.
ISBN 978-3-401-50207-6
www.arena-verlag.de